D1177683

КЛАССИЧЕСКИЙ
ДЕТЕКТИВ

Андрес ТРАПИЭЛЬО

Клуб
Идеальных Убийств

ИЗДАТЕЛЬСТВО
АСТ
ТРАНЗИТКНИГА
МОСКВА
2006

УДК 821.134.2
ББК 84 (4Исп)
    Т65

Серия «Классический детектив» основана в 2005 году

Andres Trapiello
LOS AMIGOS DEL CRIMEN PERFECTO

Перевод с испанского К. Байконурского

Серийное оформление С. Власова

Художник А. Дорохин

Компьютерный дизайн С. Шумилина

Печатается с разрешения автора и литературных агентств
RDC Agencia Literaria, S.L. и Permissions & Rights Ltd.

Подписано в печать 20.12.05. Формат 84×108 1/32.
Усл. печ. л. 15,12. Тираж 4000 экз. Заказ № 8243.

Книга подготовлена издательством «Мидгард»
(Санкт-Петербург)

Трапиэльо, А.

Т65   Клуб Идеальных Убийств : [роман] / Андрес Трапиэльо; пер. с исп.
К. Байконурского. — М.: АСТ: АСТ МОСКВА: Транзиткнига,
2006. — 284, [4] с. — (Классический детектив).

ISBN 5-17-031549-X (ООО «Издательство АСТ»)
ISBN 5-9713-1604-4 (ООО Издательство «АСТ МОСКВА»)
ISBN 5-9578-1934-4 (ООО «Транзиткнига»)

Клуб Идеальных Убийств.
Клуб поклонников детективных романов, которые снова и снова пытаются
создать концепцию безупречного убийства.
Игра и не более того?
До поры до времени...
Но когда тестя одного из друзей находят мертвым, именно Клуб Идеальных
Убийств начинает СОБСТВЕННОЕ РАССЛЕДОВАНИЕ. Его члены вскоре
приходят к ШОКИРУЮЩЕМУ ВЫВОДУ: убийца — ОДИН ИЗ НИХ!
Но — КТО?
Алиби нет НИ У КОГО, а мотивы — практически у КАЖДОГО!

УДК 821.134.2
ББК 84 (4Исп)

Сократ: <...> Большее зло, по твоему мнению, наносить ли обиду или принимать ее?

Пол: По моему мнению, принимать.

Сократ: А в чем больше стыда: наносить обиду или принимать ее? Отвечай.

Пол: Наносить.

Сократ: <...> Пусть это будет у нас так. Теперь рассмотрим другой предмет своего недоумения: то ли самое великое зло, когда наносящий обиды получает наказание, как думал ты, или больше будет то, если он не получает наказания, как полагал я?

Горгий, 474–476[1]

1

Делли никогда не думал, что звонок может хрюкать, как броненосец. Хр... Хр... Хр...

Он заснул прямо на кровати, в плаще и ботинках. Какой ужас! Старые ботинки, цвета неудачи, были перепачканы глиной. Он проверил рукой револьвер. Десять часов в этой конуре. Тот, кто звонил, на секунду замолчал и снова принялся за свое. Казалось, это была мелодия: короткие и длинные звонки. Он открыл глаза. В них что-то попало, но он не знал, что. Бывает, что глаза болят. С ним хотели поиграть в кошки-мышки. Звонок был кошкой, а он — мышкой. Он тупо осмотрелся, но не понял, где находится. Похоже, воспалились веки. Он посмотрел в окно. Уже стемнело. Неоновая реклама магазина бытовых электроприборов старика Валентини меняла освещение в комнате с однообразной и тошнотворной ритмичностью. Опять зазвонил телефон. Красно-синий, красно-зеленый... Весьма сексапильная кукла с литой грудью держала фен, веером раздувавший ее во-

---

[1] *Платон.* Диалоги // Пер. с древнегреческого В. Н. Карпова. СПб., 2000. С.123–124, 126. — *Здесь и далее примеч. ред.*

5

лоса и периодически задыхавшийся от страсти. Пришла мысль, что слишком много «-вший» для волос, но за такой авторский гонорар можно наплевать на тонкости. *Он засмотрелся на девушку с феном. Новый звонок пронзил мозг, как будто в барабанные перепонки воткнули иглу. Затем он почувствовал, как заныло под ложечкой.* Авторы детективов называют эту боль в животе «дыханием смерти». *Он бесшумно сел на кровати, будто кот в засаде, пытаясь почувствовать, откуда исходит опасность. Вместо мышки он стал котом.*

Когда перестали звонить, Делли услышал пыхтение сыщиков, доносящееся из-за двери. Наверное, приказ у них был очень простым. Набить его свинцом и оставить здесь, в отблесках этой сексуальной целлулоидной красотки. Скорее всего, они пришли в штатском. Да, он умрет на этой циновке, распростертый в сиянии электрической куклы. По шуму Делли заключил, что мужчин было трое или четверо. Снова тишину нарушил звук.

На этот раз постучали. Это были сухие, нервные удары рукоятью пистолета. Делли устал, он дошел до точки и не хотел больше видеть трупы.

В комнате пахло табаком и солодовым виски. Утром, отложив газету, в которой сообщалось о смерти Доры, он опрокинул стакан на циновку. Затем случайно уронил стоящую на ночном столике рядом с кроватью бутылку. Неловким движением он пытался предотвратить ее падение, но бутылка разбилась. Острые осколки посыпались на пол, и по комнате распространился запах, как в перегонном цеху. Это произошло около десяти. Затем Делли заказал в баре «У Лорена» еду, еще бутылку виски, сигареты и крепкий кофе. Официанта он не впустил в номер: не хотел, чтобы тот увидел осколки и пролитый виски. Но Джо, который работал на Лорена, наморщил нос и понимающе улыбнулся. Он был хорошим парнем.

— Мистер Делли, я не знаю, чем вы тут занимаетесь, но здесь так пахнет виски, что, если зажечь спичку, все здание взлетит на воздух. Я это говорю, потому что знаю, откуда господин Моллой берет это пойло.

Делли просунул банкноту в двадцать долларов в приоткрытую дверь и отослал парня. Оставшись один, он выпил кофе, а остатки гамбургера швырнул в угол — то ли собачьи, то ли кошачьи объедки, достойные крыс. Его поймали, как крысу. Но нет, он не крыса.

— Эй, Делли, мы знаем, что ты здесь, открывай дверь. Мы хотим поговорить с тобой по-хорошему. Нас прислал мэр.

— Олсон, иди к черту и скажи господину Остину, чтобы он шел туда же. Первого, кто перешагнет этот порог, я изрешечу. А что потом — меня не колышет.

— Образумься, Делли.

Делли услышал, как Олсон спросил кого-то рядом: «А что он имел в виду, говоря "не колышет"?»

Делли представил большеголового тугодума Олсона.

Один из его людей пробежал по коридору до конца. Были слышны шаги. Коридор был узким, с давящими стенами, с обеих сторон в него выходило то ли десять, то ли двенадцать дверей одинакового цвета. Заканчивался он окном. За стеклом вид был еще более неприятным: внутренний дворик, которому освещение придавало зловещий вид, будто специально был создан для того, чтобы выбросить из окна человека и потом сказать, что он разбился при попытке бегства. Ржавые петли заскрипели, когда Делли попробовал отворить окно своей комнаты. Открыв его, он наполовину высунулся, проверяя наличие пожарной лестницы.

— Скажи твоим гориллам, Олсон, что я не такой дурак, чтобы сматываться из этого притона по пожарной лестнице. А если ты хочешь войти через окно, то тебе придется позвать Человека-Паука. Хотя ты всегда можешь обстрелять квартиру, но тогда то, что вы ищете, вылетит в окно. У меня припасена одна из бутылок Моллоя, а вы знаете, как горит это пойло. И когда вы увидите разлетающийся пепел купюр, то сразу вспомните, как вы могли бы пойти вечером отдохнуть с девочками в романтической обстановке!

— Кончай болтать, Делли. Открывай, слышишь меня? У меня заканчивается терпение. Я тебя прикончу.

— Я тебя слышу, Олсон. Не кричи и оставь меня в покое.

— Пако, ты дома?

— Я сказал, чтобы ты меня оставил в покое, уходите, или я всажу в вас больше свинца, чем вмещается в линотип.

Он подумал, что выражение «я всажу в вас» не соответствует такому человеку, как Делли, и зачеркнул буквой «х» все про линотип. Эти «х» выглядели, как короткая очередь, выпущенная из пулемета с поворотным механизмом. Из советского М-32[1]. Таких, как Делли, не волновали линотипы, и, конечно, он в своей жизни не видел их, как и М-32 с поворотным механизмом. Зачем нужен этот социализм, который не в состоянии ничего нового внести в жанр детектива?

— Ты откроешь или нет, Делли?

— А тебя, Олсон, не научили спрашивать еще о чем-нибудь?

— Пако, ты дома?

Кто-то стучал в дверь.

Пако не сразу понял, сколько времени прошло с момента, как он сел за письменный стол сегодня утром. На полу валялись остатки бутерброда и омлета с картошкой. Они лежали и на тарелке кота Пуаро. Кот появился у него, когда он расстался с Дорой. На столе стоял полупустой стакан с виски. Все, что осталось после падения бутылки.

Когда Пако работал, он так погружался в мир своих персонажей, что был не в состоянии отличить действительность от замечательных, захватывающих событий, которые по мере того, как он доверял их бумаге, обретали жизнь.

Пролитый виски запачкал несколько страниц, но бо́льшая часть жидкости оказалась на ковре и деревянном полу. Но что значит пролитый виски по сравнению с готовящимся кровавым убийством?

— Пако, ты дома?

— Иду.

Ответ донесся из глубины квартиры.

---

[1] Имеется в виду пулемет «Максим» образца 1932 года.

Пако встал и некоторое время продолжал стоять, нависая над пишущей машинкой и читая содержимое вставленной в нее страницы.

Старый «ундервуд», высокий, тяжелый и черный. Настоящий катафалк, способный выдержать бури и натиск любых сюжетов. Для него старый «ундервуд» был тем же, чем для Делли Уилсона его старый смит-и-вессон. Но, в отличие от Делли, Пако никогда не видел настоящего смит-и-вессона в жизни, — только на страницах книг. Их было несколько, посвященных огнестрельному оружию. Сколько сотен человек убито точным ударом этих клавиш, сколько голов срезано безжалостно — стремительным движением каретки, сколько алиби уничтожено под перекрестным огнем между «й» и «ю», сколько убийц, злодеев, бандитов, подлецов, негодяев, сутенеров, наглецов, проходимцев, нахалов, бездельников и пройдох сообщили этому резиновому цилиндру о своих злодеяниях, сколько женщин бросались в объятия тех, кто взамен предлагал только преходящую, эфемерную и порабощающую минуту любви! Сколько криминальных элементов не смогли спуститься с этой неподвижной горы вымысла!

— Пако, открываешь?

— Сейчас.

Он перечитывал последнюю фразу, боясь, что пока будет открывать дверь, Делли и Олсон начнут действовать самостоятельно и совершат какое-нибудь безрассудство, которое сведет на нет всю работу двух последних недель.

Ему осталось дописать считанные страницы, чтобы закончить роман, и пока еще не было известно, убьет ли Делли Олсона или Олсон прикончит Делли. Оба варианта казались подходящими, и оба нравились.

Делли — человек романтичный и решительный. По сути, они были похожи. Олсон убил Дору, а он любил Дору. Но Дора его предала, двойная игра толкнула ее на опасный путь, который закономерно завершился в грязном, сумрачном переулке Детройта, у входа в трущобы, откуда люди Олсона перевезли ее в другой район. Она была нахальной, с претензиями и очень красивой. Его привлекали такие героини. Он всегда в них влюблялся, и они всегда делали его несчастным. Плохие девочки. «Почему нам, мужчинам, нравятся плохие девочки?» — обычно спрашивал он в романах, когда не находил в себе смелости ответить на этот вопрос. И обычно находился кто-то на соседней странице, который давал этот ответ за него любой фразой из своей роли. Что касается Олсона...

— Что случилось? Здесь воняет виски!

— Привет, Модесто. Сегодня утром Пуаро пытался дотянуться до яичницы и скинул бутылку,— ответил Пако, снова присаживаясь напротив своего любимого «ундервуда», с которым никак не мог расстаться.

Пако был сосредоточен на своем романе, а вовсе не на том, о чем спрашивал его друг.

Часто по понедельникам вместо обедов со своей семьей Модесто Ортега отправлялся к своему другу Франсиско Кортесу, автору детективов, в три или три тридцать дня. Они вместе пили кофе в каком-нибудь баре, а потом шли пешком на еженедельное собрание членов КИУ — Клуба Идеальных Убийств в кафе «Комерсиаль» на площади Глориета де Бильбао, которое начиналось в четыре тридцать и обычно продолжалось до шести тридцати или до семи вечера.

Модесто Ортега бросил выразительный взгляд на страницу, пытаясь прочитать текст через плечо Пако Кортеса.

— Как это называется?

— Подожди, Модесто, еще десять минут. Присядь. Я должен закончить сегодня. Его уже ждут, а мне нужны деньги. Я задолжал за квартиру за два месяца, и мне нужно заплатить алименты Доре.

Уже два года, как большинство героинь его романов носили имя Дора. Так звали его бывшую жену. Доротея или Дороти, Дорита или Дебора. Некоторые имена он потом менял, но сначала давал им именно это имя. Он хотел заинтересовать ее и снова соблазнить, попросить прощение за все то, что он ей причинил, убедить ее, что все будет теперь по-другому. Иногда, как сегодня, он устраивал так, что героиню убивали. Так Пако пытался сказать ей, что он в отчаянии и ради любви готов на все. Иногда он заставлял ее каяться, но обычно героиня романа оставалась в одиночестве, среди поэтических теней, и шла навстречу своей судьбе, разочарованная в мужчинах, потому что никто из них не мог ни соответствовать ее потрясающей красоте, ни сравниться с мужчиной ее молодости, мужчиной ее жизни, то есть с ним, с Франсиско Кортесом, который раньше таковым был и надеялся снова им стать.

Судьба. Это слово очень нравилось Кортесу. Когда в его романы вмешивалась судьба, то ничего изменить было уже невозможно. Оставалось только молить или принимать ее. Сам же Пако, наоборот, не мог смириться с тем, что Дора его выставила и ему пришлось уйти из дома после двух лет совместной жизни. Поэтому он хотел, чтобы она была рядом, когда он писал.

— Закончишь потом, мы опаздываем, — сказал Модесто, но в его голосе не прозвучало настойчивости.

Франсиско Кортес рассеянно перечитывал последние фразы, чтобы восстановить утраченную нить повествования.

— Хорошо придумано, — добавил Модесто в тот момент, когда его друг прикоснулся к тугой клавиатуре. — Что хорошо в этих собраниях, так это то, что туда можно приходить в любое время. Люди посещают их, потом перестают, так что иногда о смерти одного из них узнаешь только по прошествии нескольких месяцев. То есть кто-то приходит и спрашивает, где господин N, все пожимают плечами. Проходят еще два или три месяца, и кто-то приносит ужасную новость: господин N очень болен, все в замешательстве, думают, что на его месте мог быть каждый, а еще через несколько месяцев он умирает. Так что справедливо говорят, что мы рождаемся, чтобы умереть, но забываем об этом.

— Подожди, Модесто, не каркай. Ты можешь помолчать? Ты мне мешаешь.

Модесто Ортега был хорошим другом Пако. И не просто другом. Во время развода с Дорой он был адвокатом Пако, но познакомились они намного раньше, во времена основания Клуба Идеальных Убийств. Его приемная находилась на улице Генерала Пардиньяса. Модесто вел гражданские и уголовные дела, иногда самые незначительные. Он выглядел чрезвычайно серьезным и, казалось, носил всегда один и тот же костюм, зимой и летом: не серый, не синий, не темный, не светлый, не шерстяной, не хлопчатобумажный, не синтетический и не льняной. То есть это был адвокатский костюм. У Модесто были очень короткие, стриженные ежиком седые волосы и жесткие усики, которые росли так густо, что казалось, будто его рот прикрыт ими, как окно маркизой. Брови застыли в постоянном изумлении. Он крутил головой, как сыч, его движения были очень четкими и скупыми, что необычно для мужчины, приближающегося к шестидесяти. Для адвоката он говорил довольно мало и обычно слушал, так уж получалось. Он был застенчивым и тихим.

— Я не понимаю, как ты стал адвокатом, Модесто, — периодически говорили ему друзья. — Что ты говоришь судье?

В действительности Делли был в очень трудном положении. Он заперт в комнате, откуда невозможно убежать, разве что пролететь через пули вместе с чемоданом с деньгами, который был доказательством вины мэра, господина Остина, в смерти Доры, Дика Коллемана, Самуэля Г. К. Невиля и свидетельствовал об этой дерзкой авантюре, о которой знал весь Детройт.

— *Олсон, скажи мне, Нед погиб?* — спросил Делли.

— *Безвозвратно.*

Возможно, Пако не был жестким человеком, но автором жестким он был. Он держал нить повествования твердой рукой, как сытый хирург скальпель.

Модесто устроился в тесной гостиной. Его не смутило, что Пако Кортес попросил его помолчать. Он понимал, что некоторые вершины можно покорить только в тишине.

Адвокат развалился на диване во всю длину, не снимая пальто, совсем как запертый Делли в плаще. Но Модесто Ортега еще не знал, что сделал и чего не сделал Делли в своей комнатенке в доме на Сан Анжело-стрит, расположенной в южной части города: он был первым читателем романов своего друга и, можно сказать, его лучшим критиком, хотя он никогда ничего не критиковал. Все произведения ему казались замечательными и блистательными, как пронзающая тучи молния.

Он включил телевизор. В такой комнате, среди такой мебели, картин, дивана и кресел могло произойти любое кровавое преступление.

— Пако! — вновь заговорил Модесто. — У тебя голова не болит от этих обоев?

Обои были в бордовых цветочках размером с цветную капусту, поднимались от плинтуса и доходили до потолка.

— Ты же знаешь, что я здесь временно. Мне сдали квартиру в таком виде, — отвечал писатель. — В любой момент я могу собрать вещи и вернуться к Доре.

— Ты уже два года мне это говоришь.

Модесто уставился в телевизор, возвышающийся на постаменте из зеленого алебастра, с китайцем, несущим два ведра на коромысле, изображенном на барельефе.

— Сделай потише, — приказал Пако, не выходя из кабинета.

Говорили о заседании парламента. Как уже стало привычным за последние годы, диктор утверждал, что это заседание было историческим. Какой-то тип поднялся на трибуну, в то время как остальные входили и выходили из зала, не обращая внимания на говорящего.

Раздавалось сердитое, нескончаемое и сосредоточенное цоканье клавиш «ундервуда».

Модесто распознал в этом клацании знак вдохновения и представил себе, что голова Пако Кортеса — это пишущая машинка, извергающая с большой скоростью поток мыслей, направленный на то, чтобы организовать мир согласно законам более важным, чем сама справедливость. Как адвокат он совсем не верил в справедливость. Наоборот, к жизни и ее ловушкам он относился с чувством глубокого уважения. По этой причине он обожал Кортеса...

— Пако, ты мне еще не сказал, как ты его назовешь.

— «Грязные махинации мэра». Но подожди, мне нужно закончить, — попросил Пако, не переставая стучать на машинке.

— Думаю, что цензура не пропустит такое название.

— Модесто, цензуры больше нет.

Он был адвокатом и поэтому иногда забывал, что Франко уже умер. Это была привычка. В суде все осталось так, как прежде. Кое-где уже убрали фотографию диктатора, но распятие все равно оставалось.

Делли не мог убить никого из людей мистера Остина, так как те были полицейскими. Он мог бы так поступить, так как читатели в этот момент уже знали, что Олсон и остальные влипли в дерьмо по самые уши, но не очень хорошо было бы закончить роман, лишив такой город, как Детройт, более или менее уважаемого коллектива департамента полиции. Скорее стоило бы согласиться на чистку среди руководства, ведь кто-то же должен оставаться на защите интересов налогоплательщиков. Как говаривал издатель, сеньор Эспехо, старик, племянник покойного сеньора Эспехо и отец молодого Эспехо: «Если ты хочешь писать детективы, герои которых полицейские-фалангисты, пиши романы. Наши правила очень просты: в мире много злодеев, их больше, чем хороших людей. Они интереснее, у них лучшие машины, лучшие женщины, они смелее, но и глупее. Хорошие, перестав позволять плохим себя топтать, унижать и обижать, перебивают одну половину негодяев и оставляют вторую, чтобы появлялись новые детективы. На что мы будем жить, если исчезнут все преступники? Ты понял, Пако? Не доставай меня. Если у тебя появляется продажный сыщик, то должен появиться и другой, помогающий старушкам переходить через дорогу. Ты меня понимаешь? Романы о социальных проблемах мне не нужны».

Пако Кортес терпеть не мог своего издателя, но работал с ним уже семнадцать лет. С покойным Эспехо он лучше ладил, а вот со стариком Эспехо все было гораздо сложнее.

Существует неправильное мнение относительно издателей. Согласно расхожему мнению, они заботятся о культуре, занимаются важными вопросами, сочувствуют судьбам мира, порой, подпирая лоб рукой, глубокомысленно и отрешенно замолкают, а иногда потирают подбородок, призывая весь свой интеллект для решения проблем человечества. Эспехо, которого все сотрудники, поставщики и клиенты называли старик Эспехо, чтобы не путать с покойным Эспехо и Эспехо-сыном, унаследовал бизнес по изданию технической литературы, листовок официальной оппозиции, домашних энциклопедий, детективных и любовных романов для продажи в киосках и для библиотек на железнодорожных станциях Испании, сохранившихся от прежнего режима.

Он постоянно пребывал в состоянии пессимизма, называя каждый день последним для предприятия, историю которого начал в 1929 году его покойный дядя Эспехо, цар-стви-е-ему-не-бес-ное, как говаривал его потомок.

— Ты ничтожество, Олсон!

Крик Пако, который можно было отнести на счет старого Эспехо, был слышен во всем доме, и задремавший Ортега открыл глаза.

На экране отсвечивал уже другой депутат парламента. Сменялись беззвучно шевелящие губами лица. После голосования некоторые выходили в коридор.

Модесто хорошо знал эти неожиданные творческие порывы. Когда Пако Кортес так вопил, должно было произойти нечто великое, особенное и возвышенное. Модесто подкрался к другу и увидел Пако в самый важный момент написания детектива. Пако Кортес переживал завершение своего труда с настоящим воодушевлением, которого он не мог избежать, хотя понимал его парадоксальную чрезмерность. Пако оказывался побежден своим собственным сюжетом. Он нервничал, вскакивал со стула каждые пять минут, смеялся, зажигал две сигареты одновременно, хлопал в ладоши, кричал на своих героев, как будто они были живые, вопил, краснел, бормотал «здорово, как это здорово», снова садился, создавал еще одну страницу, скидывал все, что находилось на письменном столе, доедал остаток яичницы, недоеденный Пуаро, в сотый раз подносил к губам стакан виски, в котором уже два часа как ничего не было, передвигал предметы с одного края стола на другой, менял местами словари, а вдохновляющие его английские романы (из которых он иногда заимствовал некоторые эпизоды) запихивал на полки в коридоре, зная, что больше они не пригодятся. Он хулиганил, как ребенок...

Кортес взял страницу и написал на ней ручкой между двумя отпечатанными на машинке линиями: «В квартире Доры он нашел конверт с фотографиями, обвиняющими сеньора Остина...»

В детективах все должно складываться само, в противном случае он подгонял. Детектив — это как бухгалтерский отчет, в котором при проверке все данные сходятся. Поэтому у автора детективных романов должны быть средства про запас. Писатели азартны, как игроки. Кортес полагал, что все это знают, начиная с По и заканчивая Конан Дойлем, не говоря уж об Агате Кристи. Итак, он пролистнул пятьдесят страниц назад, вынул из рукава своего собственного туза и просунул его под дверь в виде конверта с компрометирующими фотографиями.

— Ты ничтожество, Олсон, — опять вслух произнес Кортес.

Заметив конверт, Олсон приставил дуло пистолета и спросил:

— *Что это за фигня, Делли?*

Обычно Кортес произносил диалоги вслух, чтобы представлять себе их звучание. Одновременно с этим он исступленно печатал на машинке.

— А фотография неплохая, Олсон. Ты хорошо получился, и я уверен, что эта лиса — не твоя жена.

— Делли, чего ты добиваешься, крыса?

Делли сдержал гнев, сжал зубы и прорычал, как если бы он не слышал сказанного:

— Олсон, успокойся. Твоя супруга проявит понимание. Эта девочка — просто прелесть.

Модесто Ортега снова развалился на диване. Похоже, это долгая история.

По сюжету требовалось дописать еще две страницы, но Пако Кортесу абсолютно не нравилась категоричность старого Эспехо: он платил шестьсот песет за страницу из первых ста двадцати и ни цента больше. «Это твои проблемы, — обычно говорил он. — Мне придется потратить больше бумаги, а я не могу повысить розничную цену книги. Скажи спасибо, что я ничего не вырезаю, как это делал мой дядя, цар-стви-е-ему-не-бес-ное. В то время издатели вели себя правильно». Кортес проклинал своего патрона, представляя себе его ответ, но, несмотря на это, написал лишние две страницы. Детектив будет закончен. Пако был писателем. И он это часто всем повторял, особенно Доре. Он много раз говорил ей: «Ты должна понять, любовь моя: у нас, писателей, есть причуды, иногда неудобные». «Ты хочешь мне сказать, что все писатели спят со шлюхами?» — спросила рассерженная Дора. И Пако серьезно ответил: «Почти все. Хотя бы один раз. На это вынуждает искусство».

— Пако, ты заканчиваешь? — тихо спросил Ортега, появляясь за спиной друга, который не услышал вопроса.

Он в упоении шлифовал последние фразы: Делли был жив, Олсон жив, Эванс, Эмерсон и остальные помощники тоже живы. Но сеньора Остина никто не освободит: кто-то один должен будет умереть, получив пулю в лоб. Он сделает так, что пуля продырявит ему череп. Пако начинал мыслить, как классики. Именно Олсон ускорил события тем же пистолетом, из которого он убил Дору, а затем представил ее смерть как самоубийство. На него бы повесили убийство девушки.

С Олсоном пора свести счеты, подумал Кортес. Это будет в следующем детективном романе. Эти последние фразы прозвучали в голове автора мощными заключительными аккордами симфонии, утопающими в шуме аплодисментов.

Но никаких звуков не последовало. В доме царило молчание. Это был грустный дом, в котором было больше комнат, чем требовалось Пако и его коту, плохо освещенный, со старой, уже вышедшей из моды, принадлежащей хозяйке и изрядно попорченной предыдущими жильцами мебелью. Люстры, на которых оставалось только повеситься; шкафы, если посмотреть на них утром, гарантировали неудачу в течение всего дня, а если посмотреть внимательно, то неудачу, сопровождаемую унынием; диван, на который прилег друг Модесто, чтобы смотреть телевизор, был черно-белым и выглядел так, как будто его нашли на помойке. Модесто Ортега, должно быть, опять заснул. Так было всегда. Как только он переставал себя контролировать, у него сразу закрывались глаза, и он погружался в сон, даже стоя. Он объяснял это влиянием лекарств. Непонятно, почему он так торопился на это собрание, если половину его проводил в дремоте.

— Какая связь между сном и Идеальным Убийством? — спросил Ортега, как будто читая мысли друга.

— А ты способен на преступление, Модесто?

— Мы все совершили бы преступление, если нам бы гарантировали анонимность и безнаказанность. Я сам...

— Ну что ты, Модесто, ты не способен и муху убить... Ты мог бы способствовать убийству? Покрывать его?

— Пако, я — адвокат. Разумеется, да, если ты мой клиент, и нет, если это вне моей юрисдикции. Я не очень доверяю правосудию и еще меньше убийцам.

Ортега снова расположился на диване так, что невозможно было определить, произошел этот разговор наяву или приснился, но абсолютно точно, независимо от того, верил в это Кортес или нет, Модесто был способен на преступление, как и все смертные, при наличии веской причины, жертвы в нужном месте, алиби и гарантии невмешательства полиции.

Он много об этом думал. При наличии морально обоснованной причины. Морально? Да, так сказал Модесто Ортега. Придется еще подумать об этом. Он спал.

— Модесто?

Ответом из комнаты, где стоял телевизор, был храп, глубокий, спокойный и умиротворенный.

«КОНЕЦ». Франсиско Кортесу нравилась решительность последнего слова. Это еще не последняя страница, а предпоследняя. У Пако были свои писательские причуды. Оставалось напечатать свое имя и название произведения. Он вставил в «ундервуд» чистый лист. Ему нравилась нетронутая бумага. Эту страницу было легче всего напечатать, а стоила она столько же, как и остальные. «Грязные махинации мэра». Он опустил каретку машинки на четыре интервала вниз, на глаз определил центр относительно только что напечатанного текста и задумался. Затем написал двумя пальцами: Самуэль Спид. Он всегда печатал двумя пальцами, очень быстро, как пулемет, как советский М-32 с поворотным механизмом. У Франсиско Кортеса было много псевдонимов: Фред Мэдиссон, Томас С. Коллуэй, Эдвард Фергюссон, Питер О'Коннор, Мэттью Эл Джефферсон, Эд Марвин Дж. и еще дюжина, которую он использовал в зависимости от настроения.

Он никогда не подписывался своим именем. Кто купит детектив, написанный человеком по имени Франсиско Кортес, разведенным, неустроенным мадридцем, проживающим в одном из домов на улице Эспартинас? Покойный Эспехо был того же мнения. Старик Эспехо был согласен с ним, и сын Эспехо тоже согласится со временем, если судьба ничего не изменит.

Если бы даже у Кортеса хватило мужества подписаться своим именем, кто бы поверил, что человек по имени Пако обладает достаточными знаниями, чтобы говорить о Чикаго, Детройте, Лондоне, Нью-Йорке или об этих забытых французских провинциях, в которых, вслед за творениями Симе-нона, разворачивались действия и его произведений? Конеч-но, он мог перенести действие в Мадрид. Но возникает воп-рос доверия, самый важный для писателя. Кто поверит, что в квартале Лавапьес будут проживать такие же преступники, как в Нью-Йорке, Лондоне, Чикаго или Марселе? Нет. Хэм-мет и Чандлер умели убивать на совесть. Восемь, десять, две-надцать убитых в одном детективе, события развивались в со-ответствии с внутренней логикой, напряженность и стреми-тельность развития сюжета не ослабевали. Этому было под-чинено все. Детектив из романа «Блюзы Бей-Сити» обладал способностью видеть в темноте, как сова. Он искал револь-вер, потерявшийся в лесу, среди сосен, темной ночью. Не было ни фонаря, ни сигареты. В конце концов он нашел свое оружие, наполовину закопанное, и перед тем как схватить его, увидел, что «муравей застрял в барабане». Классики — гении, и Пако Кортес хотел стать классиком. В этот момент чита-тель не обращал внимание на муравья и не думал, что мура-вьи просыпаются лишь утром, как куры, и не бегают туда-сюда по ночам и уж, конечно, не забираются в барабан коль-та сорок пятого калибра, но классикам такое простительно.

Для Пако Кортеса убийство было очень серьезным делом. Убийства совершались по-разному, пулей или ножом, но все-гда правдоподобно. Как и Де Квинси, он считал, что все от-равления, в отличие от естественной, то есть кровавой, ма-неры убивать, являются фальшивкой, так же как восковые фигуры в сравнении с мраморными статуями или репродук-ция в сравнении с настоящей картиной из музея. «К черту всех этих любителей зелья, не осмеливающихся без всех этих отвратительных нововведений, призванных лишь изумлять экспертов-криминалистов, продырявить башку», — говорил он. Классик должен уметь рисковать.

Поэтому с самого начала читатель должен был поверить, и то, что ему рассказывают, должно выглядеть достоверно, не-зависимо от того, какое отношение оно имеет к реальной жизни. Все, что происходило слишком близко, в Мадриде, могло показаться посредственным и грубым, и никто бы не поверил. Что подумал бы читатель об убийце по имени Казимиро Паломо, родившемся в Торрихос провинции Толедо? Это годилось только для раздела происшествий. С таким именем не покорить творческих вершин. Не лучше ли, чтобы негр по имени Ньютон Миллес был убийцей владельца ломбарда? Разве происходящее на Даун-стрит в Лос-Анджелесе, напротив внутренней гавани порта, было так же правдоподобно, как все то, что случилось на Костанилья де лос Анхелес? Конечно, нет. В поисках сюжетов Кортес внимательно следил за сообщениями в местных газетах, особенно в разделе происшествий, в колонке, которую вела Лолита Чамизо, редактор и его приятельница, но никогда не занимался плагиатом: порой в сообщениях было слишком много крови и мало интересного, а иногда истории выглядели слишком скучными и неубедительными. В искусстве детектива находило отражение только лучшее, в полном соответствии с аристотелевским требованием: соблюдай меру и избегай крайностей. В жизни убийства совершались последовательно, обыденно следуя одно за другим... В книгах происходили замечательные серийные убийства, в результате которых расстреливали пятнадцать или двадцать человек, при наличии обстановки, мотива, подозреваемых, как это делал великий мастер Реймонд Чандлер. Двадцать мертвецов в городке с населением в пять тысяч человек, — как чудесно! А в здешней жизни сражения полиции разворачивались на канцелярском фронте под распятием, висевшим между портретами каудильо и короля...

Это было совсем отвратительно и могло быть полезным режиссерам нового испанского кино, но не ему, автору детективов. Старик Эспехо был прав, несмотря на все, нужно отдать ему должное: ничего общего с романами о социальных проблемах. Он всегда оказывался прав в своих требованиях.

Сэм Спид. Трех выстрелов клавиш было достаточно, чтобы Самуэль превратился в Сэма. Ему казалось, так было благозвучнее, лучше, выразительнее и, кроме того, напоминало о знаменитом сыщике Сэме Спэйде.

Он начал напевать. Кортеса всегда охватывало состояние эйфории, когда он заканчивал работу. Но эйфория тотчас же сменялась неуверенностью в себе.

Модесто, проснувшийся от первых нот этого гимна радости, услышал, как его друг начал собираться. Они опаздывали уже больше чем на десять минут. Из синей папки Кортес извлек несколько бумаг, положил их на стол и засунул в папку свой новый детективный роман. Звон тугой оттянутой резинки, прижавшей листы, прозвучал для него небесной музыкой.

— Все, Модесто, мы можем идти!

— Хорошо получилось?

Ортега почувствовал хорошее настроение друга, и его лицо просветлело, а приятель вдруг почему-то вжал голову в плечи.

— Ты же знаешь, как это всегда бывает. Могло выйти и хуже.

— Нет, у тебя всегда получается хорошо. Мы, читатели, видим, что там все в порядке. Потрясающе, с какой скоростью ты придумываешь эти истории. И откуда ты их берешь? Всего за один месяц. Никто в Испании так не умеет.

— Не преувеличивай.

— Ты же меня понимаешь!

— Важнее, что через полчаса мы получим семьдесят тысяч песет.

Модесто Ортеге очень нравилось, что Пако говорил «мы», имея в виду и его.

Через полчаса они звонили в дверь издательства «Дульсинея» на улице Пресиадос.

2

Это была старая, неотремонтированная квартира напротив супермаркета «Галериас Пресиадос», которую снял покойный Эспехо в 1929 году и которую теперь арендовал его наследник, платя не меньше при стремительно нарастающем обветшании. Двенадцать балконов квартиры выходили на улицу, деревянный пол был испорчен, запах щелока и уксуса наполнял все семнадцать помещений со столами, за которые уже никто не садился, и полками, где почти за пятьдесят лет скопились тысячи сигнальных экземпляров книг. Покрываясь пылью, они стали подлинными свидетелями истории этого семейного бизнеса и деградации испанской нации.

— Разве может быть безразлично, где находится офис твоего издателя — на углу Сорок пятой улицы и Пятой авеню или на улице Пресиадос? Ты меня понимаешь? — говорил Кортес своему другу, пока они поднимались по лестнице. — Да еще без лифта!

— Это так, — согласился адвокат, тяжело дыша.

Дверь открыла дама образца 1929 года, в черном костюме с белым воротничком.

Она впустила их в словно первую главу готического романа. Казалось, при таком секретаре трудно выйти отсюда живым. Здесь их убьют и хладнокровно продадут останки врачу-маньяку. Было уже четыре часа дня, но нужно отметить, что в офисе присутствовали все сотрудники: секретарь, бухгалтер, кассир, старикан, выполняющий любую работу, и сам старик Эспехо, несший вахту в своем дубовом кабинете, как капитан на мостике корабля. Хорошее сравнение.

— Вам придется подождать, в настоящий момент у сеньора Эспехо встреча с доньей Кармен. Я скажу ему, что вы здесь, Пако.

— Скажите, Клементина.

Пожилая секретарша удалилась в смежный кабинет. Это была высокая, похожая на лошадь женщина с заметным горбом, спускающимся к правому плечу. Она ступала осторожно, словно подкрадываясь. Накрахмаленный белый воротничок с кружевами цвета вареного яйца и белые оборки манжет придавали ей еще более зловещий вид.

Старый сеньор Эспехо, как обычно, грубо кричал. Когда они остались одни, Пако Кортес шепнул Модесто Ортеге, что у него донья Кармен, та самая Кармен Безойа, что сочиняла любовные истории для издательства почти с начала появления дамских романов в мире. Говорили, что эта женщина была любовницей покойного Эспехо.

— Подождите одну минуту.

Клементина опять уселась на свое место. На столе, рядом с телефоном модели 1929 года, на тарелочке стоял цветочный горшок размером с йогуртовый стаканчик. Из черных камешков торчал кактус, как игольная подушечка с воткнутыми в нее булавками, увенчанная маленьким цветочком цвета красного сандала, как будто середину пальца укололи булавкой. Модесто Ортега уставился на пожилую секретаршу, которая ему даже не улыбнулась. Можно сказать, что между ней и кактусом было нечто общее.

— Я уже говорил вам, донья Кармен, и не заставляйте меня повторять еще раз: никаких романов о проблемах в обществе. Вы пишете дамские романы уже шестьдесят лет, так что я не буду вам напоминать, как их сочинять. Читательницам нравятся молодые, красивые и бедные героини и мужчины — красивые, богатые негодяи. Красотки должны быть глуповаты, а положительные героини не очень красивыми, зато более порядочными. Красавицы — шлюхи, а уродины, наоборот, — хорошие матери, подруги и сестры. В отношении мужчин вариантов не бывает: они всегда эгоисты и хищники по сути. Вы меня понимаете. В итоге красавицы прикидываются глупыми, а шустрые становятся немного более привлекательными. Вы меня слушаете? Какого черта героиня влюбляется в священника из рабочих низов? Вы думаете, что у нас начинается то же, что в России, а мы издаем социалистические романы? Вы хотите завалить мой бизнес, процветающий с 1929 года? Если вы хотите заниматься социальными теориями, идите в другое место. Здесь вам продать это не удастся.

Пако Кортес и Модесто Ортега услышали, что наступила тишина, но не решились встать со своих мест. Поток гнева старика Эспехо вырвался за дверь кабинета, и сеньорита Клементина попыталась разрядить обстановку.

— Вы ведь знаете, какой он! Возьмите, это только что пришло.

Она вручила Пако Кортесу экземпляр «Не делай этого, куколка» Смайлса Хьюджеса. Это был один из его псевдонимов. На обложке художника Маноло Прието, как на всех книгах «Дульсинеи», стоял человек в плаще и шляпе, с короткоствольным пистолетом, похожим на кольт А-1 коммандер, рядом — платиновая блондинка, тоже в плаще, хотя по декольте можно было догадаться, что под плащом на ней ничего не было. Он посмотрел на картинку и передал книгу Ортеге, который ее жадно схватил.

— Это здесь контрабандой перевозили изумруды в мешках с кофе?

Кортес кивнул.

Комната, где они находились, соединялась с другими и была светлой, но узкой и длинной. В ней было много окон, что делало ее похожей на трамвай. Огромные гипсовые бюсты в нишах с обеих сторон охраняли вход. Накопившаяся за пятьдесят лет пыль смягчала строгость их облика. С момента основания предприятия они по прихоти покойного Эспехо охраняли кабинет издателя будто святую святых.

— Кто это? — спросил Модесто Ортега о пыльных классиках в нишах, поглаживая рукой новую книгу и не осмеливаясь ее открыть.

Он собирался открыть и начать ее читать позже, в одиночестве.

— Кеведо и Лопе, — ответил Кортес.

Адвокату стало стыдно. Любой должен знать Кеведо и Лопе в лицо. Ортега пробормотал: «Ну конечно же, кто же еще?»

Кортес сидел в кресле, обитом красным бархатом, он чувствовал себя опустошенным и думал только о том, чтобы отнести деньги Доре. Возможно ли все уладить? Он готов был все простить. «Что ты мне должен простить?» Он решил, что именно этот вопрос, полный упрека, бросит ему в лицо Дора, и постарался думать еще тише, чтобы даже эхо его воображения не достигло ушей бывшей жены. Он привык слышать голоса персонажей своих произведений, и эту привычку распространял и на живущих в реальном мире: ему достаточно было только вспомнить о ком-то, как он тут же вступал с ним в мысленный диалог.

Он был готов простить ее, хотя прощать было нечего, потому что в действительности все произошло по его вине. Но в чем может быть виноват писатель? То, что случается с писателями, сильно отличается от жизни всех остальных смертных. Она должна была это понимать с момента их свадьбы. И дело не в женщинах, которые ему нравятся, это было бы еще простительно, но ему нравится интрига, а она...

— После вечеринки я отнесу Доре деньги, ты со мной пойдешь, Модесто?

Он задал вопрос шепотом, как будто они были в приемной у врача.

Модесто Ортега рассеянно, с легким недоверием рассматривал фигуры Кеведо и Лопе. Он ответил не сразу. Мысли ускользали от него, и трудно было сосредоточиться. Он был уже стар, но еще не осознавал этого. Иногда, когда он расчесывал свои уже совсем седые волосы, он приговаривал: «Я чувствую себя, как мальчик». А порой чувствовал себя стариком. Мысли сами по себе бродили в его голове. Они не текли, а скорее плавали, неспешно скользя, как капли жира в бульоне. Наверное, поэтому он медленно реагировал во время судебного процесса.

— А не должен ли быть один из них Сервантесом? Это же издательство «Дульсинея»? Они должны были поставить здесь хотя бы Дон Кихота. Иначе нелогично.

Поэтому-то ему так нравились детективные романы, — в них логика была очень важна. Как и в шахматах, в которые ему тоже нравилось играть. И его друг Пако был королем логики. Как у него все чудесно совпадало, и ни одна деталь не терялась. И когда хватало времени, ему удавалось даже нечто гениальное: как кондитер посыпает сахарной пудрой искусно сооруженный торт, так Пако расставлял акценты в уже написанном детективном романе и добавлял детали, хитро увязывающие ложные предположения, и сохраняя интригу до самого конца. Поэтому благодарный читатель поднимался на вершины дедуктивного блаженства на последних страницах. Но какая логика могла быть в издательстве, называвшемся «Дульсинея» и охранявшемся бюстами Кеведо и Лопе? Дверь кабинета открылась, и появилась дама, которой было лет двести. От дамы, миниатюрной, как портрет в медальоне, пахло нафталином, а ее ярко-алые губы изумляли. Одета она была в плохо выглаженное одеяние из кружев и шелка, и создавалось впечатление, что полчаса назад она достала его из сундука. Да, она была частью этого готического романа. Если судить по ярко-алым губам, эта дама только что съела печень старого сеньора Эспехо. Или как минимум кактус.

Увидев Кортеса, донья Кармен, которая знала его еще ребенком, собралась было что-то сказать, но, заметив Ортегу, перевела дыхание, глубоко вздохнула, гордо вскинула голову и прошла мимо, не попрощавшись, хотя ее гордости не хватило на то, чтобы скрыть слезы, вызванные безжалостным сеньором Эспехо. Ее шаги были нетверды. Это была уважаемая пожилая женщина, знавшая покойного Эспехо, а старик Эспехо заставил ее плакать. Если бы покойный Эспехо был жив, он смыл бы всю гнусность этого оскорбления (так она описывала в своих романах защиту попранного достоинства)!

— Клементина! Передай ему, что я жду извинений. Я буду дома, — повелела она и удалилась со сцены, освобождая ее для Пако.

— Пако, я только что уволил донью Кармен. Она вела нас к разорению. Закрой дверь. С каждым днем она все больше и больше глупеет.

Модесто Ортега остался ждать снаружи, не отрывая взгляда от Кеведо и Лопе.

— Здесь никогда не было бюста Сервантеса или Дон Кихота?

Сеньорита Клементина не поняла вопроса и посмотрела на него так, как смотрел на нее кактус.

— Нет, с тех пор, как я работаю здесь, всегда были только эти двое. Их купил сеньор Эспехо, цар-стви-е-е-му-не-бесное, в магазине гипсовых изделий на улице Сервантеса.

Это совпадение ей показалось забавным, и она издала хрюканье, которое должно было считаться смехом.

— Даже счет сохранился, мы здесь ничего не выбрасываем.

Они провели еще десять минут в полном молчании. Все это время женщина ковыряла наточенным концом карандаша камешки.

— Это — мумия! — продолжал объяснять старик Эспехо по другую сторону двери. — Ты представляешь, ей взбрело в голову писать романы с героями — священниками из рабочих. Ох уж эта демократия! В другой раз она мне принесла роман, в котором графиня связалась с шофером, которому нравилась дочь графини. Это еще ладно, но потом ей пришло в голову написать историю, как дворцовый капеллан влюбился в шофера, и дочь, которой тоже нравился шофер, убила священника, с которым шофер имел связь без ведома графини. Ты меня слушаешь? Убийство. Я ей сказал: «Мадам, что плохого вам сделали священники? Вы пишете детективы или саги о социальных проблемах? Если вы хотите, чтобы шофер спал с дочерью графини, священником или с ними со всеми, это ваша проблема. Но зачем нужно было добавлять яд в церковное вино?»

— Бедная донья Кармен. Она не знает, что в детективах лучше никого не отравлять. Это только итальянцам нравится, которые не слишком щепетильны и несколько женоподобны, — ответил Пако Кортес.

— Тоже мне новость, — проворчал старик Эспехо. — Когда я ей это говорил, это пугало смотрело на меня, как на идиота. Знаешь, я терпел ее все эти годы в память о моем дяде, цар-стви-е-ему-не-бес-ное, который к ней был неравнодушен. Бедная тетя Лола, как она страдала! Пако, хочешь писать дамские романы? Шестьсот двадцать песет за страницу, на двадцать песет больше, чем за детективы. Тебе я могу платить шестьсот пятьдесят. Они продаются в два раза лучше детективов, и их легче писать, потому что женщинам все равно, логичны события или нет, если все заканчивается свадьбой. И ты можешь быть свиньей. Женщинам это нравится, ну, ты меня понимаешь. Сейчас, при демократии, это дозволено. Но никаких голубых и лесбиянок. Что скажешь? Тебе бы не помешало сменить жанр, а то тоже станешь идиотом...

Каждый раз, когда Франсиско Кортес говорил со стариком Эспехо, не обходилось без унижений.

— Сейчас я хотел бы получить деньги за этот, — сухо ответил Пако.

Все эмоции сконцентрировались на последней странице его детективных романов, в слове «КОНЕЦ», которое иногда погружало в состояние сомнения, в депрессию, и тогда его настроение окончательно портилось.

Эспехо встал и направился к большому дубовому письменному столу у него за спиной, покрытому шелковой тканью, и выдвинул один из ящиков. Без сомнения, это была собственность покойного Эспехо. Он достал оттуда тяжелую металлическую коробку с зеленой эмалью и поставил на стол. Затем он снова сел, потянул за цепочку под жилетом, и в его руках оказалась связка ключей, из которых он извлек самый маленький.

В отсутствие бухгалтера старик Эспехо собственноручно занимался платежами. Он отсчитал деньги Кортеса. В коробке оставалось в три раза больше, чем нужно, поэтому, пока не закрылась пещера Али-Бабы, Кортес осмелился попросить задаток в счет следующих произведений.

— Ты знаешь, что издательство — это серьезное учреждение и не дает ссуд, — пробормотал старик, сразу помрачнев... — Сколько тебе нужно?

Кортес, как и Делли, обладал кошачьей изворотливостью. Ему было нужно пятьдесят тысяч, но если попросить пятьдесят, он даст десять, так что, если попросить сто, можно получить сорок, а так как Эспехо в этот момент думает о том же, придется все же просить...

— Сто пятьдесят тысяч.

Старик Эспехо вздрогнул. Ключи выскользнули из его рук, как вырвавшаяся на свободу мышь, и упали бы на пол, если бы не были нанизаны на цепочку.

— Это очень большая сумма, — хмуро сказал он.

— Дора. Я уже четыре месяца не выплачиваю ей алименты, — наврал Кортес.

Он считал каждый день до встречи с бывшей женой, с которой виделся, когда передавал деньги. Но Эспехо не знал всех подробностей, касающихся жизни подчиненных.

— В счет двух следующих романов, — добавил Пако Кортес, не уступая.

— У меня нет столько наличности, — соврал Эспехо.

Он отсчитал тридцать купюр по тысяче каждая и убрал остаток в зеленую коробку. Лицо издателя стало заискивающим.

— Подпиши это.

Пако спрятал деньги, пока Эспехо не передумал, и расписался в их получении.

— Что скажешь, Пако? Ты должен приносить мне один детектив и один любовный роман, пока я не найду кого-нибудь, кто сможет постоянно писать о любви. Тебе все равно, какую макулатуру писать, детективы или про любовь.

Кортес подумал, что получил первый процент по вкладу: содержимое лежащей на столе синей папки обозвали макулатурой.

Еще полчаса назад Франсиско Кортес мог предположить, что, скорее всего, старик Эспехо и сеньорита Клементина убьют его вместе с другом прямо здесь. Это казалось более вероятным, чем то, что происходило на самом деле. Модесто Ортега мог сказать, что это было бы логичнее всего. Но далеко не все в жизни логично.

Пако почувствовал нарастающую боль в горле. «Наверное, я заболеваю гриппом», — пронеслось в голове. Полчаса назад он и не думал, что может подхватить грипп. Разговор с издателем ослабил его способность сопротивляться напастям. Когда Кортес писал, реальностью для него становилось то, что он излагал на бумаге. Все остальное исчезало. И за это Дора упрекала его. Она говорила: «Когда тебя нет дома, ты отсутствуешь, а когда ты дома, тебя тоже нет здесь, потому что ты пишешь. Ты никогда не остаешься наедине со мной». И она была права. Он собирался отнести ей деньги и сказать, что прощает ее. Нет, он не будет говорить о прощении, потому эти слова только ухудшат ситуацию. Он не хотел ни о чем просить — лучше отказаться от интриг и от женщин. Они вроде никотина, алкоголя или наркотика. Незаметно для себя человек может попасть в зависимость от преступлений, от женщин и романов, как от табака. И поначалу даже не осознаешь серьезности этого, просто хочется чувствовать себя мужчиной. Он скажет ей, что любит ее больше всего. Он — сам себе персонаж и автор всей своей жизни, как и судеб героев своих романов, наполненных интригами. Все в его жизни происходило незапланированно. Одни события вызывали за собой другие. Просыпаясь утром, он не знал, как закончится день, и точно так же не знал, как развернутся события на двух последних страницах вплоть до момента, когда будет напечатано слово «КОНЕЦ», что будет с Делли и Олсоном, кто из них двоих останется в живых, а быть может, оба они умрут или выживут. Как и с персонажами книг, все решать ему. Почему Дора этого не понимала, хотя он объяснял ей это тысячу раз? Женщины для него не были развязкой сюжета, они были его завязкой. Это была логика реальной жизни, хотя он полагал, что в его произведениях гораздо больше логики, чем в жизни, и, дочитав до конца, можно вернуться к написанному ранее и увидеть, что все события сходятся. Как можно вернуться в прошлое и исправить ошибки? Как незаметно склеить кусочки разбитого кувшина? Его жизнь была этим разбитым кувшином, и некоторые осколки уже пропали. Это правда. Всегда что-то теряется. Да, у него болело горло. В романе он бы зачеркнул слова «боль в горле», напечатав поверх букву «х», и боль бы прошла. В романе он бы стер место, в котором разбился кувшин, и кувшин остался бы целым. Он бы не зачеркнул свое приключение с Мариолой, потому что не находил в этом ничего плохого. Но он сделал бы так, чтобы Дора об этом ничего не узнала, и не позволил бы ей выставить себя из дома. Он не хотел расстраивать ее, но Дора узнала об измене. В жизни события часто происходят неожиданно. И вот теперь ему придется зайти в аптеку на обратном пути. В романах события, особенно спонтанные, проживаются легче. Как снова войти в жизнь Доры, вернуться к предыдущим главам, изменить неприятные эпизоды и сделать так, чтобы то, что произошло, никогда не случилось или чтобы об этом забыли в следующих главах? Как она сможет забыть? Он подумал, что опять начинает размышлять вслух, потому что именно этот вопрос могла задать ему бывшая жена. А теперь этот болван-издатель говорит ему, что его жизнь — это макулатура, набитая романами для макулатуры.

— Ну что, Пако? Вот я и говорю тебе, что ты становишься идиотом. Ты слишком много пьешь. Очнись. Тебе все равно, какое дерьмо писать, а мне ты решишь проблему. А со старухой, которую ты только что видел, покончено.

«Это высказывание стало последней каплей», — размышлял Пако Кортес позднее. Эспехо зажег дешевую сигару, и лицо его на миг осветилось отблеском адского пламени. У него был вид непристойного, грязного старика: одетый в краповый костюм с черным галстуком то ли из-за траура, то ли по министерскому уставу, худощавый, бледный, с блестящей лысиной, одно плечо ниже другого, с белыми женскими руками и пожелтевшими от никотина, грязными, как у поэта, ногтями. У него был нервный тик, вызывающий постоянный кашель, и каждый раз старик подносил к губам не слишком чистый платок, который он аккуратно сворачивал перед тем как положить в карман. Зрелище было омерзительное.

— Ну что? Мне кажется, ты зря тянешь.

Пако Кортес засмотрелся в окно. Он думал о Доре и об Эспехо (вот ведь козел!). Пако испугался, что покойный Эспехо, цар-стви-е-ему-не-бес-но-е, мог бы прочитать его мысли и прошептать их на ухо старику Эспехо. Каждый раз, когда он приносил Доре деньги, в его воображении разыгрывались удивительные сцены. Полученные деньги позволяли ему купить ей цветы. Нет, лучше не цветы. Ничто так не раздражает женщину, как цветы, подаренные мужчиной, от которого она не хочет их принимать. Они ждут этого от своего любимого мужчины, как и поцелуя в губы, который приберегают для любимого мужчины. Он подумал, что, наверное, не следует дарить ей цветы. Шаль. Шали, наоборот, нравятся всем. Он купит ей шаль у цыган на улице Гран Виа, после того как зайдет в аптеку. Он, конечно, не богат, но на деньги, которые он вытянул у Эспехо, можно было позволить себе сходить в магазин. Просто повезло. Должно быть, он застал старика врасплох. Дополнительные тридцать тысяч. Пако почувствовал, как удача улыбается ему. И, кроме того, этот проходимец у него в руках. Он пожалел только о том, что не попросил триста тысяч.

— Я больше не собираюсь писать романы: ни любовные, ни детективные, ни эротические, Эспехо. Все кончено. Ты меня больше не увидишь, потому что ты — противный старик, эксплуататор, такой же, как и покойный Эспехо, и таким же станет твой гребаный Эспехо-сын. Отвратительная чертова семейка.

Пако озверел. Вообще-то ему не нравились грубые слова, он сам, как и его герои, никогда их не употреблял. Раньше была цензура, и он привык к цензуре. Никто из его персонажей, например, ни разу не произнес слово «гребаный». В современных романах, с 1977 года, уже разрешалось употреблять слова вроде «трахаться», «сукин сын», «придурок», «ты сейчас умрешь, козел», «ты — куча дерьма». Но ему было уже поздно. Действительность менялась. Каждый день появлялись десятки новых авторов, везде: в газетах, объявлениях, на телевидении. Непонятно, откуда их могло столько взяться. Потом они все ехали в Куэнку, Хихон, в Барселону, где проводились конгрессы, симпозиумы, семинары. Появилось слишком много интеллектуалов, чьи персонажи могли сказать «чертов» или «сукин сын». Нет, он — джентльмен. В его романах не будет таких выражений, как «сукины дети», вместо этого — «подлецы», слово «козел» заменяется на «хулиган», вместо фраз: «пошел на фиг» или «в жопу» используется: «чтоб ты умер» или «чтоб тебя распяли». Его герои никогда не говорили чрезмерно грубо, не употребляли нецензурной лексики, он никогда не вставлял ее в свои произведения. Поэтому слово «гребаный» потрясло его самого, как плевок, и в этот самый момент он почувствовал во рту вкус сладких пастилок.

— Ты меня слышишь, Эспехо? Вся эта ваша гребаная семья!

Эспехо окаменел и раскрыл рот, слушая, как обзывают его покойного дядю и сына. Пепел сыпался с его горящей сигары. Старик не мог поверить своим ушам. Он потерял в один и тот же день автора любовных романов и автора детективов! На миг он утратил дар речи, хотя никогда не стеснялся в выражениях, как Кортес, и был чужд цензуры.

— Пако, ты сукин сын, — закричал он наконец, вскочив с места, — немедленно покинь этот дом!

Стекла задрожали.

— Пока, — сказал Пако, пожимая плечами.

Они видел, что его синяя папка лежала на столе. Он хотел забрать ее, но это было сложно сделать. После двадцати двух лет работы на обоих Эспехо прощание было слишком быстрым. В одну минуту в голове Пако Кортеса промелькнули десять блестящих ответов, которые могли принадлежать любому из его героев.

Делли сказал бы: «Хорошо, Эспехо, теперь тебе придется писать самому все это дерьмо...»

Джон Мюррей, сыщик-аристократ из Суррея, был бы более циничным: «Эспехо, продолжай присылать мне новые романы, я уверен, что это будут шедевры...»

Внезапно он ощутил вкус к запретным словам «сукин сын», «сволочь»...

Фрэнсис Эвон, другой его герой, сказал бы еще жестче: «Эспехо, удавись» или «Эспехо, чтоб тебя распяли».

Но в голове Пако Кортеса прозвучал синхронный перевод: «Иди в жопу, Эспехо». Кортесу это выражение тоже понравилось. Жаль даже, что это случилось, когда он бросил писать. Ладно, пусть останется для молодой смены. Он сожалел о том, что так тихо завершил этот период жизни, не хлопнув напоследок дверью. Выход из игры не был подготовлен. Но если он хочет вернуть Дору, придется перестать писать романы. Так бывает в жизни: она заканчивается там, где можно было бы начать, и начинается там, где уже наступил конец. Так приходят важные решения. Кортес понял, что в действительности он принял это решение гораздо раньше, и не помнил даже когда. Все начинает происходить раньше, чем мы о том узнаем, подобно молнии, опережающей гром. И сейчас, в этой комнате, все было только отблеском грядущего.

Когда он выходил из кабинета, Эспехо прикричал:

— Ты считаешь, что сможешь меня бросить вот так, придурок?

Эспехо всегда легко использовал в речи уличные словечки.

— У тебя есть некоторые обязательства перед издательством, — продолжал он громовым голосом, — обязательства перед дистрибьютором. И несколько векселей для оплаты в банке. Ты понимаешь? Я закупил бумагу на весь год, а сейчас только февраль. Издательство — это машина, работающая как часы, и если не выполнишь обязательства, ты мне ответишь по суду. Я тебя достану.

Слово «придурок» прозвучало, как смачный плевок сержанта во время боя. Модесто и сеньора Клементина переглянулись, не понимая, нужно ли им вмешаться и броситься разнимать этих двоих, которые выглядели так, будто подрались.

Когда Кортес вышел из кабинета, Модесто ждал его стоя. Писатель был бледен и возбужден, одна губа его слегка подрагивала. Модесто подумал, что никогда не замечал нервного тика у своего друга.

Сеньорита Клементина была взволнована происходящим. Она приподнялась со своего места, держа в руке карандаш, которым перемешивала черную землю под кактусом. Верная своему шефу, как старая собака, Клементина, казалось, была готова воткнуть карандаш в горло писателю.

Эспехо продолжал оскорблять Пако, не обращая внимания на адвоката.

— Это тебе так не пройдет, дурак, — кричал он.

— Пока, Клементина. Передавай привет маме.

Пако Кортес всегда передавал ее маме привет. Он считал, что старые секретарши ценят обходительность, и полагал, что писатель, автор детективных романов, может нагрубить начальству, но никогда не позволял себе такого поведения с секретаршами.

Эспехо вышел из-за стола, жестикулируя сигарой, как рапирой.

— Ты — никто, ты это знаешь, кретин? Тебя создали в этом издательстве, и так ты благодаришь моего дядю, цар-стви-е-ему-не-бес-но-е, и меня? Ты думаешь, что еще где-нибудь захотят опубликовать твою пошлятину? В Испании нет другого издательства, поставляющего романы для уличных лотков. Очень хорошо: пиши романы о социальных проблемах, это твое дело, босяк. Ты — покойник.

Последняя фраза была, вне сомнения, взята из романов Кортеса, которые казались старику такими плохими. Внезапно Эспехо вспомнил, что Кортес уносил одолженные тридцать тысяч песет, и его истерика усилилась.

— Верни мне сейчас же эти деньги! Я тебе покажу, вор, ты — вонючий сукин сын!

— Что случилось? — спросил Модесто Ортега уже на улице. Он вцепился в экземпляр «Не делай этого, куколка», как в спасательный круг.

— Я не буду больше писать.

Модесто Ортега подскочил и обошел друга. До этого он шел справа, а теперь пристроился слева от Кортеса.

— Пако, что ты говоришь? Если нужно судиться, мы выиграем дело, я уверен. Этот человек работает бесчестно.

Пако Кортес шел молча и не очень вслушивался в то, что говорил ему друг. В ушах стоял острый свист, то усиливающийся, то ослабевающий.

Казалось, писатель не отдавал себе отчета в том, куда шел.

— Я не мог больше этого выносить. Это грязный старик, — заключил Кортес, стараясь говорить спокойно. — Все кончено.

Модесто Ортега вытанцовывал рядом с Кортесом, как боксер, кружащий на ринге. Но что выражали эти вальсирующие па, обычно такие четкие, изящные, романтичные?

А как же проницательный ум Тома Гуарди, итальянца, который как никто другой знал тайны мафии, безжалостного продолжателя традиций своих предшественников, способного распутать самые сложные преступления за бокалом вина с куском бисквита? И как же Марк О'Флаэрти, ирландец, знающий все о контрабанде виски? Все это не будет написано? Они исчезнут навсегда? И знаменитый английский джентльмен Джэймс Уотерлэйбл, скромный, находчивый, эксцентричный сэр Джэймс, владелец замка в Шотландии, безжалостный разгадыватель тайн, по которому плачет пуля, умница, способный разобраться даже в атомной бомбе, всегда готовый прийти на помощь глуповатым инспекторам Скотланд Ярда и раскрыть преступления, считающиеся безнадежными? Он что, заплатит Харону из денег сеньора Эспехо и расстанется с ним навсегда на другой стороне Стикса?

— Пако, ты не можешь так поступить! Подумай спокойно, перед тем как окончательно принимать решение, — вещал Модесто срывающимся голосом. — Сколько романов ты уже написал?

— Именно поэтому я и могу так поступить. Посмотри на меня. Включая «Грязные махинации мэра», я написал тридцать три романа и мог бы продолжить дальше. Это не очень здорово, Модесто. Сейчас читателям нужно другое. Детективы хорошо разбираются в средиземноморской кухне и рассуждают о классовой борьбе. Раньше философствовали сержанты в комиссариате и аптекари. Молодежи сейчас нужны утонченные эмоции, а я не в состоянии их дать. Им нужны детективы, в которых преступники умнее полицейских, воры более энергичные и им больше везет, чем добропорядочным гражданам, а нахалы оказываются более успешными, чем честные люди. Плохие люди оказываются хорошими, а хорошие — дураками. С того момента, как появилась социология, вина за преступления возлагается на тяжелое детство или порочную среду. Никто ни в чем не виноват, и зло само по себе уже не существует. Одним словом, не возникает вопроса: «Кто это сделал?» Все считают, что виновата среда, злая судьба и все то, что окружает любое человеческое существо и что обычно называют судьбой. Ты меня слушаешь? Я верю в судьбу, но в пределах шкалы «порядок — хаос». Правда, что без судьбы нет Идеального Убийства, но без хаоса нет ни романа, ни литературы. Сейчас все хотят быть как Богарт в кино, но одновременно с этим быть миллионерами, иметь дом в Беверли Хиллз и снимать квартирку для Лорен Бэколл, чтобы по выходным проводить с ней время. Можно было быть детективом и выращивать розы, но где вы видели детективов в фартуке? Мы переживаем упадок, как Византийская империя. Законы утрачивают силу. Времена меняются. Все эти годы я создавал персонажей по своему вкусу, но они мне не очень удавались. Не отрицаю, сюжеты моих детективов интересны, но раскрыть преступление может только решительный человек, и, как правило, он небезупречен. В нашем деле все зависит от сыщика. Преступники все более или менее одинаковые, во всех странах и во все времена. Люди убивают друг друга из-за любви, власти или денег. Отличается только способ раскрытия преступления. Кроме того, я не понимаю героинь этих детективных романов, они у меня не всегда получаются. Те, которые в жизни мне нравятся, в романах выглядят ужасно. Классические детективы, на мой взгляд, как и рыцарские романы, — это мужское дело. Кто такая Дульсинея? Никто и ничто, это тень и фантазия Дон Кихота. Поэтому Дон Кихот и не нравится читательницам. Там нет романтической женщины, а мужчина — только воздыхатель, а женщинам это не нравится ни в жизни, ни в романах. Согласись, ведь преступления, коррида и войны — вот мужские дела. И этого не изменишь, как и то, что солнце восходит из-за этих холмов. Сегодня покупатели книг — женщины, а они ищут романтизма. Поэтому современные авторы пользуются успехом, недостижимым для меня. Они раболепствуют перед читателем, но их романтические выдумки лишены смысла и не имеют ничего общего с действительностью. Я, Модесто, не создал ни одного настоящего персонажа, ни мужчины, ни женщины. Я пытался и так и эдак, приукрашивая свои истории, но каков результат? Вот он. Любой болван может заявить, что я пишу ерунду. И он прав. Я скажу это Доре сегодня же. Окончилась интрига в романах и в жизни, по крайней мере для меня. Мне подрезали крылья. Она права.

Модесто Ортега хранил молчание. У него не нашлось аргументов, а тот единственный, что пришел ему в голову, казался не очень удачным. Адвокат руководствовался не только логикой, но и этикой. Дора не вернется к его другу. Если Пако перестанет писать, чтобы вернуть жену, он ничего не добьется. Она уже около года жила с другим мужчиной. И Пако это знал. Она была довольна, и впервые после развода казалась счастливой. Пока Кортес приносит ей алименты на ребенка, ей все равно, продолжает ли он писать романы или его пригласили в Беверли Хиллз работать сценаристом с Шиндлером или Фолкнером.

— Мне нравятся твои романы, и они популярны, Пако. Героини тебе тоже удаются. А любовная история Виолетты и Флаэрти из «Сосчитай до трех» эпохальна. Продолжай писать. Если бы они не нравились, тебя бы не печатали. Конечно, твой издатель — это пиявка, и, наверное, ты поступил правильно. Просто найди себе другого издателя.

— Нет, с этим покончено, — ответил Пако Кортес, который мысленно уже сжег корабли. — Ты не понимаешь, что все кончено? Как черно-белое кино и креветки из Паламоса.

— Твои романы замечательные... Мне они нравились, — тихо вставил Модесто Ортега.

Несколько минут друзья хранили молчание. Модесто с грустью заметил, что говорит о книгах уже в прошедшем времени.

Они шли через квартал Святого Ильдефонса. Они прошли мимо цыганок с Гран Виа, у которых Пако забыл купить шаль. Народу на улице было мало. Аптека также осталась позади. Боль в горле прошла, он чувствовал себя лучше. Это был серый день, с небом цвета тротуара, так что дома выглядели перекошенными и, казалось, готовы обрушиться от легчайшего толчка. Модесто Ортеге казалось, что это может произойти в любую минуту. Весь город вздрогнет от такой новости. Он превратится в руины в мгновение ока. Он почувствовал, как бьется сердце. Было такое чувство, что они идут не по Гран Виа или по Вальверде, а среди обломков и дымящихся кратеров. Что он будет делать, если его друг перестанет писать? А что сам Пако будет делать дальше? Модесто боялся за Кортеса. Они оба знали, что все доходы за последние двадцать два года приходили из издательства «Дульсинея» и что все это время Пако писал увлекательные детективные романы о сыщиках и преступлениях.

— Как ты собираешься платить алименты Доре? Я, конечно, тебе помогу насколько смогу...

— Спасибо, Модесто. Я вытряхнул из старика тридцать тысяч, это сверх гонорара за мой роман, и я не собираюсь ему эти деньги возвращать. Я открою детективное агентство, я уже все обдумал.

Это была неправда. Идея только что пришла ему в голову.

От испуга Модесто Ортега вновь подскочил и теперь оказался слева от Кортеса, даже не отдавая себе отчета в том, как переместился на другую сторону.

— Да что ты говоришь, Пако! Я знаю, как трудно завоевать читателей. Лучше начинать смолоду. В твоем возрасте надо стоять твердо на земле. Вспомни Шерлока Холмса...

— Нашего?

— Нет, настоящего. У Конан Дойля был такой успех, что все подумали, что он и Шерлок Холмс — это одна и та же личность, его взяли в Скотланд Ярд, и что произошло?

— Да, он не смог раскрыть ни одного преступления. Это был провал, но я не Конан Дойль и не лорд. Все решено: я перехожу от литературы к жизни. Я тупею, и Эспехо в этом прав. Конец Фреду Мэдиссону, Томасу С. Коллуэю, Эдварду Фергюссону, Мэттью Эл Джефферсону, Питеру О'Коннору. Прощай, Сэм Спид, это был твой первый и последний выход в мир. С сегодняшнего дня я — Франсиско Кортес, а точнее, Пако Кортес. То, что я делал, было мертво.

— Как это мертво? — с негодованием перебил его Модесто. — А как же все то, что я находил в твоих романах? Когда читаешь твои описания, то как будто видишь все это перед собой!

— Нет, теперь герой — это я. Я тот, кто я есть, я теперь знаю, кем хочу быть и кем пока не являюсь. Может быть, теперь ты будешь описывать мою жизнь, — пошутил экс-писатель. — Я — герой своего собственного романа. Я не буду больше выдумывать персонажей, я буду создавать самого себя. Ты меня слушаешь? Так писал Унамуно. Доре это понравится.

— Ты будешь писать как Унамуно?

— Нет, — уточнил Кортес, — наоборот. Я перестану писать. А с Мариолой у меня ничего не было, Дора это знает, и мы снова будем жить втроем: я, она и дочка.

— Пако, ты сошел с ума. Ты двадцать два года работал в издательстве «Дульсинея». Давай поменяем издательство! — он специально сказал «мы». — Ты собираешься сделать глупость. Ты ведь умеешь писать детективные романы, и тебе надо продолжать этим заниматься.

— Помоги мне. Ты всегда говорил мне, что адвокаты хорошо разбираются в преступлениях, и чем больше опыта общения с криминальным миром, тем лучше становится адвокат.

— Когда я тебе это говорил?!

— Лоренсо тоже поначалу мог бы присоединиться.

Он имел в виду Лоренсо Маравильяса, инспектора полиции, который уже три года работал в комиссариате на улице Луна, и уже два с половиной месяца ходил на собрания, и был одним из активных членов Клуба Идеальных Убийств.

— В последнем романе, который я отдал Эспехо, есть бар под названием «У Лорена». Это в честь него.

Члены КИУ ценили такое внимание. Во всех романах Кортеса появлялся кто-нибудь из близких знакомых. Он не забывал ни Дору, ни свою дочь Виолетту. Он включал в текст их рассказы, и они становились находками, которые считались проявлением его таланта.

— Кажется, Лоренсо — хороший человек, — заметил Модесто. — Но чем он тебе может помочь?

— Может быть, он захочет быть моим партнером. Мы сможем учредить предприятие. Полицейский, адвокат и детектив. Замечательно. Лоренсо будет передавать мне дела, я их решать, а ты — защищать преступников.

— Но обычно в комиссариат к Лоренсо люди обращаются за получением паспорта.

В проектах своего друга Модесто не находил логики.

— Кроме того, Пако, ты думаешь, что в Мадриде есть работа для еще одного детективного агентства? Их четыре или пять, и то это много. Я недавно видел передачу об этом по телевидению. Это как с врачами. Мне кажется, что люди не потратят ни песеты на частного специалиста, если могут получить желаемое по страховке. Так и с полицией.

— Да нет. Сейчас много разводов. Люди подозрительны, и необходимы детективы, чтобы шпионить. Это модно, а людям нравится быть модными. Вчера я прочитал, что как только по закону стал разрешен развод, в Испании распалось сто пятьдесят тысяч браков. И их количество только растет.

— И как это связано с твоими романами? Ты пишешь о мафии, контрабандистах, о покойниках с ножевыми ранениями, которых находят в закрытой комнате, о продажных детективах, честных проститутках, о криминальных организациях, о профессиональных убийцах... Сколько настоящих убийц ты видел на берегах Мансанарес?

— Самое важное — это метод, Модесто. Если владеешь методом, ты можешь разрешить любую задачу. Я много говорю о полицейских. Я тот, о ком говорят «реалист». Ты не представляешь, сколько я замечаю из того, что полицейские пропускают. Для этого нужно иметь живой ум.

— Да, но часто сложные дела остаются нераскрытыми из-за нехватки денег. На что ты будешь жить? Зачем нужен детектив? Ты будешь проводить целый день, шпионя за парочкой, чтобы проследить, где они займутся любовью, и сделать пару снимков?

— Сначала, может быть, так. Это как игра на пианино. Как только освоишь технику, можешь играть все что хочешь. Сначала это будут не очень важные дела, но у тех, кто обращается к детективам, есть деньги; где есть деньги, там есть преступления, а значит, и преступники, и следовательно, всегда найдется желающий как помочь полиции, так и помешать. На вершину этой пирамиды я и собираюсь подняться.

— Ну не знаю...

— Все уже решено. Я считаю, что я не был писателем. В жизни нужно иногда совершать кардинальный поворот, как в романах, когда попадаешь в тупик... Ничего, я прорвусь дальше.

— Но как ты собираешься все это бросить после того, как ты написал столько романов? Если не ты, то кто же в Испании? У тебя столько же таланта, как и у других, даже больше, потому что в конце концов почти все описывают то, что видят. Но это не ценится. Ты же описываешь то, что черпаешь из своего воображения. Ты никогда не был ни в Чикаго, ни в Нью-Йорке, ни в Лондоне. Ты в жизни не выезжал из Мадрида, но когда описываешь эти города, они кажутся реальными, как будто находишься там. Ты не был в Лондоне, я это знаю, но когда я гулял в Хэмпстэде, он был абсолютно таким, как район в романе «Чай после пяти». Помнишь, ты написал о пожаре в гостинице «Маджестик» в Лос-Анджелесе или о хижине у озера Мичиган? Впечатление, будто находишься прямо там. Я до сих пор слышу уток. Откуда ты знал, что в озере Мичиган есть утки? Я их видел, когда мы с женой поехали туда, чтобы отвезти Мариту на учебу. Я не только слышу, мне кажется, я даже вижу их. Хотя твои персонажи вымышлены, но они благодаря тебе живут собственной жизнью в мире, где есть порядок, логика! Это очень...

Он был взволнован и поэтому так красноречив. Наверное, на заседаниях суда он ведет себя по-другому и умеет быть красноречивым.

— Оставь это, Модесто. Я и так тебе благодарен. Думаю, что ты хороший адвокат.

— Ты можешь умереть, — продолжал тот, — и никто не заметит. Но если твои персонажи перестанут существовать, читатели привлекут тебя за убийство, за нанесенный ущерб...

Это была цитата....

Франсиско Кортес, автор детективных романов о преступлениях и чрезвычайных событиях, был растроган, но он из тех, кто, приняв решение один раз, его уже не меняет. Как говорил Унамуно, которого Кортес недавно цитировал: «Среди тех, кто принимает решения и пишет, есть живородящие и яйцекладущие. Те, кто должны неделями высиживать яйца, и те, кто за секунду рождают книги и принимают решения. Я — из последних, и этим все сказано». Таков был один из уроков, которые Пако извлек из литературы. Жесткий мужчина должен быть таким. Женщинам нравятся жесткие мужчины, а читателям и подавно. Из-за Доры он размяк, но с сегодняшнего дня ему нет дела до читателей. Так же Делли нет дела до линотипов. Двадцать два года у Эспехо — это слишком много, тягомотину пора прекратить. Отныне Франсиско Кортес будет жестким мужчиной. Он придет поздним вечером к Доре и скажет ей: «Собирайся, бери дочку, и мы пойдем домой». И Дора пойдет с ним. Но о чем это он? Ведь дом Доры — это его дом. Как они могут переехать в его квартиру, где невозможно жить? Все равно, он думал это просто так, чтобы подчеркнуть преимущества жесткости.

Они подходили к кафе «Комерсиаль». Было около пяти.

— Я поговорю с Лоренсо сегодня же вечером. На эти деньги я смогу снять помещение на несколько месяцев и начать работать. И постепенно все образуется. Так устроена жизнь. Начнут приходить обманутые мужья и жены, недоверчивые деловые партнеры, появятся истории о преждевременно растраченных наследствах, обманах, подкопах, отягчающих обстоятельствах...

Все это напоминало один из написанных им романов под названием «Двойная жизнь»... Он сам вел двойную жизнь и лучше всех понимал, как это бывает...

Он должен сказать Доре, что в этом месяце не сможет заплатить необходимую сумму. Он ей все объяснит, и она его поймет. Это плохо. Ей совсем не понравится, что он не заплатит алиментов. Она подумает, что он опять взялся за старое. Не время рассматривать «за» и «против». Слежка ничего не стоит, только расходы на метро, на такси, и все. Только блокнот и ручка.

— Модесто, никому не говори, что я бросил писать. И особенно Милагрос.

3

Все заметили, что Сэм Спэйд и Перри Мейсон пришли с расстроенными лицами, что можно было объяснить происходящим на заседании конгресса депутатов.

Спэйд поинтересовался, пришел ли Мегрэ, полицейский из комиссариата на улице Луна. Ему ответили, что нет, и что, учитывая последние события, навряд ли он появится сегодня.

— А что произошло?

Спэйд посмотрел на них, подозревая, что все знают какую-то страшную новость, которую ему никто не хочет сообщать, хотя все было наоборот, и когда стало понятно, что Перри Мейсон и Спэйд не в курсе, все заговорили одновременно, смешивая события с догадками и подозрениями. В настоящий момент происходило нечто историческое: несколько военных прорвались в зал заседаний конгресса депутатов и пытались произвести переворот.

— Именно сейчас?

— Да.

— И резонанс на государственном уровне?

— Пока еще не понятно.

— Этого не может быть, — сказал Перри Мейсон.

Нет, все уже произошло. Вернее, происходит. А телевидение? Неизвестно. В «Комерсиале» не было телевизора. У Томаса, официанта, обслуживающего членов Клуба Идеальных Убийств, был лишь небольшой радиоприемник. Он прижимал его к уху, как Мисс Марпл прижимала свой, и обслуживал клиентов, лавируя между столиками так же ловко, как между голосами различных радиостанций.

Шерлок Холмс сидел около окна и рассеянно смотрел на улицу. Он держал большую трубку цвета морской пены, подарок жены, и нервно потирал руки. Из всех членов КИУ он был самым нервным. Он единственный из всех пережил войну, участвовал в ней, и все происходящее напоминало ему далекие события июля 1936-го. Оставалось только наблюдать из окошечка кафе за тем, что происходило на улице. Он боялся, что в любой момент на улицах со стороны Брунете появятся бронированные танки и мятежные войска. Но все выглядело будничным. Туда-сюда сновали машины, невозмутимо торговали уличные продавцы, метро пережевывало и выплевывало людей с постными лицами, до которых еще не дошли последние новости.

— Когда убили депутата Кальво Сотело в 1936-м, все выглядело так же. Невозможно жить, когда людей убивают среди бела дня, — скорбно возвестил Шерлок Холмс.

Шерлок Холмс был бледен. Его бронзовый, как у голливудских актеров, загар — часть имиджа солидного пожилого господина — казался зеленым. Руки вспотели от волнения, и, чтобы скрыть это, он потирал их, как будто согреваясь.

— Я ухожу, — мрачно сказал он, не выпуская трубки изо рта.

Но сначала он хотел сказать кое-что своим друзьям, которых очень любил. Заседания Клуба Идеальных Убийств были для него источником жизни.

По его, Шерлока Холмса, мнению, с этого вечера начнутся задержания и обыски.

Мейсон кивал, но было неясно, насколько он разделяет эти опасения. Одновременно с этим он думал о Пако, об сцене в издательстве Эспехо, о перевороте и о своей собственной семье. Слова Шерлока Холмса вывели его из равновесия. Его дочь Мария жила в Барселоне. Он вообразил себе линию фронта, которая разделила Испанию, свою жену, себя рядом с ней и дочь. Он тоже хотел уйти, но не знал, как заявить об этом. Он не хотел показаться трусом, хотя его длительное восхищение крутыми ребятами из романов должно было хоть чему-то научить его.

— Если повторится 1936-й, в Мадриде будет нелегко, — высказал он опасение.

Опасения Перри Мейсона по поводу грядущего голода приблизили к реальности страхи Шерлока и заразили остальных.

Ниро Вульф был ребенком, когда началась война, но он хорошо помнил голод.

Мейсон снова молча согласился. Шерлок продолжал:

— Будут страдания...

— Пожалуйста, Шерлок, не пугай. И ты, Мейсон, не поддерживай его, — Спэйд поднял руку, щелкнул несколько раз пальцами и подозвал Томаса, который обслуживал клиента в другом конце зала.

Он думал о том, что у детективного агентства очень мало расходов. Нужно подобрать ему название. Тревоги друзей казались ему преждевременными. Назвать сыскное агентство «Аргус», по имени легендарного стоглазого великана. Названия у Пако получались хорошо. Он всегда их придумывал сразу, и не нужно было потом переименовывать. Они приходили сами собой, например: «Жуткое дело», «Бриллиант из Вермонта», «Рядом с вдовой Аскот», «Криминальная Мекка», «Полная луна внутри пуста», «Карамель из черного сахара», «Пять тузов», «Сапфировая нить», «Кабинет сеньоры Сэйсдэдос», «В двух шагах от убийства», «Понедельник и вторник»... А сейчас ему нужно было придумать название агентства: «Детективное агенство "Аргус"». Это подойдет. Завтра он займется оформлением бумаг, закажет красивую, современную вывеску в форме стрелы, и детективы «Аргуса» примутся за работу. Пако не понимал, почему всех так волновали национальные гвардейцы в зале конгресса. В этом было нечто вульгарное. Какой позор для Испании. Поэтому ему нравилось писать об Англии, Франции, Америке. Зачем «бобби» врываться в Британский парламент? Только испанцу придет в голову носить лакированные треуголки, достаточно красноречиво говорящие о том, что находится под ними. Все разлиновано, так что противно, и мрачно блестит. Если бы Пако мог, он разбил бы свое гражданство на сто мелких кусочков. «Аргус». Да, в названии заложена половина успеха. Будущее улыбалось ему в то время, когда Испания переживала зловещие моменты. Ему нравились удачные находки: «Почти идеальный», «Не жди от меня продолжения», «Один плюс один равняется трем», «Мне не нужна справедливость. Часть первая: Я только прошу мести», «Чай после пяти». Нужно придумать логотип, это еще одна важная составляющая успеха детективного агентства: Меркурий с волшебным жезлом, в крылатых сандалиях, ведь быстрота в работе детективного агентства очень важна, — придумано замечательно. Сандалии с крыльями, жезл и обвивающие его две змеи... Быть автором детективных романов не престижно, но благодаря этому занятию он приобрел энциклопедические знания.

— О чем ты думаешь, Спэйд?

— Что?

Его мысли разлетелись, как бутылка виски, которую уронил Делли.

— Восемнадцатого июля никто не мог подумать, что это продлится три года и еще тридцать пять лет... И что опять будут жечь церкви и монастыри.

Последняя фраза была рассчитана на Отца Брауна, тоже члена Клуба Идеальных Убийств, при этом Шерлок не сводил взгляда с Мейсона, в котором чувствовал союзника.

— Мейсон, ты помнишь, как это было? Вы, дон Бенинью, молчите.

Отец Браун радостно улыбнулся, легким движением вытряхнул в пепельницу содержимое трубки, убедился, что в ней ничего не осталось, и произнес:

— Монастырей осталось уже мало, а что касается церквей, не мешало бы сжечь парочку...

Мейсон мрачно слушал этот разговор, не реагируя на шутку Отца Брауна, и тоже очистил трубку.

Можно было подумать, что это собрание членов КИУ было заседанием клуба Курильщиков трубок. У Мисс Марпл тоже была своя. Они не давали себе отчета в том, как странно выглядели они все с трубками...

— Шерлок, хватит об этом. Основы церкви уже изрядно обгорели, не правда ли, Отец Браун? А ты, Мейсон, не делай страдальческое лицо.

Манера говорить у Марлоу была напористая, мадридская, как будто он просил бутерброд с кальмарами в одной из закусочных на площади Пласа Майор.

Члены КИУ считали Мейсона неудачником. У него были унылые усы и седые волосы, а когда к нему обращался не Спэйд, а кто-нибудь другой, он реагировал медленно, как моллюск, и сжимался, особенно если это был Марлоу, который ему не нравился. Однако Мейсон не осмеливался поставить его на место и не противоречил, прежде всего из-за слабости характера. И можно было подумать, что этот человек — насмешник, иначе персонаж с его именем не был бы героем телевизионного сериала. Непонятно, как ему удавалось в суде не позволять манипулировать собой оппонентам. С точки зрения логики он не мог быть адвокатом, но именно эта алогичность очень часто определяла его жизнь. Простодушная наглость Марлоу поставила его на место и заставила замолчать.

— Брось, Мейсон, не принимай все так близко к сердцу, — шутливо сказал Марлоу, не разделяя чувств адвоката.

Марлоу был сыном часовщика с улицы Постас, которому принадлежала лавка «Поставки. Фурнитура. Инструменты». Говоря о своих родителях, он неизменно называл их «мои старики». У его семьи был еще один магазин на улице Карретас, в конце ее, почти на перекрестке с Гран Виа.

Марлоу иногда подрабатывал часовщиком или был посыльным между улицами Постас и Карретас. Во время этой беготни он выкраивал несколько часов, чтобы посещать заседания КИУ. Он коллекционировал пистолеты. В действительности это была фамильная коллекция его «стариков», которую он пополнял и реставрировал. Он говорил, что благодаря часам и детективам он начал лучше понимать пистолеты. Основой хорошего преступления часто является хорошее оружие. Ему не нравились отравления и еще меньше заумная баллистика, карабины с дальностью стрельбы в километр или телескопические прицелы с рентгеновским излучением. «Идеальное Убийство свершается вовремя, как отбивают час хорошие часы, которые не спешат и не отстают». Ему нравились красивые звонкие фразы. Его только что освободили от военной службы. Он был среднего роста, с большой головой, черты лица и выражение глаз говорили о смелости и упорстве. Взгляд у него был недоверчивый и смелый. Он всегда хорошо одевался, тщательно брился, пользовался мужскими одеколонами и в любой момент был готов покорить любую встретившуюся на пути юбку. Настоящий сын Мадрида. Он был самым молодым среди членов КИУ, пока в общество не вступил По.

— А где По? — спросил кто-то.

— Он не пришел, — ответил Марлоу, — а вы, ребята, похоже, наложили в штаны при виде происходящего.

В этот момент, как будто отзываясь на только что сказанное, в дверях появился По.

— Побольше уважения, парень, — сказал Шерлок, потирая шею. Он не собирался здороваться с вновь пришедшим. — Ты не знаешь, что это было.

— Как это не знаю? Мой старик был в «Голубой дивизии»[1] и надрал жопу большевикам, — сказал Марлоу.

---

[1] Во время Второй мировой войны 1939–1945 гг. Испания, несмотря на официальную декларацию о своем «нейтралитете» (5 сентября 1939 г.) и объявление Испании «невоюющей стороной»

— Марлоу, — одернул его Спэйд, которого эти слова вернули с небес на землю, — не смей употреблять такие слова в присутствии женщин и духовенства!

Священник пожал плечами, тем самым показывая, что он прощал грубые слова, а старая Мисс Марпл, не симпатизирующая Марлоу, и другая, одетая в черное молодая дама, вовсе не отреагировали.

— Хорошо, — продолжал Шерлок, не обращая внимания на то, что его перебили, — я знаю, что это, и это было ужасно. Людей забирали ночью и расстреливали, потом их трупы находили в водосточной канаве или еще где-нибудь. Вместе с мамой я ходил на автовокзал на Браво Мурильо в поисках тела моего дяди, одного из братьев мамы. Мы ходили целый месяц, но его тела так и не нашли. Такое зрелище невозможно забыть.

Все молчали. Призрак гражданской войны, как зловещий ворон Эдгара По, навис над столом, над чашками кофе, стаканами воды и счетами за выпитое, каркая свое «nevermore».

Кроме членов КИУ в кафе сидели два дряхлых старика. Казалось, что один из них провел восемьдесят лет, не сходя с места, а другой, тот, который только что вошел, все время просидел рядом с ним. Оба они выглядели совершенно спокойными. Небольшими глоточками они попивали кофе с молоком. Казалось, что они еще ни о чем не знают.

Мрачное предсказание Шерлока внесло трагическую ноту. Никто не осмелился спорить. Никогда раньше на собраниях КИУ не говорили о политике. Даже Мегрэ, полицейский, который мог бы бесконечно рассказывать о происшествиях на работе, не любил поднимать эти волнующие темы.

На заседаниях КИУ не было запрещено говорить о политике, просто эта тема никого не интересовала. В списке членов КИУ значились имена героев детективов Г. К. Честертона, Дороти Л. Сэйерс, Агаты Кристи, Ф. Уиллиса, Ф. У. Крофт-

---

(13 июня 1940 г.), помогала Германии и Италии. На советско-германский фронт была направлена «Голубая дивизия» численностью 20 000 человек.

са и других. Под этими именами собирались любители детективных романов, которых объединяла любовь к преступлению как к чистому искусству, причем убийство возводилось в ранг художественного произведения.

Спэйд оживился, вмешался в разговор и еще раз повторил вопрос, который уже задавал:

— Кто знает, придет ли Мегрэ?

Да, на заседании не было Мегрэ — Лоренсо Маравильяса, который становился главной фигурой в сложившихся обстоятельствах. Так как он работал в полиции, то, конечно, знал о происходящем больше всех остальных. Но военные перевороты готовятся без ведома полиции, и особенно испанской полиции.

— Нет, — продолжал Спэйд, — этот переворот меня не волнует, и, зная испанскую полицию, могу сказать, что они ничего особенного не знают, кроме того, что участвуют в событиях. Они все всегда делают, не осознавая причины.

— Может, кому-нибудь из нас стоит прогуляться по улице Луна, — предложил Мейсон.

Все посмотрели на Спэйда, но он отрицательно покачал головой.

— Ни к чему.

Все согласились. Тогда кто-то предложил подождать, может быть, Мегрэ появится.

Мегрэ никогда не пропускал заседаний. Он был энтузиастом от природы. Холостяк, приехавший из страны басков четыре года назад, он до сих пор находился в состоянии эйфории. Если работа позволяла, обычно он приходил на собрания первым и уходил последним.

Согласно протоколам, которые вел Ниро Вульф, установлено, что 23 февраля в кафе «Комерсиаль» на заседании присутствовали: Спэйд, Перри Мейсон, Милагрос, По, Мисс Марпл, сам Ниро Вульф, Отец Браун и Марлоу. Это была самая активная треть всех членов КИУ. Отсутствовали: Макс Куадрадо, слепой юноша, прозванный так в честь знаменитого слепого детектива Макса Каррадоса, раскрывающего преступления с помощью своего друга Паркинсона, Нестор Бурма, который подхватил грипп, свирепствовавший в эти дни, и Майк Делан (второе лицо Лолиты Чамизо, редактора колонки «Происшествия»). Лолита одевалась как мужчина, носила костюмы, жилетки, рубашки с галстуками, как у работников суда, и курила трубку. Последний и самый старый член общества — это дон Хулио Корнер, который, подобно персонажу баронессы Орчи, расследовал все дела, практически не выходя из комнаты. Это был мудрец, утверждающий, что для того чтобы убедиться в том, что небо синее повсюду, не нужно совершать путешествие вокруг света. Эту теорию разделял Сэм Спэйд и применял ее на практике, не хуже хроникеров описывая города, в которых никогда не бывал. В протоколе заседания имя Мегрэ сегодня не фигурировало, как оказалось, не совсем справедливо — в самом конце Мегрэ появился. Скорее всего, это произошло потому, что Ниро Вульф делал записи еще в начале собрания.

Шерлок Холмс продолжал сидеть у окошка, выжидая момент, когда он сможет встать и уйти, не показавшись окружающим трусом.

— Нужно бы запастись провизией на всякий случай.

Это предложил Ниро Вульф. У него был ресторан и привычка заботиться о запасе еды. Шерлок вспомнил о голоде, перенесенном во время войны и после нее.

— Сейчас лучше всего идти домой, чтобы быть с семьей, — сказал он.

— Как в Рождество!

Знаменитый черный юмор Спэйда, принесший успех его романам. Разговор с Эспехо на него повлиял гораздо больше, чем переворот.

— Как хотите, а я пошел.

Шерлок встал с места с мрачным видом. Впервые в жизни он обиделся на комментарий друга. Отец Браун, который хотел поддержать его, тоже собрался уходить. Он был спокоен: если снова будут преследовать священнослужителей, то ему срочно нужно переодеваться, хотя, возможно, наоборот, безопаснее будет носить сутану.

— Я тоже пойду. Я нужен прихожанам.

Отец Браун всегда приходил на собрания. И понятно, почему: он был уверен, что прихожане более склонны ко злу, чем к добру. Мисс Марпл выключила приемник, который все время пыталась засунуть в ухо, положила его в сумку и тоже собралась уходить. Мейсон молча натянул пальто, а Ниро торжественно закрыл тетрадь с протоколом, что означало конец заседания. Все были обеспокоены и взволнованы: это было первое за пятнадцать лет заседание, которое не состоялось. Остались только Спэйд, Марлоу, По и Милагрос.

Милагрос, одетая в черное, молчала. Она вообще была неразговорчива. Все слова, произнесенные ею на заседаниях, мог бы запомнить даже попугай. Она не пила ни спиртного, ни воды, а только кофе, чашку за чашкой. Она сидела прямо и, наклонив голову, внимательно слушала. Ее лицо заставляло вспомнить о масках египетских фараонов: неподвижные, изящно выписанные черты, бледная кожа, бесцветные губы, напоминающие лепестки ириса мочки ушей и глаза цвета черного янтаря. Она курила с такой же жадностью, с которой поглощала кофе «эспрессо», и при этом заглатывала дым, быть может, стараясь не привлекать к себе внимание. Она всегда одевалась в черное, никогда не носила юбок, только брюки, даже летом, черные блузки, черные обручи для волос и даже черные платки. Исключение составляли ботинки и босоножки, которые были кремового, розового или белого цвета. Милагрос стремилась всей душой только к одной цели: стать героиней и литературного и настоящего романа своего друга. Если спросить у Сэма Спэйда, он подтвердил бы, что это так, потому что он единственный знал, как она переживала, что во всех романах Спэйда присутствовала только его законная жена Дора. Милагрос была подругой Спэйда до того, как случайно, в комиссариате на улице Луна, он познакомился с Дорой и три месяца спустя женился на ней. Милагрос не обрадовалась случившемуся, но смирилась. После этой свадьбы Милагрос, которую члены Клуба Идеальных Убийств звали Милес, в память о персонаже Патриции Хайсмит, перестала посещать собрания в кафе «Комерсиаль». Спэйду никто вопросов не задавал, так как все понимали, что иначе и быть не могло. Но когда Дора и Спэйд расстались, Милес снова появилась. Ее пригласил Спэйд? Или сама Милес почувствовала перемену, как ласточка, которая, долетев до Африки, возвращается в свое старое гнездо? Никто не задавал вопросов об их отношениях. Милагрос сохраняла свое прежнее спокойствие, а Спэйд — равнодушие. По окончании собраний в «Комерсиале» они иногда выходили вместе. Иногда она останавливала такси двумя пальцами, в которых всегда была зажата горящая сигарета, и молча садилась в машину, ни с кем не попрощавшись. Казалось, она появлялась и исчезала, как дух. Милагрос никогда не произносила лишнего слова, шутки или длинной фразы. Она была, как сфинкс, молчалива и таинственна. Никто не знал, чем она занимается. Она не работала, побывала замужем за очень богатым человеком и весьма удачно развелась, но у нее были также и свои деньги, унаследованные от родственников.

— Пако, тебе не нужно было спорить с Шерлоком, он хороший человек.

И Пако, которого никто никогда не называл в «Комерсиале» этим именем, ответил, поддерживая личный характер беседы, тоном, который удивил Марлоу и По, потому что на собраниях они никогда не обсуждали политику, называли всех без исключения по прозвищам и, как правило, на «вы».

— Да, Шерлок — хороший человек, но и Спэйд не виноват в том, что произошло у Эспехо.

Наступило неловкое молчание. Марлоу и По не осмелились его прервать, зато Спэйд через несколько минут сам спросил, что было известно о национальных гвардейцах в конгрессе.

— Давайте еще раз попробуем установить законы детективного жанра, — робко сказал По, как старательный ученик.

До того как По присоединился к участникам собрания, он был обычным студентом и проводил время в кафе, перечитывая конспекты за одним из столиков. Иногда его видели с девушкой намного старше его. Однажды По подошел и сказал: «Вы всегда говорите о детективах, а мне они тоже нравятся. Можно вас послушать?» Все были приятно поражены его восхищением и естественностью, с которой он попросил разрешения. Шерлок спросил: «А какие детективы вам нравятся?» Услышав, что к нему обращаются на «вы», По смутился. Он не так много читал и поэтому назвал первый пришедший на ум: «Преступления на улице Морг». Именно Спэйд придумал ему прозвище, объяснив, что всем членам общества давали новые имена, и спросил, нравится ли ему имя По? «У вас такой романтичный вид, вы такой бледный и стройный». «А почему не Дюпин?» — спросил По. «А вы бы хотели, чтобы вас звали Дюпин?» — уточнил Спэйд. «Нет, — подумав, ответил По, — все-таки лучше По».

За последние годы он был первым новообращенным в эту веру. Это произошло так внезапно, что все были не только согласны, а можно сказать, в восторге, и больше всех Марлоу и сам Спэйд, еще и потому, что ни от кого не ускользнуло присутствие очень красивой молодой дамы, иногда сопровождающей его. Она была прекрасна, как ангел.

Ее звали Ханна, и она была датчанка. Сегодня, 23 февраля, она отсутствовала. По познакомился с Ханной на академических курсах, где учился. Это учебное заведение находилось рядом с кафе, на третьем этаже. По работал в банке и собирался поступать в университет, Ханна преподавала английский язык в академии. Она была на десять или двенадцать лет старше По.

Спэйду нравились По и Ханна. Ей прозвища не давали, потому что Ханна не очень интересовалась КИУ, иногда она присоединялась к заседающим, а иногда — нет.

В облике молодого человека действительно было что-то романтическое. Он был строен, бледен и стеснителен, а также довольно высок, с черными, прямыми, блестящими волосами, без бороды, с руками в синих прожилках вен. Вместо По можно было дать ему имя Шопен. Он говорил так тихо, что иногда друзьям приходилось переспрашивать, чтобы расслышать, и из-за этого По казался беззащитным.

По обладал холодным аналитическим умом, это становилось заметным, когда на заседаниях задавали много вопросов и детективных загадок. Он первым находил ответы и умел связывать самые неожиданные точки зрения.

— Хорошо, — поперхнулся Спэйд.

Все ждали, что он что-нибудь скажет; на этих собраниях и старые, и молодые члены клуба уважали Спэйда и признавали его неоспоримое знание предмета.

Спэйд долго говорил, и в это время он забыл о своей ссоре с Эспехо и о перевороте, и даже о том, что должен был вечером навестить Дору. Самое важное — это правила детективного романа. Их трудно установить для всех сразу, но в криминалистике существует Идеальное Убийство (ИУ), и оно является частью детективного жанра, что очень важно, и потому все собравшиеся — члены Клуба Идеальных Убийств.

— Начнем, — произнес Спэйд, — легче учиться на грубых убийствах, чем на макиавеллевских интригах.

— Хорошо сказано, — поддержал Марлоу, — особенно в день макиавеллевского заговора против Испании.

— Марлоу, не перебивай, — продолжал говорить Спэйд, — особенно, когда кипят шекспировские страсти. Для детектива все преступления одинаковы, так же как для гепатолога печень. Убийство уравнивает жертв и потому демократично. Если тебя убивают, то ты — покойник, и как труп устраиваешь всех. Пока человек жив, с него многое спрашивается. Сейчас даже самый большой дурак может прикинуться мертвецом.

Спэйд приступил к изложению своей небольшой аудитории законов детективного романа:

— Все знают: полиция утверждает, что Идеального Убийства не существует, а бывают только плохие и некомпетентные детективы.

Подошел официант Томас.

— Мы закрываемся по распоряжению хозяина.

— Но еще полчаса мы можем здесь побыть? — спросил Спэйд.

— Полчаса, да, но не больше. Хозяин сказал закрывать кафе как только уйдут посетители, — предупредил Томас, понизив голос до шепота. — Говорят, что в городе военный переворот.

Спэйд притворился, что не слышит, и продолжал:

— Чтобы поддержать свою репутацию, полицейские утверждают, что не существует Идеальных Убийств, но они существуют, хотя мало кто способен их совершить. Даже те, у кого есть призвание от рождения. Ни один преступник не идет на преступление для того, чтобы сесть в тюрьму. Идеальные Убийства придают смысл существованию полиции, а вовсе не погоня за рядовыми нарушителями общественного порядка в угоду публике. Писатели пользуются криминальной хроникой, чтобы все расставить по местам. Они очищают и повышают качество преступления, как классические скульпторы, которые ввели каноны для пластического искусства.

Ему самому не понравился этот последний пункт, как только он вспомнил, что только что перестал быть писателем и теперь отрицает все каноны, которые привели его в никуда, а вернее, еще хуже: к классицизму.

— Итак, — продолжил он, прокашлявшись и глотнув джин-тоника.

Пако было больно глотать, наверное, он подхватил ангину.

— Первое правило: у читателя и детектива должны быть одинаковые возможности для решения проблемы. — Спэйд загнул указательный палец. — Это очень важно, как на охоте. Нельзя поджидать лисицу на выходе из норы с ружьем. Нужно предоставить животному свободу. Это как коррида. Если бы целью было убить быка, его можно было бы прикончить еще в загоне. Но коррида — это искусство, как и детективный роман, самый выдающийся жанр, по моему скромному мнению, в наши дни. Второе! — К среднему пальцу он присоединил указательный. — Автор не должен применять иных трюков и приемов, чем сам преступник. Третье правило! — Безымянный палец добавился к предыдущим. — В настоящем детективе не должны затрагиваться любовные темы. Юбки — да, но никакой любви, чтобы не нарушить интеллектуальную напряженность произведения. Когда речь идет об Идеальном Убийстве, можно добавлять постельные сцены, но понемножку, и никаких чувств.

Милагрос поджала губы, выражая этим жестом свое несогласие. Но Спэйд сделал вид, что не заметил.

— Четвертое правило: преступник не может быть ни сыщиком, ни работником полиции. Это недопустимое нарушение.

И он показал руку со всеми сжатыми пальцами.

— Пятое: преступника вычисляют методом дедукции. Он не может быть обнаружен ни случайно, ни в результате неожиданного признания: «Сеньор комиссар, я виновен и сдаюсь добровольно». То, как повел себя Раскольников в «Преступлении и наказании», недопустимо. Большинство классических произведений заканчиваются этой ерундой только потому, что кто-то полагает, что немое кино — это произведение искусства, и что возможно сравнивать наскальную живопись с «Менинами» Веласкеса, а какую-нибудь первобытную Венеру Виллендорфскую со скульптурами Фидия.

Он снова раскрыл руку, чтобы продолжать перечисление.

— В любом детективном романе есть трупы. Невозможно прочитать триста страниц, не встретив ни одного покойника. Нами владеют чувства ужаса и мести. В романе должен быть только один сыщик. Ни в коем случае нельзя, чтобы преступники были мажордомами, садовниками, лакеями, шоферами и т. д., потому что это слишком простое решение. Будьте серьезными, найдите стоящего преступника. И по той же самой причине, по которой должен быть только один детектив, нужно, чтобы был один преступник, чтобы вся ненависть читателя сконцентрировалась на нем. Некоторые считают, что мафия и криминальные группы не должны появляться в детективных романах. Я не совсем с этим согласен, но что поделаешь. Также нельзя включать описания пейзажей и поэтические сцены, чтобы сохранить динамику событий и не отвлекать читателя. Включайте в произведения побольше диалогов. Длинных и коротких, их проще писать, и читатель будет вам благодарен. Таким образом, текста становится больше, а издатель платит одинаково за короткие и длинные фразы.

Упоминание об издателях неприятно кольнуло его и, пожалуй, было лишним.

— Раскрытие преступлений должно быть реалистичным и научным. В детективах нет места чудесам. С этим даже Отец Браун согласен. Так же плохо смотрятся профессиональные преступники. Впечатление производит преступление, совершенное благочестивой дамой, председателем Верховного суда, безупречным кабальеро или священником, а не вором. Отец Браун нас не слышит. Священник-убийца — это хорошая тема. У меня есть роман, в котором убийца — священник. Сначала цензура его запретила, но в конце концов сочла приемлемым, поскольку священник был протестантом. И ни в коем случае нельзя допускать, чтобы то, что в течение всего романа считалось убийством, в конце оказывалось несчастным случаем или самоубийством. В таком случае читатель имеет право донести на автора или же встретить его у выхода из дома и убить. Важно, чтобы мотив убийства был личным. Международные заговоры и все эти глупости с агентом 007 годятся только для комиксов, как и спасение в последнюю минуту, когда вынимают из кармана сверхзвуковой самолет с сауной и двенадцатью райскими красавицами. Также нельзя применять недостойные приемы. Нельзя раскрыть преступление по уликам, найденным на месте преступления, по следам фальшивых счетов или собаке, не залаявшей в доме. Не пишите о братьях-близнецах, не придумывайте убийств, совершенных в закрытой комнате в присутствии инспектора полиции. Никаких шифрованных иероглифов, которые разгадают в подсобках антикварного магазина в китайском квартале, никаких манускриптов или таинственных инструментов, купленных на аукционе. Не пишите о загадках времен Древнего Египта, таящих проклятие фараонов... Резюме всего сказанного: Добро есть Добро, а Зло есть Зло. Добро не может стать Злом, как и наоборот, злодеи не должны становится положительными героями, а хорошие парни превращаться в плохих. Преступления в детективах — это детская игра, а детям нравится, когда можно принять одну или другую сторону. Помните, что Идеальное Убийство — это всего лишь метафора, отражающая борьбу за жизнь, в которой расцветает все лучше и худшее в человеческой природе. Поэтому так много людей интересуются убийствами как искусством, где за красотой ангела скрывается гримаса Люцифера.

Закончив эту часть своей речи, Спэйд сделал еще один глоток джин-тоника, а Марлоу зааплодировал, усилив последние хлопки, чтобы привлечь внимание Томаса. Тот подошел, недовольный, и Милагрос попросила еще чашку кофе.

— Мы уже отключили машину. Вот-вот начнутся события, а вам хоть бы что...

Не ожидая ответа, Томас направился к стойке бара.

Спэйд был очень рад, что официант ушел, и улыбнулся публике, а точнее, Марлоу, которому он не сказал, что некоторые из своих постулатов он заимствовал из кодекса Стивена Ван Дайна. Спэйд не ссылался на него по той же причине, по которой Вергилий не раскрывал источники своих заимствований.

Но в то же самое время он ни на секунду не забывал, что это последнее заседание может стать его лебединой песней. Как все-таки грустно: Эспехо, собрания КИУ — все подходило к завершению. Что будет с КИУ? Чем он сам будет заниматься? А что если в Испании происходит то же самое, что в Чили? Детективы существуют всегда. Но он уже не писатель, он это знал, поняв уже несколько лет назад. Он обманывал сам себя. Пако было трудно перестать думать о себе так, как он думал в течение последних двадцати двух лет. Этот срок все же что-то значит. Члены КИУ разбегутся, откажутся от своих красивых прозвищ, и все в жизни встанет на прежние рельсы. Наверное, Эспехо названивает ему домой. Все подошло к концу. В глубине души он ощутил себя проигравшим.

Спэйд обладал даром предвидения и в духе присущего ему черного юмора вдруг подумал, что этот день унесет с собой в могилу не только демократию, но и звонкие имена Сэма Спэйда, Мисс Марпл, Ниро Вульфа, Нестора Бурма, Перри Мейсона и По...

Он прятал свой страх.

— А вот и Мегрэ! — воскликнул Марлоу.

Все одновременно посмотрели на стеклянную дверь, но они ошиблись, это был кто-то очень похожий, и он прошел мимо.

— Хорошо бы с ним поговорить, — грустно заметил Спэйд.

Никто из присутствующих даже не догадывался, какая буря бушевала у него в душе.

— Да, действительно, наши имена были придуманы удачно, — внезапно сказал Спэйд.

— К чему это ты, Сэм? — спросил Марлоу.

— Просто мне вдруг пришло это в голову.

— А мне мое прозвище не нравится, — сообщил Марлоу,— я бы предпочел другое. Мне больше хотелось бы быть Хэмфри Богартом.

Марлоу сделал характерный жест, поднес к груди правую руку и медленно провел ею вверх-вниз, как будто поправляя галстук, одновременно с этим он выпячивал челюсть и открывал рот, словно говоря: «Вот как».

Его настоящее имя было Исидро Родригес Ревуэльто, и прозвище Марлоу никак не было связано с детективным талантом сыщика Филипа Марлоу. Истинной причиной было то, как сыщик обращался с женщинами, называя «куколка», «красотка», «худышка», «девочка», «малышка», целуя их, даже если они не отвечали, обхватывал одной рукой за талию, откидывал их назад и глубоко проникал в рот языком, не выпуская сигарету из пальцев. Он затаскивал дам в постель, после чего без лишних разговоров покидал их. Наутро после ночи безумной и циничной страсти любовники расставались без сожалений, как хорошие друзья или бродячие собаки. Все происходило так быстро, что читатели иногда не успевали опомниться. Мадридцу это казалось романтичным. Спэйд смотрел на Марлоу и улыбался. Ему в отличие от Мейсона, который не любил парня, Марлоу нравился и вызывал чувство гордости за всех мадридцев.

Спэйду было тридцать восемь лет. Перри Мейсон, согласно картотеке, был на пятнадцать лет старше. Марлоу было двадцать два. По — двадцать, а Милагрос — тридцать семь.

На всех карточках имелись фотографии. Спэйд казался намного моложе, а Перри Мейсон намного старше. На фотографии у него были лисьи глаза, контрастирующие с безобидным видом француза-гурмэ.

Взгляд Марлоу был не лишен нахальства, обаяния и трогательной печали. Какой западный читатель детективных романов абсолютно счастлив? И он не был таким уж нахалом, каким считал его Мейсон, а скорее шутником.

Прическа у По была отвратительная, с давно уже вышедшими из моды бакенбардами. Он был очень худым. Права его мама, утверждавшая, что в Мадриде сын плохо питается.

Сегодня собрание проходило не так, как всегда. Уже не о чем было больше говорить, но не хотелось расходиться по домам. На заседаниях КИУ время пролетало незаметно за обсуждением последних достижений криминалистики или интересных дел. Все эти темы не носили личного характера. Но сегодня нечего было обсуждать, и, наверное, поэтому Марлоу решил спросить про Ханну.

— Ханна, наверное, напугана всем происходящим. Надо ей позвонить и успокоить.

По взглянул на него, но не дрогнул ни единым мускулом на лице. Всегда было трудно угадать, о чем он думает.

На его подругу Ханну не завели карточку, поскольку сочли, что вероятнее всего ее нельзя считать членом КИУ. Тем не менее она присутствовала на общей фотографии, хранившейся в картотеке.

Ханна была очень красивой стройной женщиной. Она пробуждала чувство нежности. На фотографии у нее длинные, светлые, как белое золото или поле овса, прямые волосы. Глаза — голубые или зеленые, не разглядеть.

— С твоего разрешения, хочу заметить, — произнес Марлоу, обращаясь к По, и по интонации было понятно, что он закончит фразу в любом случае, — Ханна — просто прелесть.

Комплимент прозвучал как возвращение долга в копилку Универсальных Истин.

— Действительно, — настаивал Марлоу, как будто у кого-то были сомнения.

На фотографии на Ханне был белый свитер, и она напоминала лебедя.

Не известно, кому принадлежала идея создания картотеки. В полиции заводили такие же карточки с гербом в верхнем левом углу и там, где красовалась анаграмма КИУ, кое-где бумага отклеилась, и виднелся геральдический королевский орел. Анаграмма КИУ представляла собой лабиринт контуров извилистых троп. Она походила на иероглиф с вывесок китайских ресторанов. Несколько прерывающихся дорог, иллюзорных и ведущих в никуда, возвращающихся в ту же точку, в которой берут начало. Очевидно, что эта анаграмма полна смысла и была придумана самим Спэйдом, потому что многие его романы основывались на одной и той же гипотезе: не только преступник возвращается на место преступления, но и преступление приводит его на то же место, где он его совершил, или, еще дальше, туда, где он был перед тем, как совершить его, чтобы все повторить снова.

4

Наконец Томас с кислой миной все-таки выставил их на улицу. В это время остальные официанты, уже переодевшись, ждали, когда они наконец уйдут.

— Мы закрываемся, в Севилье и в Валенсии скоро танки будут на улицах. В Вальядолиде тоже. В Мадриде говорят, что дивизия Брунете уже в пути, так что пора по домам.

Это было сказано сухо и тревожно, без пауз, как будто вся эта информация была одинаково важна.

Анализ детективных романов и Идеального Убийства был такой же щекотливой темой, как и неувядаемая красота Ханны, поэтому он был отложен до более спокойных времен. Четыре друга поднялись с мест.

— И что теперь делать? — спросил Марлоу уже на улице, напротив входа в метро.

Все решили идти домой.

Может быть, Шерлок прав. Такие события лучше переживать вместе с семьей. Спэйд, единственной семьей которого была маленькая дочь, колебался, идти к Доре или к себе домой.

Милагрос спустилась с поребрика тротуара и встала посреди улицы, чтобы остановить свободное такси, но ни одного не было. Перед этим она устремила многозначительный взгляд, полный невысказанного намека, на Спэйда, посмотрев ему прямо в зрачки. По заметил этот взгляд, он вообще обращал внимание на мелочи. Но Спэйд не отреагировал на призыв Милес, как не обращают внимания на рекламные листки, отправляя их в корзину, даже не потрудившись узнать, о чем они сообщали.

Марлоу, который не был сентиментальным, как настоящий сын Мадрида, проявлял большее любопытство к историческим событиям. Он решил прогуляться пешком до улицы Сан Херонимо и посмотреть, что там происходит. Но, как настоящий мадридец, он не хотел идти в одиночку и предложил По пойти вместе. И По, которому было почти по пути, он тогда жил в одном из хостелов на улице Илерас, а он немало сменил их в последнее время, согласился, не вынимая рук из карманов.

Когда друзья прощались, перед ними неожиданно появился Мегрэ.

— Вы уже уходите? Готовится заваруха. Надеюсь, вы в курсе того, что происходит.

И он сообщил самые последние новости. На улице Пэс, в квартире обнаружена мертвая женщина, и, кроме того, совершено ограбление квартиры матери одного его коллеги.

— В такой день, как сегодня, хочется умереть, — произнес он.

— Или ограбить мать полицейского, — добавил Марлоу.

Мегрэ был молодым человеком тридцати пяти лет, высоким, атлетического сложения, смуглым, носил дорогую одежду спортивного стиля.

Он очень торопился.

— Вы не хотите перекусить?

Ему объяснили, что «Комерсиаль» только что закрыли. Мегрэ махнул рукой, ему нужно было возвращаться в комиссариат.

На нем были серые фланелевые брюки, черный вельветовый пиджак, рубашка с американским воротником и галстук в клеточку, ботинки, скроенные как мокасины. Мегрэ всегда легко одевался, не носил ни пальто, ни плаща. Его спортивный вид дополняли длинные, тонкие растрепанные волосы. Прозвище Мегрэ ему дали, потому что он работал в отделе криминалистической экспертизы, хотя совсем не был похож на настоящего Мегрэ — скучного отца семейства, консерватора, буржуа, героя французов среднего класса, выпивающих триста литров красного вина в год. Лоренсо Маравильяс выглядел гораздо лучше, чем Лорен, появившийся в последнем романе Спэйда: высокий красавец, с большими, чуть раскосыми зелеными глазами, из-за которых в комиссариате ему дали другое прозвище — Сандокан — в честь знаменитого пирата.

В полиции он фотографировал преступников, проявлял пленки, а также снимал отпечатки пальцев на местах преступлений, используя кисти и пудру, как гример в кино.

Присутствие Мегрэ немного успокоило Спэйда, Марлоу и По, хотя еще минуту назад им казалось, что наступил конец света. Стало ясно, что эта ужасная шумиха — всего лишь беспорядки без особенных последствий.

Милес продолжала высматривать такси и одновременно украдкой бросала на Спэйда взгляды, пытаясь привлечь к себе его внимание.

— Они все убогие, начиная с твоего тестя, — сказал Мегрэ, обращаясь к Спэйду.

Полицейский хотел выпить кофе перед тем, как вернуться на работу. Ночь обещала быть бурной. Всем приказали оставаться на рабочих местах и сохранять полную готовность.

Иногда по окончании собраний, чтобы продолжить общение, некоторые члены КИУ направлялись на улицу Фуэнкарраль в «Трафальгар паб», странный гибрид бара и игорного заведения, в котором у стойки выстроились высокие, обшитые кожей табуреты с блестящими латунными кнопками, а у батареи — три сотрясаемых эпилепсией игровых автомата. Милагрос, отчаявшись поймать такси, зажгла сигарету и бросила на Спэйда еще один долгий, пронзительный и настойчивый взгляд.

— У меня есть для вас новость, — немного торжественно объявил Спэйд, когда все пятеро уселись вокруг столика. — Это не связано с государственным переворотом, но для меня она еще важнее: я ушел из издательства и прекращаю писать. Я больше не буду сочинять романы. Я возвращаюсь домой, как Дон Кихот, потрепанный, но не побежденный. Я собираюсь вместе с Модесто основать детективное агентство «Аргус».

Марлоу вздрогнул. Можно было подумать, что это была его реакция на новость. Но ограничился тем, что уставился на Милагрос, чтобы изучить ее реакцию. Женщина оставалась спокойной, как всегда. Мегрэ схватился за голову, а затем ослабил узел галстука, пытаясь переварить услышанное. Первая часть новости была произнесена Спэйдом для Милагрос, а вторая, по поводу детективного агентства, — для Мегрэ.

— Это не шутка? — поинтересовался Марлоу.

— А тебе кажется, что уместны шутки в стране, переживающей сегодня государственный переворот?

Марлоу опустил голову, задумавшись.

— У тебя хорошие романы, — произнес молодой человек.

— Спасибо, Марлоу, — поблагодарил Спэйд, не придавая, однако, большого значения этим словам, и продолжил, обращаясь к Мегрэ: — Мы с Модесто подумали, что ты захочешь быть партнером. У тебя есть опыт, и ты сможешь сочетать это с твоей основной работой. У тебя хорошо получаются фотографии. Ты можешь снимать тех, кого мы будем выслеживать, или быть третьим партнером. Модесто будет директором юридического отдела, ты — директором отдела документации и особых услуг, а я — исполнительным директором.

Мегрэ задумался. Все ждали его ответа. Наконец полицейский сказал:

— Я хочу дать тебе один совет, Спэйд: не делай этого. Твое дело — писать, и поверь мне, детективное агентство — это не бизнес. В Мадриде их уже восемь или десять, и у всех дела идут плохо.

Он специально преувеличивал.

— Я бы тоже мог с вами работать, — внезапно вмешался Марлоу с такой радостью и оптимизмом, как будто его только что включили в список бойскаутов. — Я готов на что угодно, только бы перестать работать на моего старика и начать что-нибудь свое. Я могу выполнять рутинную работу, выслеживать людей и проникать в разные места. Я гожусь для этого, я умею общаться с людьми, я красив, и у меня хорошие актерские данные. Ты можешь сделать меня главным по оперативным связям. Я буду заниматься слежкой, приклею усы, буду носить пиджаки наизнанку, использовать свинцовые белила и черный костяной...

— Вот видишь, Лоренсо, даже Марлоу видит перспективу. Давай поверим молодежи, — произнес Спэйд.

Марлоу вспомнил сыщика Джона Далмаса, героя книг Чандлера, и измененным голосом провозгласил:

— «"Я требую двадцать пять долларов в день и оплату текущих расходов. Это слишком? Какие расходы? Бензин и масло, одна или две проститутки, что-нибудь поесть и виски..." Его голос скрипел, как мел по доске, я посмотрел на него, и он мне вернул то, что обычно возвращают игровые автоматы, — ничего...». Ну, как вам такое будущее?

Никто не отреагировал на эту реплику. Чтобы поддержать друга, По молча изобразил, что снимает шляпу. Мегрэ не хотел спорить и очень мягко дал понять, что выбран не самый удачный момент для обсуждения будущего подобных проектов, поскольку общее будущее весьма неопределенно.

— Мне пора, нужно идти, поговорим об этом потом. Сэм, ты со мной? — спросил Мегрэ.

— Ты же знаешь, что мне туда нельзя, — с досадой сказал Спэйд.

Ему хотелось поговорить о своем детективном агентстве. Остальное его не волновало, поскольку невозможно подготовиться к концу света.

Они вышли из «Трафальгар паба». Меньше чем за два часа движение в Мадриде затихло. Друзья пешком дошли до площади Глориета де Бильбао и остановились, потому что Мегрэ сказал, что ему в другую сторону.

— Я иду туда, — и Мегрэ бросил взгляд в направлении улицы Колумба. — Если кто-нибудь хочет со мной, то пошли.

— Я, — робко сказал По.

— Но ты же собирался идти со мной посмотреть, что происходит на улице Сан Херонимо? — спросил Марлоу.

— Я только что там был. Все перекрыто, и проход закрыт, — сказал Мегрэ.

— Мне все равно, я хочу прогуляться.

— Я должен навестить жену, — извинился Спэйд, как будто это была тяжелая обязанность.

— Пако, у тебя уже нет жены.

С той стороны, где шла Милес, послышался хлопок дверцы. Она села в такси и, ни с кем не попрощавшись, уехала.

Пако-Спэйд хотел что-то сказать, но не успел. Он попрощался до следующего четверга, если не начнется очередная гражданская война, и направился в сторону Геновы. Некоторое время Мэгрэ, Марлоу и По шли вместе, в сторону улицы Колумба, чтобы свернуть на Корредера Баха де Сан Пабло.

Марлоу пошел своей дорогой, заверив друзей, что идет на церковную мессу.

— Пока.

Мегрэ и По продолжали путь. Они были едва знакомы. Так вышло, что на заседаниях КИУ им не довелось поговорить. Мегрэ даже не знал настоящего имени По, поэтому он сказал:

— Мы уже три месяца знакомы, но нас друг другу не представили должным образом. Меня зовут Лоренсо.

Они пожали друг другу руки, и По произнес:

— Я знаю, знаю. Меня зовут Рафаэль, Рафаэль Эрвас.

От волнения он повторил дважды.

Лоренсо Маравильяс спросил, чем он занимается и где живет. По рассказал ему про работу в банке и что он живет в хостеле рядом с площадью Пуэрта-дель-Соль.

— А сейчас ты куда направляешься? Что собираешься делать ? Твоя семья в Мадриде?

У него была семья. Мать, старшие братья, но не в Мадриде. В Мадриде не было никого. Его отец умер.

— Да, сочувствую, — пробормотал полицейский.

— Это случилось давно, я был совсем маленьким, — сказал По, как бы извиняясь.

Некоторое время они шли молча.

— Я ничего не знал, — произнес Мегрэ, чтобы что-то сказать. — Наверное, это очень печально — не знать своего отца.

По, всегда такой робкий, замкнутый и молчаливый, вдруг искренне ответил:

— Да, это ужасно, вы и представить себе не можете.

Они еще некоторое время шли молча. Мегрэ начал уже подумывать о том, как избавиться от общества этого молодого человека, разговор с которым так нелегко поддерживать. Сам он был коммуникабельным, и молчуны его раздражали. Но тут По прервал неловкое молчание, и сделал это очень естественно.

— А у вас семья здесь?

— Почему ты со мной на «вы»? Мы не в Севилье.

— Мне сказали, что это одно из правил клуба, — робко ответил По.

Мегрэ ответил, что оно действует только во время заседаний.

— Это все глупости Спэйда, который иногда бывает умницей. Ты слышал, чтобы кто-нибудь там разговаривал на «вы»?

— А я со всеми на «вы». Мне сказали, что так принято.

— Кто тебе это сказал?

— Марлоу.

Такая церемонность несколько усложняла общение и не способствовала развитию дружеской беседы.

— Ты из Севильи? — спросил наконец По, делая заметное усилие.

— Да, — ответил Мегрэ.

— У тебя нет акцента.

По не привык обращаться на «ты». Ему было трудно поддерживать непринужденный разговор. Может быть, поэтому он в свои двадцать лет жил в Мадриде без друзей, в одном из хостелов на Пуэрта-дель-Соль. Наверное, он переживал, но даже себе в этом не признавался.

— Моя мать живет в Ла Альмунии, — внезапно произнес По и добавил, что его братья и племянники тоже живут там, объяснил, где находится его деревня, и сказал, что ему некуда пойти сегодня вечером, а в хостел возвращаться не хотелось.

По говорил тихо, опустив голову, и не смотрел собеседнику в глаза. Мегрэ посочувствовал молодому человеку.

— По, сколько тебе лет?

По снова застенчиво покраснел.

— Двадцать.

— Ты служил в армии?

— Нет, я освобожден как сын вдовы. Моя мать — вдова, я же говорил. Я должен ее содержать.

— Если хочешь, пойдем со мной. Если в комиссариате тебя спросят, скажешь, что ты мой двоюродный брат.

Энергичный Мегрэ умел находить оптимальные решения.

— Тебе нравятся детективы?

По не ответил.

— Сегодня у тебя будет практическое занятие.

Уже меньше чем через минуту Мегрэ перестал думать о том, чтобы избавиться от молодого человека. Он решил ему покровительствовать и научить чему-нибудь. По однозначно ему нравился.

В комиссариате грязь и запущенность в кабинетах, расположенных на нижних этажах, пустых, с открытыми дверями, контрастировали с пронзительными телефонными звонками и доносящимися сверху голосами. На стенах отпечатались многочисленные следы от черной резины дубинок, как будто там избивали людей, и хотя полицейские иногда позволяли себе грубое обращение с задержанными, предположить побои было затруднительно, так как в этих помещениях на первом этаже оформляли паспорта и удостоверения личности.

Они поднялись на второй этаж, где находился кабинет Маравильяса, в конце другого, такого же узкого коридора, с такими же замызганными стенами, в жирных пятнах и облупленной штукатуркой, из-за которых стена казалась фантастической картой. Здесь находилась фотолаборатория и кабинеты других сотрудников.

Парадокс заключался в том, что, в то время как вся Испания торопилась по домам, словно в Рождество, как иронично подметил Спэйд, казалось, что здесь репетировали котильон для встречи новогодней ночи. Вблизи эта суматоха казалась бессмысленной и хаотичной. На полную громкость работали три приемника, подключенные к разным громкоговорителям, а также переносной телевизор, в котором появлялись расплывающиеся очертания, под постоянное потрескивание, которое уже начинало надоедать четырнадцати полицейским, некоторые из них были в штатском, а другие в униформе. Кто-то нервно ходил из угла в угол, как мечущийся в клетке зверь, другие же воспринимали происходящее спокойно. Все были мрачны, молчаливы и насторожены.

Комиссар, увидев Маравильяса-Мегрэ-Сандокана, выбежал из своего кабинета и принялся кричать, не выясняя причины опоздания, пригрозив принять меры.

Это был маленький худощавый и энергичный старикашка примерно лет шестидесяти. Он был одет в серую униформу представителя исполнительной власти. На его черепе угнездились четыре длинные пряди волос, а все лицо было в красных и синих капиллярах, которые, казалось, лопнули одновременно. Его внешний вид свидетельствовал о вспыльчивом характере. Комиссар был пьян, как и всегда после полудня. Начинал он всегда с вермута, а к вечеру налегал на виски, водку или джин. Сегодня вечером он предпочел можжевеловую водку. Язык уже не слушался, и чтобы это скрыть, он изрыгал слова с энергией, неожиданной в человеке такого возраста.

— Кто это, и что он тут делает?

Комиссар кричал, и По, тотчас же пожалев, что решил сопровождать приятеля, повернулся, чтобы уйти, но Мегрэ схватил его за руку.

— Это мой кузен. Хороший парень, дон Луис, вы таких любите.

Комиссар на секунду смягчился.

— Надо предупреждать заранее. Парень, как тебя зовут?

Он дохнул на По перегаром. Потянув юношу за рукав, комиссар затащил его к себе в кабинет и, повернувшись спиной к Мегрэ, продолжал отдавать приказания всем и никому конкретно.

— Маравильяс, ты помнишь про ту старуху с улицы Пэс? Немедленно отправляйся туда! — И, взглянув с любопытством на По, торжественно добавил: — Так-то, Фуэрца Нуэва![1]

По не знал, как защититься от дружеского расположения этого незнакомца, вцепившегося в него мертвой хваткой.

В кабинете дона Луиса на самом видном месте располагался портрет молодого каудильо, исполненного наполеоновских претензий. Его взгляд был устремлен в бесконечность, как у полководцев, выигравших войну, оставивших за собой миллион погибших в боях и готовых отправиться на небо с чувством выполненного долга. Под портретом находился огромный флаг, определенно привезенный из франкистского «Терсио», а на столе, на пьедестале из папок, как на Голгофе, возвышался Иисус Христос из хромированного металла, использовавшийся как пресс-папье.

Наконец дон Луис ослабил хватку и уселся за стол. Через открытую дверь он сообщил Мегрэ и всем сотрудникам комиссариата, что «некие люди» совершили в Испании то, что нужно было сделать уже давно, и что все вернулось на свои места, как это и должно быть. Внезапно он издал звук, недо-

---

[1] Фуэрца Нуэва (Новая Сила) — неофашистская организация в Испании.

пустимый по всем этическим нормам даже для персонажей самого посредственного романа, слишком громкий и сильный, чтобы исходить из такого хилого старика.

— Это из-за антибиотиков. У меня от них газы, — извинился дон Луис.

По был смущен. Мегрэ куда-то исчез, и молодой человек не понимал, зачем он находится в этом кабинете.

— Разве ты не состоишь в Фуэрца Нуэва? — подозрительно спросил комиссар.

По удивленно приподнял брови.

— Сандокан, — прокричал дон Луис в проем открытой двери, одновременно с этим хватаясь за телефон. — Забери отсюда своего брата. Он идиот.

Вошел Мегрэ и увел По подальше от глаз комиссара, который уже говорил по телефону. Отчетливо доносилось: «слушаюсь, мой генерал» и «педерасты и коммунисты». Когда друзья находились уже на достаточном расстоянии, до них долетел вопль дона Луиса: «Закройте дверь», сопровождаемый бравыми возгласами военного.

Мегрэ проводил По в свою лабораторию.

— Входи, — приказал он молодому человеку, пропуская его вперед.

Это была маленькая, душная комнатенка, похожая на временное пристанище, небольшая лаборатория, подчинявшаяся паспортному столу на Пуэрта дэль Соль и расположенная здесь в ожидании лучших времен. Мегрэ придумал систему, позволяющую ему спокойно проводить рабочее время за чтением детективных романов, чтобы никто ему не мешал: над дверью был подведен специальный кабель к красной лампочке, зажигая ее в зависимости от того, занят он или свободен.

Мегрэ извинился за начальника.

— Это тесть Спэйда.

Брови По поползли вверх от изумления.

— А ты не знал?

Было очевидно, что нет.

— Пойдем, — сказал он, беря фотоаппарат и подхватывая с пола оцинкованный чемодан, который затем передал По.

— Ты увидишь настоящее преступление. Ничего общего с детективными романами.

В то время как Мегрэ и По направлялись к дому старухи на улице Пэс, Спэйд звонил в дверь квартиры неподалеку от площади Пласа де Рома, где проживала его бывшая жена.

Дора не любила, когда Пако приходил без звонка, особенно если это случалось вечером. Ей это было неудобно, особенно потому, что она уже одиннадцать месяцев жила с одним журналистом, того же возраста, что и Пако Кортес. Дора не хотела, что бы кто-нибудь вмешивался в их отношения, которые вернули ее к жизни.

— Ты знаешь, что я не люблю, когда ты приходишь без предупреждения.

Дора не собиралась оказывать ему радушный прием.

— Дочка дома? — Пако пожалел, что задал такой глупый вопрос, и, чтобы исправить ситуацию, добавил, царапая дверной косяк: — Дора, ты прекрасна...

Ей еще не было тридцати. Она действительно была очень красива, и Пако Кортес считал ее самой красивой женщиной на земле после Авы Гарднер.

Она была такого же роста, как и он, смуглая, с большими глазами. Но особая прелесть заключалась в ее голосе. Иногда, когда они еще жили вместе, Пако закрывал глаза и просил ее рассказать что-нибудь или почитать вслух. И он погружался в ее голос, как в бархат. Какое сладостное звучание. У нее были черные волнистые волосы, бездонные, сверкающие карие глаза, правильной формы рот и прямой нос. Это было классическое лицо кариатиды.

Действительно, она была прекрасна.

Стоит признать, что никто, кроме Пако Кортеса, не делал ей признаний с таким чувством, но она столько раз сдавалась, услышав эти и похожие на них слова, что сама мысль о том, что она уступит ему хоть на сантиметр, превращала комплименты в источник раздражения. К тому же она понимала, что нечто подобное он говорил многим.

— Ты пришел, чтобы сказать мне это? — сухо спросила она, не двигаясь и держа руку на двери, не давая ему пройти.

— Репортер дома?

Только он умел быть таким нахальным.

— Пако, пожалуйста, ты мне мешаешь. Чего ты хочешь? У меня дела.

Пако хорошо знал Дору и человеческую природу благодаря своим детективным романам, и он понял, что ответ Доры на его вопрос был отрицательным. Путь свободен. Поэтому он начал извиняться, демонстрируя смиренный вид.

— Прости меня, Дора. Ты уже знаешь, что случилось в конгрессе?

Дора слегка прикрыла веки, что означало — да.

— Мне позвонила мама. Она волнуется за отца. Он лежал с гриппом дома, но когда узнал о том, что случилось, побежал в комиссариат. К тому времени он уже хорошо принял, и, зная его, боюсь, что он способен на все.

— Поэтому я и пришел. Я волнуюсь за вас. Все говорят, что ситуация очень серьезная. Думаю, что в такие моменты надо быть вместе с семьей. Могу я войти и увидеть дочку?

Дора чуть было не сказала ему, что они уже не семья, но ей не хотелось ссориться, и она его впустила, выразив жестом свое недовольство и смирение.

— Только на секунду, потом уходи.

Девочка играла в углу. Она узнала отца и просияла. Пако подхватил дочку на руки и три раза подбросил ее в воздухе. Глаза ребенка вспыхнули испугом и радостью одновременно.

Дора смотрела на эту сцену с грустной улыбкой. Состояние счастья, в которое погружалась девочка, общаясь с отцом, вызывало одновременно чувство радости и беспокойства. Пако прижал к себе дочку левой рукой, а правой достал из кармана старого, потрепанного, как у Делли, а также у Сэма

Спэйда и Сэма Спида, пальто, железный экскаватор, способный своими шестеренками и острыми деталями в клочья продрать одежду. Девочка радостно приняла новую игрушку, которая пополнила ее автопарк на полу, и отошла от отца.

— Можно мне присесть на минуту?

Дора пожала плечами, смиряясь с неизбежностью. Пако сел на диван, а Дора — на краешек стула, всем своим видом напоминая, что визит не должен затянуться.

— Его нет дома?

Пако постарался произнести слово «его» как можно вежливее.

— Нет, — ответила Дора так, что Пако не понял, он не придет совсем или пока еще не пришел домой.

— У меня для тебя хорошая новость, — сказал Пако Кортес.

Дора не проявила энтузиазма. Новости, которые торжественно провозглашал ее муж, никогда не были реальными, потому что никогда ни к чему не приводили.

— Мне кажется, что мои романы собираются переводить на английский. Представляешь себе? Эспехо мне сказал, что, начиная с января, он мне будет больше платить за авторский лист. Он осознал, что я могу уйти к конкурентам. Теперь мы будем счастливы, Дора.

Это и были хорошие новости Пако.

Дора изобразила дружелюбную улыбку, но у нее получилось фальшиво.

— Я принес тебе это.

Из другого кармана Пако вынул завернутый в подарочную бумагу пакет и протянул ей. Он все-таки зашел в магазин на улице Гойи и купил ей шелковую шаль. Дора, даже не открыв пакет, отложила его.

— Ты не собираешься его открыть?

— Потом.

Пако ранило ее безразличие. Дора не хотела уступать. Для нее Пако был опасным мужчиной, прирожденным талантливым соблазнителем. Поэтому разрушилась их совместная жизнь. И каждый раз, когда она его видела в этом доме, в котором они вместе жили, ее замыслы и планы рушились. Кортес все еще казался ей очень привлекательным. Он похудел, и глаза его блестели. К тому же у Пако были очень красивые глаза, похожие на ее собственные. С самого начала все говорили, что они похожи друг на друга. Ей также нравился его большой орлиный нос изящной формы, как у арабов. «Как у евреев», — поправлял он только потому, что не считал арабов любителями детективных романов. Пако перевел взгляд на весело игравшую дочь. Некоторое время он так сидел, не разжимая губ, желая насмотреться на дочку. Он надеялся, что Дора посмотрит подарок, и знал, что Дора понимает, чего он ждет. Не устояв, Дора развернула пакет.

— Она очень красивая, Пако.

Она сказала «красивая», потому что ей не хотелось говорить «замечательная». Но шаль была действительно замечательной. Удивительно, как Пако умеет угождать ей. Как это он научился так обращаться с женщинами? Ей было больно и неприятно думать обо всех тех женщинах, которым делал подарки ее муж, ведь это Пако первым заставил ее забыть то отвращение, которое она питала ко всем мужчинам из-за обиды, нанесенной одним из них. Она подумала, что он не заметит охвативших ее чувств, если она не будет разворачивать шаль. Поэтому Дора положила ее на стол в сложенном виде.

— Я поскандалил с Эспехо.

Наступила тишина. Пако смотрел на Дору и наблюдал за ее реакцией. Она рассеянно водила пальцем по цветку на шали.

Пако дозировал новости. Он вздохнул, принял таинственный и загадочный вид и произнес:

— Я прекращаю писать детективные романы, Дора. Все кончено, я больше не писатель.

Дора замерла. Она слышала от мужа множество обещаний, произносимых последовательно или одновременно, что он бросит курить, пить, возвращаться домой на рассвете, перестанет волочиться за юбками, в результате чего они и разошлись. Но никогда она не слышала, чтобы Пако собирался бросить писать. Это было свято. На эту тему Пако никогда не шутил.

— Какие романы: твои или те, что для Эспехо?

— Все, Дора. До сих пор я не писал своих, настоящих, тех, которые мне хотелось бы писать, потому что я писал только для Эспехо.

Из всех людей, с которыми Кортес делился этой новостью, только Дора восприняла ее серьезно. Наверное, потому, что ей единственной он никогда не лгал. Он обманывал ее много раз, но не лгал. Когда два года назад она его спросила, есть ли у него другая женщина, Пако молча посмотрел ей в глаза. Глаза Доры ему нравились всегда. Такие черные, живые, выразительные. В ту ночь, а это было около трех часов утра, Дора плакала и не ложилась спать. Ее никогда не волновало, что ее муж иногда пропадал ночами с друзьями. Иногда она сама предлагала ему прогуляться, видя, как муж целый день работает, не выходя из дома. Она хорошо знала его друзей, не тех, что были членами клуба, а других, вошедших в его жизнь в разные периоды: со времен школы, университета и просто в течение жизни. Иногда Дора разделяла их компанию, но всегда в конце концов речь заходила об одном: о детективных романах, и Доре приходилось скучать с другими пришедшими женами, обсуждая скучные домашние дела.

В итоге она перестала сопровождать его. Той ночью, когда она задала вопрос, Пако промолчал, и она повторила: «Ты был с женщиной?». «Да», — сухо ответил Пако. Глаза Доры, эти прекрасные черные глаза, наполнились слезами.

В романах Кортеса женщины никогда не плакали, и уж тем более из-за мужчины. Пако Кортес придумывал героинь, способных скорее вырвать у себя ногти, чем заплакать из-за мужчины. Свои печали они топили в мартини или в солодовом виски. Но Дора не была героиней. Она была живой женщиной, хотя плакала редко. Только два раза в жизни Дора плакала. И это был второй раз. О первом разе даже Пако не знал. Он и не мог знать историю, заставившую Дору ненавидеть и презирать мужчин, смотреть на них с отвращением в течение почти десяти лет.

Они стояли друг напротив друга. «Ты часто с ней встречаешься?» Это «с ней», было для Доры минным полем. Она не знала, была ли это одна женщина или их было много. Неизвестно, что лучше, и Пако Кортес, не желая ее ни ранить, ни обманывать, ответил тихо, не опуская глаз: «Иногда».

Для Доры это был слишком расплывчатый ответ на вопрос, стоивший ее слез, поэтому она повторила его. Пако ответил, что это неважно, сколько раз, но Дора продолжала ждать ответа. Через несколько минут Кортес произнес, что примерно десять или двенадцать. «Только с одной женщиной?» Пако, который до этого момента отвечал односложно, не осмелился дать прямой ответ и только сдержанно кивнул, чтобы не показаться циником. Дора, не сдержав слез, выплеснула на него и весь свой гнев. Она кричала, оскорбляла, топала ногами, изо всех сил била его кулачками в грудь, а Пако покорно стоял и не пытался скрыться. Именно в этот самый момент он понял, что вел себя, как идиот, и только что потерял женщину, которую любил. И было очень больно, когда Дора, рыдая в порыве гнева, бросила ему, что все мужчины — козлы, не уточняя, кто входил в понятие «все».

Дора потребовала, чтобы он сию минуту съехал с квартиры, и Пако всю ночь бродил по пустынным улицам Мадрида в ожидании рассвета и прощения.

«Какая горькая ночь. Настоящий мужчина должен провести хотя бы одну ночь, бесцельно гуляя по городу, со вкусом несчастья во рту, чувствуя, что глаза слипаются, в объятиях бессонницы, ощущая в душе тоскливое, смертельное спокойствие и острое ощущение несчастья, переживая страх перед концом и бесконечную, только зародившуюся боль». То же самое, такими же точно словами, говорил герой романа «Ночь

83

невиновного», написанного через пятнадцать дней после этого. Однако той ночью он не мог рассуждать о себе с таким же спокойствием, как его герои. В положенный час пришел рассвет, но не прощение. Нужно было время, чтобы все уладить. Дора отказывалась говорить с ним. Она вызвала плотника и поменяла дверной замок. Пако настаивал на примирении и просил простить. В конце концов Дора уступила, и Пако снова появился в доме, страдая от того, что ранил ее своими признаниями. Но тут, по иронии судьбы, позвонила одна из девушек, с которой Пако провел какую-то из прошлых безумных ночей. Кортес так и не узнал, как она добыла его телефон, но после этого звонка обстановка в доме снова осложнилась. И так же, как и в первый раз, Пако снова сказал правду. Он клялся и давал слово, что между ними давно уже ничего нет. Но если ничего нет, почему она звонит домой? Спрашивать об этом у Пако было бесполезно: зачем девица позвонила? Он проклинал свою судьбу. Вот так неожиданно приключение, оставшееся далеко в прошлом, привело к разрыву отношений, которые, казалось, можно было наладить.

Пако потом все время винил себя, что в тот раз он не солгал жене. Сколько раз мужья обманывали своих жен за всю историю человечества, и продолжали, и будут продолжать это делать, поддерживая институт брака и благополучие семей? Каждый день такая ситуация складывается во многих семьях, и на этой незамысловатой лжи во спасение держится мир. Но Пако не смог так поступить, по той же самой причине, по которой ни один детектив в его произведениях не умел лгать. В жизни и в детективных романах каждый человек должен знать, на чьей он стороне. Он играл одну и ту же партию за две команды, и поэтому получился такой плохой результат. Во второй раз сторону Доры принял дон Луис, который и в первый раз тоже был против их примирения. Он с самого начала был против их брака, потому что будущий зять казался ему легкомысленным нахалом, бабником, словом, неподходящей партией для дочери. «Выгони его из дома, — посоветовал он Доре. — Он бездельник, и не смей мне больше говорить о нем».

Так и произошло. Пако, в романах которого все шпионили, следили и расследовали жизнь друг друга, не заметил, что за ним стали следить два полицейских из комиссариата с той самой улицы Луна, по которой он так часто проходил. Они наблюдали за Пако все время, в американских барах и клубах, куда он заходил, как он оправдывался перед Дорой, в поисках материала для романов. Если бы он писал романы о жизни или дамские, как того хотел Эспехо, ему пришлось бы постоянно бывать в рабочих районах и бедных жилищах, но преступлениям нужны шлюхи, а шлюхам — преступления. «Они неразлучны, как жопа и говно», — подытожил незабвенный сержант Боб Мартин, обнаружив наркотики в прямой кишке Тима Фергюссона.

И это «не смей мне больше о нем говорить», произнесенное доном Луисом, могло означать только одно. Он рассказал дочери обо всем, что знал, и даже больше, выложил свои догадки и предположения.

Но Дора, которой Пако много рассказывал об этих экскурсиях, считала их невинными, поэтому она останавливала отца, когда тот пытался излить на нее весь яд, накопленный внутри.

Отец и дочь не очень-то ладили, но он продолжал быть дедушкой ее дочери. Однажды, за день до того, как Дора во второй раз поменяла дверной замок, Пако пришел домой и застал там тещу и тестя. Дон Луис был, как обычно, слегка пьян, хотя этого не было заметно. «Если я еще раз увижу тебя в радиусе ста метров от дома, тебе конец», — сказал он Кортесу, и прежде чем кто-нибудь успел вмешаться, дон Луис оказался рядом с Пако с занесенным кулаком. Девочка, которой в тот момент не было еще и года, начала плакать, испугавшись громких воплей. Шум всполошил тещу, увешанную бижутерией, с неизменным перманентом и коралловыми ногтями, которая тоже принялась отчаянно рыдать. Дора вмешалась и с криками бросилась между мужем и отцом, умоляя проявить благоразумие. Дон Луис подбоченился, откинув пиджак назад, чтобы все видели, что он вооружен. Он всегда принимал такую позу, когда хотел кого-то удивить: молодую женщину, задержанного или стажера, только что закончившего полицейскую школу на улице Мигель Анхел. Пако наблюдал эту сцену, склонив голову, как будто рассматривая произведение абстрактного искусства. Его безразличие еще больше разъярило комиссара, который решил прояснить ситуацию до предела и объявил, что в следующий раз, встретив Пако в доме дочери, непременно вобьет в него пару пуль.

С того самого момента Пако больше не видел тестя, и ему была заказана дорога в комиссариат, чтобы повидаться с другом. Он встречался с Дорой и дочкой один или два раза в месяц, обычно вечером в кафе. У них не было даже времени что-нибудь выпить. О будущем дочери бывшие супруги тоже не говорили.

Но сегодня вечером будущее стало неопределенным уже для всех.

— Пако, тебе пора уходить.

— Он сейчас придет?

— Нет, его нет в Мадриде.

— Я должен остаться с вами, мало ли что может произойти. Я могу спать на диване. Государственный переворот — это серьезно. Виолетта все же моя дочь.

Они говорили тихо, словно два любовника, и Кортес почувствовал надежду, а она — беспокойство.

— Ты не собираешься меня спросить, чем я буду заниматься?

— Чем?

Дора устала. Такие разговоры они и раньше вели много раз.

— На самом деле я не знаю, — грустно ответил Пако.

Он не осмеливался поделиться с ней идеей о создании детективного агентства, но рассказал о сцене со стариком Эспехо.

— Наверное, он весь вечер названивает ко мне на Эспартинас, чтобы я перед ним извинился.

Он открыл сумку и вынул оттуда одолженные тридцать тысяч песет и еще пятьдесят и протянул их Доре.

— Возьми их, мне они больше не понадобятся.

Он имел в виду детективное агентство и надеялся, что эта фраза прозвучит достаточно драматично и интригующе.

Дора взяла деньги, не зная, как интерпретировать его слова.

— Это больше, чем ты нам должен, — произнесла она, не глядя.

— Потом сведем счеты.

— Давай сейчас. Чтобы понять, когда мы встречаемся в следующий раз.

— Тогда верни мне лишнее, и я приду в конце месяца, как обычно.

Дора молча пересчитала деньги, отложила то, что причиталось ей, а остальное протянула бывшему мужу.

Пако настоял, чтобы она оставила себе все.

— Мы не можем быть друзьями?

— А мы и есть друзья, но сейчас ты должен уйти. Я буду кормить дочку ужином.

— Я могу остаться, посмотреть, как она будет есть?

Дора подумала и ответила:

— Нет.

Однако все произнесенные слова были сказаны шепотом, как будто их произносили мужчина и женщина, лежащие на одном ложе и только что пробудившиеся от кошмара.

— Я люблю тебя, Дора.

— Пожалуйста, Пако, не начинай, — ее слова прозвучали почти с нежностью.

Они оба находились в ситуации, когда дальше двигаться было некуда. Дора встала, и Пако покорно пошел за ней. У него даже не было сил, чтобы попрощаться с девочкой, занятой своими игрушками. В дверях Дора произнесла:

— Осторожно на улице, Пако. Возвращайся скорей домой, поговорим потом.

И Дора, которая вот уже почти два года отказывалась даже пожимать ему руку при встрече и прощании, подарила ему жаркий поцелуй, неожиданный и неосознанный, и прежде чем Пако сообразил, что произошло, захлопнула дверь.

Пако остался один на лестничной площадке, он не знал, что ему делать. Что Дора хотела сказать этим поцелуем? Ему понравился поцелуй, потому что напомнил его романы. Кортесу нравилось, когда жизнь походила на ситуацию из его романов. Он снова позвонил в дверь. Он знал, что Дора была с другой стороны, но не предполагал, что она с трудом сдерживала рыдания. Она обхватила себя за плечи, словно защищаясь от собственного несчастья, чтобы, подобно Улиссу, пытавшемуся удержаться от соблазна, не броситься за этим мужчиной, в которого до сих пор еще была безумно влюблена, не вернуть его, не затащить в постель, чтобы поутру проснуться вместе.

Пако немного подождал, но поняв, что Дора не собирается открывать ему дверь, решил спуститься без лифта, пешком, медленно, как многие его герои, о которых в этот момент он совсем не думал.

5

Примерно в то же время, когда Пако Кортес уходил от Доры, а криминальная полиция осматривала квартиру на улице Пэс, По, Мегрэ и три сотрудника следственной бригады шли по улице, казавшейся призрачной, наполненной холодом и странной атмосферой этой ночи, обещающей быть столь же длинной, сколь и непредсказуемой.

Иногда мимо на огромной скорости проносились немногочисленные машины. Люди либо торопились принять участие в событиях, связанных с государственным переворотом, либо, наоборот, хотели исчезнуть и спрятаться как можно дальше.

Обстановка в квартире на улице Пэс была обыденной и говорила об опустошенности, нищете, старости и разрухе.

Хотя для По это был первый труп, молодой человек проявил выдержку, достойную судебного медэксперта. Однако сам врач, как и судебный следователь, едва взглянул на тело и, предоставив заботу о нем помощникам, переместился в маленькую гостиную, где один полицейский угрюмо что-то писал, а другой оформлял акт. Причиной такого настроя была, скорее, не разыгравшаяся драма, а тот факт, что всем им прервали спокойное дежурство в самый неподходящий момент. Видимо, поэтому они излили свое раздражение на Мегрэ, отпустив пару фраз относительно его опоздания, так как нельзя было выносить труп, не сделав предварительно снимков.

Погибший был восьмидесятилетним стариком, мужчиной (а не женщиной, как сообщили сначала), он висел в петле в дверном проеме. Из-за высокого роста покойного и его комплекции его колени оказались на полу. Голова мертвого бессильно свесилась, а большую часть правой стороны лица занимала гематома. Свисающие руки свободно болтались, как будто бы бедняга собирался взлететь.

Это не было похоже на самоубийство. Все присутствующие, даже пожилой врач, были уверены, что это не самоубийство.

Кто-то из полицейских не упустил возможности удивленно хохотнуть по поводу такой ужасной смерти.

В квартире покойного была старинная мебель в готическом стиле. Лестница с грязными, расшатанными ступеньками заполнилась любопытными соседями, столь же испуганными, сколь говорливыми. К тому моменту, когда появились Мегрэ и По, у каждого из присутствующих уже сформировались собственные версии, хотя и противоречивые, но достойные сюжета романа.

Стараясь не касаться мебели, чтобы не испачкаться и отстраниться от нищеты квартиры, судебный следователь, не присаживаясь, вел допрос, а секретарь, видимо, не опасаясь за свой костюм, сидел на диване и записывал показания: кто нашел труп, проживал ли покойный где-нибудь еще, кроме этой квартиры, где и когда его видели в последний раз, есть ли у него родственники, если да, то их адрес, каким он был человеком, с каким характером, какую жизнь вел...

— Смотри, По, это действительно интересный случай. Как ты думаешь, это самоубийство или нет?

Мегрэ тут же забыл о своем вопросе. Он обрабатывал кистью дверной проем. По бесцельно слонялся по дому, затем приблизился к приятелю, некоторое время постоял рядом, наблюдая, как он работает, и произнес:

— Я думаю, что это самоубийство. Да, это самоубийство.

От робости По говорил тихо.

— Если бы это было убийство, — продолжал он, — это было бы Идеальное Убийство. И если существует преступник, способный на такое, мы его найдем. Он оставит нам визитную карточку.

— Маравильяс, где ты нашел этого Шерлока Холмса? — спросил один из бригады, услышав такое заключение.

— Это мой двоюродный брат.

По покраснел до самых кончиков волос и поклялся не произносить больше ни слова, даже если его мнением поинтересуется лично доктор Ватсон.

Действительно, в доме ничто не указывало на признаки борьбы или сопротивления. Все было на месте. Покойник даже почему-то снял ботинки и поставил их у двери, один рядом с другим, чистые, как будто в ожидании прихода волхвов. На спинке стула покоился аккуратно сложенный вчетверо шарф, очевидно, тот самый, в котором утром он выходил на улицу. Соседи подтвердили, что ничего странного в тот день не происходило. Женщина из квартиры напротив заметила открытую дверь, постучала. Так как никто не ответил, она позвала мужа, пенсионера, занятого в здешнем домоуправлении.

Единственное, о чем забеспокоился этот самаритянин, увидев, как Мегрэ работает со свинцовыми белилами и другими реактивами, изучая следы в дверном проеме входной двери, это о том, чтобы сразу предупредить судебного следователя, что сам он не имеет к случившемуся никакого отношения. Одновременно он проклинал свое невезение и сетовал, что только доброе сердце заставило его ввязаться туда, куда не следует. «А все потому, что так уж я устроен», — приговаривал он. Это означало, что ему бы не хотелось провести свои последние годы в тюрьме из-за судебной ошибки, став жертвой собственной доброты и самоотверженности.

Так как было трудно развязать узел на веревке вокруг шеи покойника, не разворотив ему челюсть, врач перерезал веревку скальпелем, предварительно посоветовавшись с судебным следователем и инспектором, чтобы, насколько возможно, не нарушить зыбкого согласия между полномочиями трех структур: полицейской, медицинской и юридической. Труп вынули из петли и положили на ковер на полу. Лицо покойника, худое, с синяком, покрывавшим большую часть виска и скулы, выражало глубокое страдание. Глубоко посаженные глаза создавали впечатление, что человек спит и видит во сне кошмар. Ужасная гримаса дополняла трагическую картину. Один из полицейских проверил у покойного содержимое карманов, но нашел только наполовину пустой портсигар. Он вынул сигарету, зажег своей зажигалкой и со спокойной уверенностью опустил портсигар в собственный карман.

При обыске обнаружили сберегательные книжки покойного старика, на которых числилась значительная сумма денег, а также другие документы, пластиковую карточку и несколько визиток, карточку социального страхования, елей времен палеолита и дюжину пожелтевших фотографий людей, с которыми, по-видимому, он общался в течение многих лет, до самой смерти. Когда осмотрели аптечку, там оказались только лекарства, которыми обычно пользуется здоровый человек. Полицейские забрали несколько таблеток, оставив остальные без внимания. Они лежали в шкафу, в спальне. Иногда такие самоубийства — следствие неправильного лечения депрессии. Таблетки находились на дне пластмассовой коробки, которую взял Мегрэ.

Никто из присутствующих — ни врач, ни судебный следователь — не могли понять, откуда взялись силы у этого немощного старика, чтобы повеситься, да еще в дверном проеме. И это тоже наводило на мысль об убийстве.

Все помещения в квартире, включая комнаты, были узкими. Чтобы перейти из одной комнаты в другую, полицейские и соседи должны были перешагивать через труп и проходить через коридор. Соседи оживленно болтали друг с другом, и со стороны можно было подумать, что в доме праздник. Через некоторое время приехали сотрудники института судебной медицины, забрали тело и постарались отправить соседей по домам.

Все уже собрались уходить, когда появился племянник погибшего. Похоже, это был его единственный родственник.

Это был мужчина лет сорока, с неприветливым лицом, небритый, грузный, с пивным животиком. Его вызвали с работы, из мастерской по ремонту машин, и он не успел вымыть руки. Он выразил недовольство столпотворением в квартире, которую считал своей собственностью. Он заявил, что пришел, потому что дядя попросил его об этом по телефону несколько часов назад. Он не скрывал, что их отношения в последнее время были не самыми лучшими, в отличие от прежних времен. Мужчина утверждал, что не видел дядю уже почти год. Услышав это заявление, жена соседа отвела Мегрэ в сторону и сообщила, что в течение последних недель она несколько раз видела здесь племянника. Мегрэ поблагодарил женщину и попросил ни с кем это не обсуждать. После того как судебный следователь закончил допрашивать племянника, Мегрэ сообщил ему эти подробности. Эта новость была неожиданной, она усложняла и еще больше запутывала дело. Следователь хотел поскорее уйти домой, поэтому решил закончить допросы и обыск, приказал отвести племянника в участок, заставил всех покинуть квартиру и призвал соблюдать тайну следствия.

Вся бригада пешком отправилась в комиссариат, который находился в нескольких кварталах от места происшествия. Так как это был особенный вечер и движение по старым пустынным улицам, слабо освещенным фонарями и светильниками времен Изабеллы, происходило беспорядочно, то подозреваемого конвоировали пешком в наручниках. Ситуация напоминала сцену из прошлых времен, и все участники зловещей процессии отпускали мрачноватые шутки. Происходящее выглядело в полном соответствии с опасениями Шерлока: еще не наступила полночь, а уже начались первые аресты.

Учитывая политическую напряженность момента, Мегрэ приказал конвою идти по тротуару, а не по середине улицы.

— Это ты убил, — произнес один из молодых инспекторов. — Это же ясно. С первого взгляда понятно, что ты — штучка. Ты у нас запоешь. Вы, психи, поете лучше всех, дай вам только публику.

— Ты похож больше на болвана, чем на злодея, — заметил другой конвоир, по-товарищески предложив преступнику сигарету.

Тот взял ее руками в наручниках и поднес ко рту.

— По, а что ты думаешь об этом деле? — спросил Мегрэ.

По не осмелился ответить из уважения к задержанному, который терпеливо выносил издевательства полицейских.

— Как ты его назовешь? — спросил По высокий инспектор, но ответа не последовало.

— Ну, давай, — настаивал Мегрэ, — у тебя наверняка есть идея.

Молодой человек замедлил шаг, чтобы конвоиры, инспектора и задержанный оказались чуть впереди.

— А разве человек не может покончить жизнь самоубийством на надутом пакете для мусора? — робко спросил По. — Наверное, это самоубийство.

— Но ведь не было никакого полиэтиленового пакета, — возразил Мегрэ.

Ему было жалко пленника, но он не хотел в этом признаться.

— Дружище, ты ничего не смыслишь в этих делах, — заключил высокий конвоир, услышав такую гипотезу.

Мегрэ и По с чемоданом в руке немного приотстали, чтобы никто не мог вмешаться в их разговор.

— Спэйду лучше всего оставить эту идею о детективном агентстве, перестать писать романы об американцах и обратить внимание на то, что происходит здесь. Разве у американцев есть что-то, чего нет у нас? Это очень интересный случай, и Спэйд мог бы описать его как никто другой, — сказал По.

— Смерть есть смерть. Если происходит убийство, то это убийство. Существуют только жизнь и смерть, и больше ничего. Во всех романах речь идет об одном и том же, о жизни и смерти. Если роман начинается с описания жизни и заканчивается смертью, это литературное произведение. Если роман начинается со смерти и заканчивается описанием жизни, это детектив. И они оба имеют право на существование.

— Не знаю, — произнес По, он всегда начинал с этой фразы, чтобы ни с кем не спорить. — Допустим, убил племянник. Допустим, хотя я сомневаюсь. В данном случае бедняжка в гораздо худшей ситуации, чем кажется. Он единственный наследник. Но наследник чего? Нищеты, двух старых костюмов, сберегательной книжки и квартиры, провонявшей луком. И если племянник — убийца, как он не подумал, что станет единственным подозреваемым? Кроме того, у него нет явного мотива, ведь старику было уже восемьдесят два года, и, похоже, здоровье у него было не очень. Племянник мог бы убить в порыве злости, но они вместе не жили, да и общались мало. Соседи сообщили, что старик был спокойным, интеллигентным и приветливым. Прямо святой. В доме не обнаружили следов насилия. То, что преступник поставил ботинки и аккуратно сложил шарф, чтобы сбить с толку полицию, больше похоже на уловку из детективного романа. Но жизнь — это не роман, наоборот, романы создаются, основываясь на жизни. Поэтому половина романов, которые мы обсуждаем на заседаниях КИУ, такие плохие. По-моему, причина смерти этого человека заключена в его прошлом. Нужно расследовать его жизнь. Это история жизни, которая закончилась смертью. Не из тех, что начинаются со смерти, хотя может так показаться. Если в старости человек умирает так загадочно и драматично, разгадка его смерти находится в прошлом. Я в этом уверен на девяносто девять процентов. Мы ничего не сможем объяснить, если для каждого события будем искать только одну причину. Все происходит в результате множества причин, которые мы называем прошлым.

Мегрэ рассеянно посмотрел на По.

— О каком прошлом ты говоришь?

По пожал плечами.

Ночь была холодной, и свет фонарей, сливаясь с окружающим миром, казался призрачным. Создавалось впечатление, что, несмотря на пустынные улицы, в домах тоже никого не было, а темные окна, казалось, излучали страх. В десять вечера процессия оказалась в комиссариате на улице Луна. К этому моменту опьянение дона Луиса, усиленное воздействием антибиотиков, перешло все пределы. В его кабинете толпились странная публика, в основном мужчины, человек десять. Некоторые были очень молодыми, некоторые — ровесниками дона Луиса, а может, даже старше. Эти люди были хорошо одеты, а на самых старых из них были голубые рубашки. Кто-то нервно кусал ногти, кто-то уставился в переносной телевизор, как незадолго до этого полицейские. Большинство же обсуждали списки профсоюзных и политических организаций, за которыми в первую очередь следовало установить надзор, а также порядок процедур ареста и осуществления мер воздействия. Здесь царила атмосфера, в которой смешались эйфория исторической лихорадки, мания величия, жажда отмщения и реванша. Если смерть Франко некоторые отмечали шампанским, то этой счастливой для них ночью странные темные личности пришли в комиссариат с бутылками коньяка, чтобы скоротать длинные часы ожидания утра. За десять минут в такой обстановке любого убеждали в успехе попытки переворота, в том, что король уже поставлен в известность и что остается только подождать, пока военные установят контроль над страной.

Никто не заметил вернувшихся По, Мегрэ и членов бригады, но По внимательно оглядел собравшихся вокруг дона Луиса людей, угрожающих под дулом пистолетов выгнать из Испании, как кроликов, всех врагов.

Задержанного посадили в одиночную камеру. Рядом сидели две женщины-карманницы, которые промышляли на тротуарах Гран Виа.

Все происходящее явно расстроило По, и он попрощался с другом:

— Я пойду в хостел.

Оставшись один в коридоре, По, вернулся обратно, открыл камеру, в которой находились воровки, и приказал:

— Выходите, можете идти домой.

Женщины вышли, и в дверях их никто не задержал. Они даже не поняли, что должны были поблагодарить молодого человека.

По, выйдя на улицу, направился в кафе, где иногда вечерами он покупал бутерброд с сыром и кофе без кофеина на ужин. Но сегодня оно было закрыто, так же, как и все остальные учреждения на Гран Виа, включая кинотеатры. В одном из них только что погасили свет. Напротив кассы стояли три человека — сумасшедшие или не знающие о последних событиях зрители, которые, видимо, считали, что можно совместить искусство с государственным переворотом. Из телефонной будки По позвонил Ханне, но никто не ответил. То же самое было днем, еще до начала заседания. Молодому человеку хотелось провести эту ночь с ней.

Ханна была загадочной женщиной, но он ее любил. Затем По позвонил матери, но тоже безрезультатно — телефонные линии были перегружены. Он хотел успокоить мать. Она была одной из тех, кому война разрушила жизнь. По хотел сказать, что в Мадриде все спокойно, что он в порядке, в компании друзей. В этот момент появился полицейский патруль на военных джипах, направлявшийся в сторону площади Сибелес. «С какими друзьями?» — представил он вопрос матери. «Из банка, мама». Это было ложью.

Сирены и сигнальные огни машин, самоходных установок и полицейских фургонов, проносившихся на большой скорости, прорезали мрачный, холодный ночной воздух, придавая затаившемуся от страха и неуверенности городу таинственный вид. Таким Мадрид был только во время войны.

Почти дойдя до Сан Херонимо, По осознал, что его никто не остановил. Правда, группа из двадцати мужчин уверенно шла ему навстречу. Шла, печатая шаг, судя по их виду, это была группа патриотов. Они поравнялись с По на перекрестке с улицей Ларди. За минуту до этого По, на ходу взмахнул рукой, что можно было принять за римское приветствие человека, спешащего в штаб. Члены группы радостно ответили на этот случайный жест, вскинув руки, согласно ритуалу, который По вовсе не поддерживал. Он наблюдал за этими людьми и чувствовал, как они рады тому, что неожиданно обрели единение, приобщившись к течению судеб мира. Они продолжили ночное шествие, а По продолжал двигаться в сторону конгресса. Он не боялся. Никто сейчас не обращал на него внимания. Молодой человек подумал, что хорошо идти по городу, в котором тебя никто не знает, где с тобой никто не может познакомиться и ты тоже никого не знаешь.

На перекрестке с Седасерос он наткнулся на первый полицейский кордон, состоящий из полицейской машины и «лендровера», перекрывающего улицу. За рулем сидели молодые люди с белыми нарукавниками военной полиции.

Два полицейских в униформе преградили По дорогу.

— Мой отец там, внутри, он депутат. Я хочу знать, что происходит. Мама волнуется, — сказал он.

— Мы не можем тебя пропустить.

По казался слишком молодым и безусым, чтобы говорить ему «вы». Он не любил просить, поэтому повернулся, чтобы уйти. Но полицейские сочувственно похлопали его по плечу и сказали:

— Предупреди на втором кордоне, что мы тебя пропустили, поскольку ты ищешь отца.

Второй и последний кордон находился на расстоянии тридцати метров от главного входа со львами. Там стояли несколько любопытных, много полицейских в штатском, правительственные чиновники, несколько членов неправительственных структур и высокое начальство, уровня генеральных директоров, государственных секретарей, военные разных чинов, несколько журналистов и Исидро Родригес Ревуэльто, более известный среди членов КИУ как Марлоу.

— Марлоу, что ты здесь делаешь?

Он схватил приятеля за руку.

— Смотрю, По, — ответил Марлоу, он выглядел как герой сарсуэллы[1]. — Зови меня здесь Исидро, потому что, если услышат прозвище, подумают, что мы над кем-то издеваемся, а уменьшительное Иси мне не нравится.

— Мне все равно. Зови меня Рафа или Рафаэль, как хочешь. Как тебя пропустили?

— Я сказал, что мой отец внутри, — тихо произнес Марлоу.

— Я тоже, — ответил По.

От этого совпадения оба громко рассмеялись, и стоящие рядом люди гневно посмотрели на друзей: нехорошо смеяться, когда родина в агонии, даже если вы получите наследство. Приличия есть приличия. В отличие от Мейсона, По нравился Марлоу. Благодаря своей хитрости или всеобщей неразберихе Марлоу провел здесь уже три долгих часа. После собрания он зашел домой, чтобы поесть и переодеться, нарядившись так, будто собирался на свидание. Он легко нашел общий язык с полицейскими, угощая их куревом и соглашаясь быть у них на побегушках. В конгрессе все оставалось по-прежнему. Никто ничего не знал. Все ожидали появления руководителей заговора, которые все не появлялись. Становилось холодно. В неясном свете фонарей и фар казалось, что на дорогу из фонтана Нептуна медленно выползает зловещий колдовской туман, предвещающий реки крови. По и Марлоу не чувствовали страха. Но полагая, что глупо умирать в Испании в их годы, приятели решили уйти.

Они снова преодолели все кордоны и оказались около Пуэрта дэль Соль. Немногие бары оставались открытыми, но и в них не пускали. У дверей своего хостела По собирался попрощался с приятелем, но тот не хотел его отпускать.

— Пойдем ко мне. Я один.

Его старики были в отъезде, сестра спала у соседей, а он теоретически должен был находиться в гостях у друга, одна-

---

[1] Народная испанская песня.

ко туда не собирался. Все располагало к тому, чтобы прогуляться и посмотреть, как будут развиваться события.

— У меня дома осталась еда, — добавил он для убедительности.

Молодые люди без труда остановили одно из свободных такси, которые во множестве колесили по центру города. Таксисты бравировали перед лицом опасности, хотя и боялись происходящих событий. То же испытывал водитель, к которому подсели По и Марлоу. Таксист хвастался, что никто и ничто не сможет заставить его не работать, даже если половина континента уйдет под воду. Эти слова были произнесены с фатализмом, свойственным мадридским таксистам.

— Меня не изменят ни одни, ни другие!

Дом Марлоу, или, точнее, его родителей, таил в себе множество неожиданных, поражавших воображение вещей. Бронированная дверь со множеством замков впечатляла. За ней находился настоящий склад боеприпасов, достойный Военного музея. Кроме того, хозяевам принадлежала потрясающая коллекция часов, настенных и настольных, старинных карманных. Свободное место занимала коллекция оружия, изумившая По, впрочем, как и всех впервые пришедших.

В громадной гостиной невозможно было найти свободного места на стене. Все было завешано вымпелами, витринами и стендами разных форм, от круглых до квадратных. На стенах, обитых дамастом и муаром, и на покрытых бархатом подставках красовался арсенал, насчитывающий более пятисот единиц короткоствольного огнестрельного оружия всех времен, производителей и стран, с табличками, подписанными готическим шрифтом, а также бессчетное количество часов, которых хватило бы на то, чтобы засвидетельствовать мгновения всех веков с начала сотворения мира.

Включив телевизор на полную громкость, молодые люди расположились на кухне, где отдали должное холодному цыпленку, двум бутылкам вина, как закадычные друзья обсуждая любимые детективные романы, фильмы, всех членов КИУ, о которых Марлоу отзывался с изрядной долей юмора, поговорили о том, как обрести в жизни независимость. В полночь на экране появился король и произнес успокоительную речь, а затем Марлоу продемонстрировал По раритеты, которые его старик покупал в самых различных местах, изучал и заносил в каталоги в течение тридцати лет. Молодой человек унаследовал эту страсть и демонстрировал коллекцию с большим вдохновением. Здесь были пистолеты, короткоствольные и дуэльные, бандитские наганы, кольты, всевозможные револьверы, с гравировкой и без, разных размеров, всех эпох и конструкций.

— Это разрешено?

— Ты имеешь в виду хранение? Конечно, нет. Но думаю, моему старику ничего за это не будет. У него есть связи в комендатуре.

В разделе современного оружия тоже было большое разнообразие.

— Они все действуют?

— В этом-то и прелесть. В принципе, все должны быть в рабочем состоянии. Иначе будет так, как если тебе нравятся собаки, а у тебя только чучела. Оружие — как ребенок: лучший друг, если вы ладите. Оружие тебя всегда защищает и атакует только тогда, когда тебе это нужно. Оно, как собака, даже лучше, потому что пистолет думает то же самое, что и хозяин.

— Если об этом можно сказать «думает», — заметил По.

Марлоу будто не услышал. Он начал рассказывать о кремневых пистолетах, об экзотических марках и их создателях, умерших больше двухсот лет назад, о классических никелированных смит-и-вессонах с рукояткой из слоновой кости, мрачных береттах, помпезных бенелли и компактных астр, о легендарных револьверах доктора Ле Мата, сделанных в Новом Орлеане.

— Все это очень интересно.

В голосе По не было симпатии. Оружие раздражало его, но Марлоу этого не заметил.

— Правда?

Марлоу был похож на радующегося своей стряпне повара. Он взял в руки легендарный маузер, произведенный самим Лугером в 1914 году, и вложил оружие со взведенным курком в руку По. Марлоу проделал это, как будто обращался с обнаженной женщиной, словно разрешая другу прикоснуться к ее груди, как бы приговаривая: «Давай, друг, потрогай, сделай это, убедись, как она прекрасна».

— Тебе не кажется, что это само совершенство?

По не знал, что ему делать с пистолетом в руке и куда его положить. Оружие было тяжелым, и он боялся, что если положит его рядом с витриной, то может повредить стекло.

— Я не разбираюсь в оружии, — извинился По. — И в собаках тоже, мне ближе коты.

Он не хотел показаться невежливым.

— А ты когда-нибудь стрелял? Нет? Вот в чем причина. Пока не попробуешь, нельзя говорить, что тебе не нравится. Это как с женщинами. Одно дело смотреть на них, а другое — заниматься любовью. Оружие похоже не только на собак, но и на женщин. Если ты не ласкал их, не можешь ничего почувствовать, расслабиться. Ты приходишь в тир со своими проблемами, а по мере того как у тебя заканчиваются патроны, все проблемы исчезают.

Марлоу извлек из сейфа несколько раритетов, шесть или семь пистолетов и револьверов, и сложил их в спортивную сумку вместе с боеприпасами.

— Что ты собираешься делать? — спросил По, видя, как друг направляется с сумкой к выходу.

— Сейчас увидишь.

— Мне кажется, что сейчас не самый подходящий момент, чтобы выходить на улицу с этим арсеналом.

— Нет проблем, — ответил Марлоу. — Нам не придется выходить из здания.

В подвале дома находился тир из бронированного бетона, со звукоизоляцией. Это было узкое, длинное помещение с

102

низким сводом, эхом и белыми неоновыми лампами, как в морге.

Уже перестав удивляться, По спокойно наблюдал за происходящим. Марлоу дал ему наушники и оружие. Это был спрингфилд дефендер. Затем он надел каску и установил на расстоянии двенадцати метров бумажное изображение человека с отметиной на том месте, где находилось сердце. Кивком головы он дал понять, что этот муляж был большим сукиным сыном, который перешел ему дорогу, собирался ограбить, изнасиловать его подругу и сестру и после этого предать родину. Что тут поделать?

— Расстреляй его, По, он твой.

Но сколько По ни жал на курок, у него не получалось выстрелить. Поэтому Марлоу с улыбкой, с которой детей учат делать первые шаги, дал другу необходимые инструкции.

— Не знаю, как читатели детективных романов понимают, о чем идет речь, потому что если ты не держал в руках оружия, ты ничего не знаешь. Это все равно, что разговаривать о женщинах с семинаристом. Среди членов КИУ единственный, кто действительно интересуется этими вопросами, кроме Мегрэ, это Сэм. Все остальные не отличат настоящий пистолет от шоколадного.

Когда закончилась первая обойма, По вернул пистолет Марлоу, огорчившись, скорее, из-за расстроенного вида друга, так как почти все его выстрелы прошли мимо цели. Но Марлоу был не из тех, что опускает руки и легко сдается.

— Учись и научишься! — произнес Марлоу.

Затем он еще раз взял в руки пистолет. Из двенадцати пуль десять попали в голову и две — в сердце врага. Его карьера, подруга, сестра и родина были спасены.

Затем он, как винодел, которому достаточно одного глотка, чтобы оценить достоинства напитка, опробовал другое оружие.

В четыре тридцать утра друзья вернулись в дом Марлоу. Этой ночью По осознал, что оружие ему не нравится, но они с Марлоу подружились. Так как вся эта заваруха с государственным переворотом никого не освобождала от обычных обязанностей на следующий день, молодым людям оставалось поспать лишь несколько часов.

Для остальных персонажей нашей истории эта ночь была так же знаменательна, как и для большинства горожан, почти вплотную столкнувшихся с угрозой гражданской войны. Правда, никто из наших героев не совершил в этот день ничего выдающегося.

В одиннадцать утра за доном Луисом Алваресом пришла жена, чтобы забрать его из комиссариата, пока он не натворил глупостей.

Кабинет был пуст, кругом царили грязь и беспорядок. Повсюду валялись бумажные стаканчики с недопитыми коньяком и кофе, в которых тушили огромное количество сигарет, наполнявших комнату смрадом.

Дон Луис сидел на удобном вращающемся кресле, покачиваясь из стороны в сторону и бессильно уронив голову на грудь. Усталый, небритый, он хранил молчание, но не из-за отсутствия желания говорить, а потому что охрип и, казалось, ждал, что кто-нибудь придет и поможет ему. В комиссариате оставались только дежурные, и дон Луис, прячась за жену, быстро проскользнул к выходу. Змея смогла ускользнуть от пахаря и не слишком умело и быстро спряталась в кусты.

В камере, однако, оставался племянник старика с улицы Пэс, в ожидании обвинения или встречи с кем-нибудь жалостливым вроде По, кто выпустил бы его на свободу. Задержанный ничего не знал о государственном перевороте. Его жена, в зеленом шерстяном пальто, держа в руке мятый мохеровый свитер, также всю ночь провела в участке. Ее глаза покраснели от слез и бессонной ночи. Женщина не знала, что ей делать, и никто ничего не мог ей ответить, и никто не хотел ее выслушать.

В течение следующих дней ее несчастный муж подвергался регулярным допросам по распоряжению самого дона Луиса, который старался усердием в работе стереть свои патриотические глупости, совершенные в ночь государственного переворота.

Поэтому в течение трех дней племянника подвергали различным унижениям. Ему не разрешали спать, не кормили, и все это сопровождалось оскорблениями и угрозами, которые никто не считал превышением полномочий. Задержанный не признавался в убийстве, но и не отрицал его, к тому же не мог дать вразумительного ответа на многие вопросы. В конце концов он оказался перед судебным следователем, который отправил его в тюрьму.

Как и большинство его коллег, 24 февраля около шести утра Мегрэ покинул полицейский участок, тогда как комиссар пытался убедить окружающих, беседуя с каждым по очереди, что его ночное воодушевление было вызвано чувством патриотизма и стремлением противостоять заговорщикам. Дон Луис уверял, что все произошедшее никому не нанесло ущерба, а наоборот, способствовало укреплению демократии, монархии, сплочению политических партий, профсоюзов рабочих и в целом населения. Еще не ведая этого, он говорил почти те же слова, которые через насколько часов появятся в испанских газетах.

Ниро Вульф, настоящее имя которого было Антонио Собрадо, владел рестораном «Чаша». Он был по-настоящему напуган опасениями доктора Агудо, по прозвищу Шерлок Холмс, члена КИУ, высказанными им в тот вечер в кафе «Комерсиаль». Всю ночь Антонио Собрадо провел в сомнениях, сжигать или нет свои архивы, картотеку и книги с протоколами заседаний КИУ, потому что название их общества могло быть неправильно понятым и спровоцировать трагические последствия для всех. Всегда могут найтись завистники, которые не прочь воспользоваться ситуацией.

Для Шерлока это была одна из самых тяжелых ночей еще и потому, что его брат был коммунистом. Агудо уже представлял себе его труп в кювете Каса дель Кампо и его двоих детей, приговоренных к смертной казни военным судом. Шерлок провел эту ночь со стаканом виски в руках, из которого почти не пил, уставившись в телевизор, где сменяли друг друга национальные гвардейцы и военные разных чинов, начавшие эту заваруху.

Для старика Эспехо день начался не лучше, но как директор издательства «Дульсинея» он должен быть справиться с ситуацией. Одновременно Эспехо лишился и автора любовных романов, и автора детективов. После скандала с Пако Кортесом он приходил в себя несколько часов, расхаживая с постоянно гаснущей гаванской сигарой во рту и размышляя о неудаче, постигшей его и как человека, и как бизнесмена. Когда Симон, испокон века ведавший хозяйственной частью, ушел домой, сеньорита Клементина успокоила издателя, как это умеют только верные и преданные секретарши. Ей предстояло уладить конфликт с доньей Кармен и навсегда разорвать отношения с Пако Кортесом, который становился с каждым разом все более нахальным и самоуверенным. Ее раздражало, что каждый раз он передавал привет ее маме, хотя было известно, что они с матерью не выносят друг друга. Кроме того, какое было дело Пако до ее матери, если он в жизни ее не видел? В итоге Эспехо поступил так, как подсказывала благоразумная сеньорита Клементина.

— Донья Кармен, — сказал он, — вы знаете, что люди иногда бывают безответственными. Вы не хотели бы в течение нескольких месяцев кроме любовных романов писать и детективы? Вы прекрасно знаете, что мне нравятся ваши любовные истории, так же, как моему дяде, цар-стви-е-ему-не-бес-ное.

Эспехо обещал платить ей больше, чем Кортесу: пятьсот пятьдесят песет.

На самом деле старик Эспехо понизил плату на пятьдесят песет за страницу, хотя сказал, что увеличил гонорар. В делах он был ловок и прежде всего думал о своей выгоде.

Пако он не мог разыскать.

Для Кортеса этот день был исполнен горечи. Четырехмиллионный Мадрид казался ему населенным покойниками с темными кругами под глазами.

Расставшись с Дорой, Сэм Спэйд, бывший автор детективных романов, в глубокой тоске дошел до Эль Мирло Бланко и провел остаток ночи в баре на улице Генерала Пардиньяса среди знакомых и незнакомых людей, таких же, как и он, одиноких или разведенных, ведущих противоречивую, беспорядочную, праздную жизнь. Вместе с владельцем заведения они пережидали за закрытой дверью события, выпивая, покуривая и спокойно болтая, пока не рассвело. В этот момент Пако взяла за руку одна из молоденьких женщин, предпочитающая зрелых мужчин. В своих романах Кортес наполнял их образы поэзией и тайной, хотя в реальной жизни они казались ему серыми и несчастными, как он сам. Здесь повороты сюжета были лишены загадки и романтики.

Утром Мейсон позвонил Спэйду, но не застал друга дома, не было его и на следующий день. Мейсон начал беспокоиться и позвонил Доре, но она тоже ничего не знала о своем бывшем муже, которого в последний раз видела в день переворота.

Для Доры это тоже была одна из самых грустных ночей. Она не захотела признаться своему бывшему мужу, что роман с журналистом Луисом Мигелем Гарсия Луэнго, который длился последние одиннадцать месяцев, закончился пятнадцать дней назад. Он, устав ждать перемены ее отношения к нему, обвинил Дору в том, что она все еще любит Пако Кортеса и слишком много времени уделяет дочке. У Доры не нашлось сил, чтобы спорить или отрицать это. Но рассказать об этом мужу означало бы впустить его снова в дом. Она исступленно рыдала у двери, пока девочка не позвала ее. Дора позвонила матери, чтобы узнать об отце, но линия была занята, и только в два часа ночи мать позвонила сама, не найдя утешения на дне «Марии Бризард»[1], и плача пожаловалась,

---

[1] Марка ликера.

что у нее нет больше сил терпеть отца и что она настолько несчастна, насколько только это можно себе вообразить. Они обе прекрасно это понимали. Дора просидела до четырех утра с включенным телевизором, затем поспала четыре часа, а в восемь, как будильник, ее разбудила Виолетта, счастливое создание, для которого прошедшие часы ничем не отличались от других.

Дора долго разговаривала с матерью по телефону, но, как всегда, чем больше она нуждалась в матери, тем меньше внимания от нее получала.

Для остальных членов КИУ эта ночь оказалась тоже невеселой. Всем стало ясно: реальность гораздо глупее, беспорядочнее и несправедливее, чем детективные романы, в которых всегда побеждали логика, порядок и справедливость. Порядок и справедливость в конце концов были основными сваями, на которых строилось единое здание человеческого общежития.

После этой ночи По и Марлоу подружились. Они были очень разными, но прекрасно понимали друг друга. Один из них был молчаливым интровертом, другой любил поболтать. Один — шумный насмешник, другой — задумчивый меланхолик. Один был полон ярких фантазий, другой казался замкнутым и мрачным. Марлоу лег спать в своей комнате, а По уложил на диван. На следующий день По должен был идти в банк еще до того, как проснется Марлоу. Уже из банка, утром, По смог дозвониться до нежной, трогательной и загадочной Ханны.

6

Его ждали. Стол был накрыт, и вместо электрического света горела свеча. В отблеске ее пламени дрожали все предметы в комнате. Ему показалось, что он вошел в мечту, достиг желанного убежища от всех невзгод. Скатерть голубого цвета, тарелки с синей каемкой, фужеры для воды и вина. Жизнь здесь должна быть прекрасной. Все это напоминало живописные и уютные постоялые дворы где-нибудь в Альпах.

По принес бутылку вина, которую купил по дороге в ближайшем от рынка Сан Мигель магазине.

В винах молодой человек не разбирался. Он руководствовался названием, этикеткой, ценой, но ему хотелось, чтобы его подарок оценили. Наверняка Ханна, при всем ее опыте, перевидала много бутылок в своей жизни. По протянул ей вино сразу, как только она открыла дверь, и сказал: «Вот, я принес». Он не знал, правильно ли он сделал, так ли дарят подарки. В его родной деревне никто никого в гости не приглашал. Но на прошлой неделе По видел фильм Ромера, в котором молодой человек пришел в гости к девушке на ужин и принес бутылку вина. В Париже люди обращают внимание на вино, подумал По, который никогда не выезжал из Испании. Скорее всего, в Мадриде все так же, как в Париже. Все с таким пафосом говорили, что Мадрид превратился в европейскую столицу, как будто город выиграл чемпионат по космополитизму.

В фильме, который видел По, девушка тоже ждала молодого человека с зажженной свечой. Это воспоминание успокоило Рафаэля. Может быть, Ханна тоже смотрела этот фильм, хотя, конечно, не с ним. Наверное, за Пиренеями жизнь была именно такой, со свечами, скатертями и такими мелочами, как две гвоздики в стакане воды на полке. Для По все это было внове, в его деревне все иначе. Вот уже шесть месяцев, как он переехал в Мадрид. На самом деле дома не происходило никаких событий. Молодой человек был очень рад, что решился уехать, хотя для этого ему пришлось расстаться с матерью и оставить ее одну.

Ханна взяла бутылку. Свет свечи делал девушку еще более привлекательной. На Ханне были джинсы и белая блузка с вышитыми на груди цветами. Вышивка была рельефной, а в полумраке сияния свечи ткань стала почти прозрачной, но Ханна не могла этого знать, потому что примеряла блузку при электрическом свете. Только когда она зажгла свечу и погасила верхний свет, она заметила, что два вышитых бутона подчеркивали ее чувственность. Если бы это было известно заранее, может быть, девушка надела бы другую блузку, чтобы выглядеть более скромно. Испанцы часто думали, что она, датчанка, ляжет в постель с первым, кто ей предложит. Ханна впервые сделала легкий макияж, подкрасив глаза. Она была старше По, и ей хотелось выглядеть моложе.

По восхищенно смотрел на Ханну. В эту минуту он пытался определить, какой она ему больше нравилась, с голубыми тенями или без них. Весь этот вечер был похож на сон, и впечатления менялись быстро, как во сне.

Ханна поставила бутылку на стол и помогла юноше снять пальто. Было очень тесно, и казалось, что, если снять пальто, то кому-то придется выйти на лестничную площадку, потому что для троих, включая пальто, места уже не было.

Лестница вела в крошечную мансарду, которая служила одновременно кабинетом, столовой и гостиной. В глубине находилась маленькая дверь, ведущая в спальню, где можно было удобно расположиться только сидя или лежа в кровати, из-за покатой крыши, сходившей на нет в конце комнаты. На возвышении высотой в двадцать сантиметров стояла широкая кровать, покрытая пуховым одеялом, как на севере. В изголовье у стены лежало красивое покрывало с изображением маленьких акробатов. Во всем чувствовалась заботливая женская рука. «Квартира небольшая», — пояснила Ханна. По обратил внимание на ширину кровати и на две горящие по разные стороны лампы, покоящиеся на огромных деревянных кубах. Со стола у стены можно было дотянуться до потолка даже из положения лежа. На столе лежали две или три книги. Они принадлежат Ханне или кому-нибудь другому? По подумал, что в этом гнездышке двое влюбленных могут счастливо жить. У каждого в изголовье будут свои книги. Вместе они будут встречать утро по субботам и проводить выходные... Молодому человеку нравились уютные помещения, спокойные и располагающие к уединению. Он представил себе простыни с запахом лаванды, горечавки или алтея, любым из этих цветков, встречающихся в сказках Андерсена. За спальней находилась крошечная ванная, как из кукольного домика. То же самое можно было сказать о похожей на дом Белоснежки кухне, в которую вел проход через правую дверь. Там По увидел миски, раковину, уже готовый ужин, хлеб, кувшин с водой, принесенную им бутылку вина, рядом с той, что купила Ханна.

В кухне почти не было мебели. В гостиной стоял столик и два плетеных стула. В углу, возле кресла, находилась деревянная полка с дюжиной книг, постер с женской фигурой в стиле Матисса и горшок с цветком. Рядом со столом была дверь на террасу. Чтобы попасть на нее, надо было подняться на две ступеньки, окрашенные, как и отделочная плитка, в красное.

Ханна умела принимать гостей. Все проходили по одному маршруту, заканчивающемуся на маленькой террасе, с которой открывался замечательный, неповторимый, фантастический вид. Все в квартире было крошечных размеров, но производило впечатление. По немного замедлил шаг и остался позади. Девушка знала, какое впечатление производило на посетителей ее жилище, и представляла, что чувствовал молодой человек, открывая для себя мир, который она разворачивала словно огромный ковер.

— Черт возьми, Ханна, в жизни не видел ничего прекраснее.

Девушка подошла к нему, радуясь впечатлению, которое произвела квартира. Она пригласила его на террасу, где среди множества цветочных горшков с розами уютно затерялись двухместные качели с высоко подвешенным сиденьем. У Ханны была любимая фраза, чтобы извиниться за то, что ее розы не выдерживают сравнения с великолепием Королевского дворца.

— Мне очень нравятся цветы, — произнесла девушка таким тоном, как будто считала это слабостью, а не достоинством.

По было бы проще провести этот вечер в безмолвии, но он сделал над собой усилие и сказал, что из нескольких миллионов, населяющих Мадрид, только несколько дюжин человек могли бы похвастаться тем, что видели такую красоту. Он чувствовал себя избранным оттого, что его причастили к возвышенному.

Ханна не ответила. Она смотрела на молодого человека с любопытством. Она еще никогда не приглашала ученика в гости. Иногда они приходили группами. Но ей казались неприличными отношения между учеником и учителем, независимо от того, был ли учитель мужчиной, а ученик женщиной или наоборот.

Некоторое время Ханна молчала, так как ей казалось, что любое слово в этом месте, в этот момент было бы профанацией.

112

Похолодало. Девушка вышла из комнаты и вернулась, накинув на плечи первое, что ей попалось под руку.

Совсем рядом с ними находился Королевский дворец, освещенный, как декорация к опере, начинающейся для них двоих.

С балкона Ханны дворец казался маленьким и большим одновременно, монументальным и домашним. В нем было что-то торжественно прекрасное и нечто от волшебных игрушечных замков, которые дети строят из кубиков.

Вдалеке виднелись огни прилегающих к центру районов. Они терялись за черным пятном леса на Каса дель Кампо и смешивались со звездами вдалеке.

— Какая красота, — прошептал По.

И тут же пожалел, что сказал это, потому что фраза показалась ему легковесной.

Ханна заметила, что накинула на плечи пальто юноши. Ей хотелось, чтобы По обратил на это внимание, но молодой человек ничего не заметил. Ханна была охвачена противоречивыми чувствами. Ее это беспокоило, по опыту она знала, что так бывает в преддверии сильной, страстной и безумной любви, которая всегда проходит, принося много боли.

У По в этой сфере было опыта намного меньше, чем у Ханны, то есть не было вообще. В его родной деревне люди жили без особых любовных приключений. В испанской глубинке жизнь была очень проста. Все начиналось с первого причастия, за ним через пятнадцать лет следовало второе. Кроме того, был еще брак, который заключался в той же самой церкви, при участии того же священника.

Молодых людей сблизили холод и теснота балкона. Некоторое время они молчали, любуясь ночью и думая каждый о своем. В комнате горела свеча. Ее отсвет достигал балкона, подобно раненому солдату, с неимоверным усилием преодолевающему лестничные ступеньки, чтобы в агонии умереть на сырой земле. Нечто вроде бриза проникло в комнату. Пламя заколыхалось, и, казалось, что его отсвет воскресил заснувшие тени. По почувствовал в животе ноющую боль, которую Сэм Спэйд в романах называл «дыханием смерти». Это были нервы. Сердце молодого человека сильно билось, в груди он ощутил не слишком приятные сухие удары. Он не знал, так ли это обычно бывает. Ханна была на десять лет старше и, наверное, знала, как это происходит. Он сама привела его сюда наслаждаться романтической мадридской ночью, показала эту панораму. Наверное, теперь он должен положить ей руки на плечи, привлечь к себе. Не случайно девушка накинула на плечи пальто. Эта мелочь не ускользнула от внимания По. И если он ее обнимет, то потом нужно будет поцеловать. Молодой человек, конечно, хотел поцеловать ее. Любой мужчина захотел бы!

Ханна была восхитительна. Она казалась мечтой из юношеских снов, но еще более прекрасной, с подобранными волосами, украшенными черной бархатной лентой, словно приглашающей развязать бант, распустить волосы, ласкать их, запустив в них пальцы, и пьянеть от аромата, напоминающего сирень, алтей, горечавку. По даже сейчас ощущал запах фиалки. Или горечавки. Нет сирени. Волшебно, подумал По. Ему даже захотелось произнести этот монолог вслух, Ханна казалась ему поэтической душой. Но молодой человек боялся показаться смешным: вдруг Ханна подумает, что он не только болтун, но и позер. Поэтому По промолчал о волосах, фиалках и прочем.

И вдруг По вспомнил, как однажды в кафе «Комерсиаль», еще до того, как он вступил в КИУ, Ханна рассказала ему о неуместной пылкости испанцев, а если мужчина делает ей откровенное предложение, она тотчас теряет к нему всякий интерес. Молодой человек подумал, что его слова о фиалках могли бы быть истолкованы как намек.

С другой стороны, руки, поцелуи — это ли не продолжение ужина? Или все только начинается?

По не решился положить руки на плечи девушки. Он мог сделать это под любым предлогом. Например, чтобы согреть ее. Можно спросить: тебе холодно? Он заметил накинутое на плечи пальто и не знал, чье оно. Если у нее был друг, зачем они сейчас вместе в этой мадридской ночи? Похолодало, но возвращаться в мансарду Ханна не торопилась. Десять лет разницы в возрасте и более богатый жизненный опыт позволяли ей лучше понимать происходящее, но она тоже была взволнована. Казалось, что жизнь подарила ей сочный, спелый, свежий плод. После всех жизненных потрясений исчезло вдохновение, пришла усталость и вплотную приблизился тридцатилетний рубеж. Поэтому ей хотелось ощутить тепло рук По на своих плечах. А иначе зачем он здесь? Она заметила его робость. Ханне нравились такие мужчины больше, чем слишком решительные и самоуверенные. Она боялась, что разница в возрасте испугает юношу, который, казалось, еще находился в мире подростка. Она считала глупым вычислять, кто должен брать на себя инициативу в любовных отношениях, и ей слишком нравился этот молодой человек, чтобы рисковать. Конечно, это не первый любовник, если он вообще, конечно, станет им. В себе Ханна была уверена. Какой мужчина устоит перед ее чарами? Ни один не смог. В средиземноморских странах, а Испания среди них, блондинка с голубыми глазами и пышными формами, как у нее, владела отмычкой к любому сердцу. Но девушка не хотела применять ее по отношению к По, он казался еще ребенком, которым можно легко управлять. Кроме того, это был первый в ее жизни ужин наедине с учеником. Глядя на звезды, Ханна подумала об этом, и облачко грусти омрачило ее лицо. Она почувствовала себя старой девой, вынужденной искать среди учеников друга, чтобы провести с ним несколько часов. Учительница пришла в ужас от такой ужасной картины и обратилась к По с наигранной легкостью:

— Рафаэль, вернемся в комнату?

Пламя свечи в глубине квартиры указало им дорогу, как потерявшимся в лесу детям.

— Мы как Ганс и Гретель, — нервно сказал По, потирая руки, чтобы согреться.

Ханне очень понравилась такая северная ассоциация, хотя и не датская, но все же близкая.

— Почему ты это сказал?

— Из-за свечи. Я бы всю жизнь прожил при свечах в подсвечниках, у огня. В нем есть что-то настоящее. Электрический свет не дает этого. Пламя несет в себе жизнь, тепло, огонь, любовь.

Он внезапно покраснел из-за высокопарности фразы и решил поправить сказанное:

— Лампочка замечательная вещь, но не для меня. Лампочка отторгает, а пламя притягивает.

Произнеся это, он вновь прикусил язык. Хотелось расшибить себе лоб о стену. По чувствовал себя полным дураком.

Ханна не заметила его смущения и не очень-то вникала в речи молодого человека. Она в восторге внимала ему: слышала, но не слушала. Ей было трудно заставить себя вникать в то, что он говорил. За ужином они оба были возбуждены, взволнованы и прекрасно понимали друг друга. После второго бокала вина По стал более разговорчивым. Правда, его тревожило, что он не знает, как все должно происходить, вдруг учительница попросит его уйти? Ханна молчала, и Рафаэль подумал, что она скучает с ним. Молодой человек совершенно не мог себе представить, о чем думала Ханна. «Какой красавец, боже мой. Я бы съела его прямо сейчас, как кусок штруделя, несмотря на то, что он еще мальчишка. Нет, он лучше штруделя». При этой мысли она улыбнулась немного цинично и откровенно.

По подумал, что эта улыбка была реакцией на какие-то его слова.

— Что тебя рассмешило?

— Ты.

— Я не ребенок, — ответил он, как всегда робко, сдержанно, опустив голову, собираясь замкнуться.

Ханна испугалась. Она подумала, что позволила бестактные мысли в отношении молодого человека, и он почувствовал ее бесстыдство.

— Кто сказал, что ты еще ребенок?

— Иногда у тебя на лице написано то, о чем ты думаешь.

— А ты взрослый?

— Да, думаю, да. Я никогда не был ребенком, просто не было возможности. Мне ее не предоставили.

— Расскажи мне о себе.

— А что ты хочешь знать?

На десерт Ханна подала штрудель. По никогда раньше не ел штруделя и был в восторге. Рафаэль подумал, что навряд ли те девушки, с которыми он встречался и развлекался раньше, любили и умели готовить, а уж тем более десерт, такой сложный, каким, в представлении По, был яблочный штрудель. Этим вечером в голове у молодого человека появилось много новых мыслей.

— Расскажи мне о себе.

— Сначала ты. Что ты делаешь в Испании?

Ханна помолчала и провела рукой по скатерти, разглаживая несуществующую складку. По вдруг подумал, что она, наверное, хочет, чтобы он приласкал ее. Да, именно так. Но он не осмелился. Кончиком ножа Ханна отрезала маленький кусочек пирога, подержала его несколько минут на уровне глаз и отправила наконец в рот, некоторое время прижимая к верхнему небу, как будто бы его вкус был как-то связан с ее прошлым в другой стране.

— Что именно ты хочешь знать? — спросила она, загадочно улыбаясь, тем самым давая понять, что у нее слишком много секретов, чтобы их можно было рассказать все разом.

— Почему ты уехала из Дании?

— Я была год замужем, развелась. Поэтому приехала сюда. До этого я никогда в Испании не была, но после развода это самое идеальное место: никаких знакомых и вдали от мужа.

Слово «муж» произвело на По впечатление, и Ханна заметила это. Она замолчала. Девушка подумала, что полуправда лучше лжи. Она не хотела рассказывать то, о чем старалась забыть, и это ей почти удалось, за исключением некоторых моментов. Три года употребления наркотиков, жизнь в заброшенных квартирах, случайные связи, безответственное саморазрушение и перспектива закончить жизнь, как ее муж, неизвестно где, в каком-то притоне, в грязном углу; быть может, он умирает в эти самые минуты, в то время как она мило беседует с молодым учеником. Слово «наркотики» многих отпугивает, поэтому его не произносили в этой комнате.

— Я приехала сюда и начала давать уроки. Этим и занимаюсь. Вот вся история моей жизни. А ты?

У По тоже были свои секреты. У кого в двадцать лет меньше секретов, чем в тридцать? Но он почувствовал, что не сможет ими поделиться, потому что в двадцать лет секреты кажутся нам более святыми. Молодой человек даже не представлял себя в тридцать лет.

По поставил локти на стол и положил подбородок на руки.

— У меня все просто. Я прошел по конкурсу в банк, три года работал в родном городке и попросил перевода в Мадрид, меня перевели. Я приехал сюда и уже шесть месяцев живу в хостелах. Иногда навещаю мать. Вот и все.

— И все? У тебя есть девушка?

По подумал, что Ханна спрашивает об этом из-за разницы в их возрасте. Он тоже хотел узнать, почему такая красивая женщина одинока, но ему было стыдно даже подумать, что можно задать такой вопрос. И молодой человек обрадовался ее вопросу, потому что теперь он мог задать встречный и уравнять их положение.

— Нет, у меня нет подруги, а у тебя есть мужчины?

Внезапно он осознал всю глупость употребления здесь множественного числа. Как он мог допустить такую неловкость? Это был провал.

Ханна заметила это «мужчины» и ответила в шутку. Ей хотелось пересказать ему всю свою жизнь за одну секунду и сменить тему. Ее прошлое не представляло большой ценности.

— Ну, их немного, всего трое.

Она наблюдала за реакцией По, но ни один мускул на его лице не дрогнул.

— На самом деле у меня есть один, вроде бы друг.

Наступила тишина, которую никто не торопился прервать. Этот разговор становился тяжелым для обоих.

— Кто он?

Ханна усмехнулась.

— Ах, испанцы, вы всегда очень прямолинейны.

Когда По находился в неприятной ситуации, у него начинались подергивания наподобие тика. Он запустил руку в волосы и откинул их со лба. По не понравилось такое сравнение. Что у него было общего с испанцами?

— Ты его знаешь, — наконец ответила Ханна.

— Я?

Глаза Ханны злобно блеснули в темноте. По сдался.

— Хайме Кортинас, — раскрыла секрет девушка, сделав жест руками вроде «вуаля», как фокусники перед публикой.

— Директор академии? Он же старый... и женатый.

Удивление По было непритворным. Затем он устыдился своего комментария.

Ханна рассмеялась. Конечно, этот мужчина — старик. Пятьдесят лет двадцатилетнему парню кажутся возрастом стариков, проживающих в его родном городке. Рядом с ее тридцатью — это просто преступление.

По был еще слишком молод, чтобы понять, что такое признание означало скорый разрыв отношений с любовником, и обрадоваться этому. Ханна оживилась, заметив грустный взгляд юноши.

— Я не верю, что у тебя нет любимой. Ты очень красив. Я вижу, как на тебя смотрят на занятиях девушки. Тебя пожирают глазами. Не говори, что ты этого не заметил.

У По не только не было подруги, но и его опыт в этой области можно было назвать нулевым. Кроме того, девушки в академии не только с ним не общались, но и не обращали на него внимания. Так ему казалось.

— Мне не очень везло, — признался молодой человек, немного помолчав.

— А в родном городке у тебя была девушка? — продолжала расспрашивать Ханна, которой этот разговор напоминал быстрое прочтение буклета.

— Нет, я уже говорил, что у меня нет подруги, — сказал ей По.

— Но ты вернешься к родителям?

— У меня нет отца. Нет, Ханна, не надо сожалеть.

Он сам почти не переживал по этому поводу. Для него отец — это несколько потрепанных фотографий в старых рамах в гостиной дома, слезы матери в каждую годовщину смерти и как только о нем заходила речь. Было трудно предсказать, когда, вспоминая отца, она заплачет. Иногда мать рассказывала что-нибудь трогательное и не плакала и, наоборот, порой стоило только произнести его имя, как женщина не могла сдержать слез. В общем, для По молчание об отце было еще более тяжелым, чем слезы. Это и был один из его секретов. Запретная тема. Как умер отец, когда, каким образом, что случилось дома, беременная Рафаэлем мать, согласная на любую работу, братья, которые бросили учебу, ушли из колледжа, старшему было шестнадцать, младшему тринадцать. Никто в городке не помог им, ни семья отца, ни родные матери, жившие в другой части Испании, никто не собирался брать ответственность и помогать, потому что во всем, что произошло, винили отца. Так было не один раз. Но отец не был виноват, и По доказывал это, если надо, кулаками, любому, кто был иного мнения.

Обо всем этом молодой человек никогда ни с кем не говорил, потому что никого не интересовало, что же произошло в действительности. Правда никого не интересует. Люди чувствуют и думают, руководствуясь домыслами, потому что правда бывает непосильна. Ни они сами, в семье, ни его братья, не хотели говорить о случившемся. Это было слишком тяжело и болезненно для всех, поэтому никто не хотел сыпать соль на еще не затянувшиеся раны. Но иногда казалось, что его в чем-то упрекали. Особенно когда говорили: «Ты и не представляешь, как это было!» И молодой человек чувствовал себя виноватым из-за того, что ему не выпало жить в самое трудное время.

Судя по сохранившейся дома фотографии, отец был красивым, стройным мужчиной, с зачесанными назад волосами, большим выразительным ртом, грустными, глубоко посаженными черными глазами, прямым носом, большим лбом и ямочкой на подбородке. Все говорили, что он выглядел, как актер, и добавляли: какой же должна быть мать Рафаэля, если такой мужчина обратил на нее внимание. Передавали также слова отца о матери, и сама мать тоже их повторяла, гордо и одновременно смущенно, так что По не понимал, радуют ли ее эти воспоминания. Да, это была звездная пара. Знавшие отца женщины говорили По: «Ты — красавчик, но твой отец был еще краше». На свадебной фотографии в рамочке отец был в костюме с траурными отворотами. В те времена во многих семьях был траур, потому что люди часто умирали. Было много горя. На маме было жемчужное ожерелье. Это была первая вещь, которую она продала, когда после смерти отца им понадобились деньги. Благодаря этой фотографии По знал, как выглядел его отец. В доме его очень часто вспоминали: если бы он был жив... если бы он сделал... если бы твой отец не поехал тогда в Мадрид... Но при этом никто не рассказывал, что произошло, когда отец поехал в Мадрид в 1960-м и в парке Ретиро случайно встретился со своим другом Ремихио. Это произошло случайно, но полиция не поверила, потому что если кто-то хочет думать определенным образом, ему трудно поверить в случай и он везде видит злой умысел. Как и полицейские, добро иногда отдыхает и не выполняет работу, порученную Провидением. В такие моменты миром правит зло, прорываясь из-под земли, чтобы изменить установленный порядок, который другими словами можно назвать естественным законом. Тогда на место свободы приходит произвол. Полиция арестовала отца, потому что с самого начала считала его виновным и не поверила человеку, защищающемуся плохо продуманными словами. Это было царство ошибок, лжи и произвола. Если правду можно обнаружить случайно, то ложь — это заранее спланированная акция, основанная на ошибке. Рафаэль помнил, как его мать плакала, а по вечерам строчила на швейной машинке. Совсем как в неореалистическом кино, которое иногда показывают по телевизору. Обычно это комедии, от которых хочется плакать. В доме стоял запах бедности, козьего молока и лука. Мать прислуживала в разных домах, а он все время проводил в доме соседки. Та была хорошей женщиной, такие встречаются в каждом селе. Добрая самаритянка позаботилась о мальчике, потому что, кроме нее, было некому. Многие близкие родственники жили неподалеку, но после того, что случилось, порвали все отношения с семьей отца. Соседка вырастила По вместе со своими детьми, не задаваясь вопросом, кто виноват: отец, чертова политика, Испания или простое невезение. Этой женщине было важно одно: помочь соседке поднять детей... Примечательно, что отца не казнили после войны. По просил братьев пересказать ему, о чем говорил с ними отец. И дети вспоминали, как он купил свой первый грузовик и они устроили праздничный ужин. Рафаэль просил мать рассказать ему об отце, как они познакомились. Это произошло однажды вечером, в Валенсии, в 1938 году, в июле . Мужчины вернулись в фронта и ужинали в таверне, где жарили свежие деревенские яйца. Здесь его родителей и настигла любовь с первого взгляда. По знал этот рассказ наизусть, как сказку, но никогда не просил сократить историю или опустить какие-либо подробности. Через тридцать два дня молодые поженились без всяких раздумий. В чем можно было сомневаться? Дальнейшее произошло уже после войны. Они уехали в деревню к отцу, и люди плохо приняли новую семью. Говорили, что мать слишком красива, поэтому может принести с собой несчастья. Отец ее уговаривал: ради бога, Анхелита, не надо краситься, люди не простят тебе твоей красоты, ты и так очень хороша. Потом, когда уже казалось, что все несчастья позади, был донос какого-то фалангиста. Отец провел год в концентрационных лагерях, а Анхелита следовала за ним и зачинала детей во время их непродолжительных встреч под носом у охранников, которых задабривала едой или деньгами, чтобы они смотрели на все сквозь пальцы. Двое первых детей погибли, сын от менингита, а дочь от истощения. Им было два и три года. Рафаэлю дали имя умершего брата. Наверное, поэтому мальчик всегда был таким серьезным. Но все это ушло далеко в прошлое. Никто не хотел ни о чем вспоминать. И только иногда, тихо, чтобы никто чужой не услышал, в доме рассказывались эти истории. Дома никогда не вспоминали войну, но именно война была главным действующим лицом и была виновата во всем. С отцом случилось несчастье. Случайно. А в случайности полиция никогда не верит. Случай лежит в основе любого Идеального Убийства, и то, что случилось с отцом По, тоже было Идеальным Убийством. Отец был убит, хотя не был замешан в том, в чем его подозревали. Что решила полиция? Никто этого не знал. Матери так и не сказали, за что арестовали отца. Отсутствие информации еще страшнее, чем полуправда. Было только известно, что отец собирался поменять грузовик и поехал к своему товарищу в Мадрид, чтобы побывать на ярмарке в июне. Друзья начали вспоминать прежние времена и то, что происходило тогда. «На войне он был капитаном. Ты помнишь?» — «Ну как я мог бы забыть!» Обычный разговор. Там его и арестовали, в доме Ремихио, за которым уже несколько месяцев велась слежка. Когда мать поняла, что муж не возвращается из Мадрида, она бросилась искать его, обзвонила все больницы, комиссариаты, всюду, и решила, что он загулял. Она думала, что он встречается с другими женщинами, но вскоре вернется домой. Простив мужа от всего сердца, она уже сама хотела, чтобы все именно так и было. Через четыре дня национальные гвардейцы пришли в дом с обыском. За что его задержали? «Я ничего не знаю, и мне нечего вам ответить». Мать провела двадцать дней в Мадриде, в пансионе на улице Карретас. Она пыталась добиться свидания с мужем и выяснить, за что его арестовали. Один охранник сжалился над женщиной и разрешил ей проводить под дверью столько времени, сколько она хотела. Мать не понимала, что происходит. Она знала, что ее муж после войны, после того как в последний раз вышел из тюрьмы, не мог совершить ничего дурного. Она пыталась донести эту мысль до охранника, но тот отвечал, что он — последняя пешка, и от него ничего не зависит. Однако он был хорошим человеком и пообещал рассказать, если что-нибудь узнает. Охранник уговаривал женщину перестать дежурить под дверью и не компрометировать его. Он смог кое-что рассказать об отце, о том, как его допрашивали. «Не волнуйтесь, если человек невиновен, его освободят», — успокаивал он мать. Ей так и не позволили ни увидеться с мужем, ни принести ему передачу. Говорили, что он болен, возможно, уже давно, потому что не мог переносить то, что выносили гораздо менее крепкие физически люди, что, скорее всего, у него туберкулез или что-то похожее, потому что он харкает кровью. Навряд ли из него выбивали показания.

В те времена не проводили вскрытия, а судья был удовлетворен словами полицейских. Долгое время имя полицейского, ведущего допросы, и само дело были ненавистны всей семье. Этого человека они считали виновным в том, что их жизнь превратилась в ад. Пришлось на очень невыгодных условиях продать новый грузовик, передать дела. Мать продала свои украшения. Виновником всего этого был человек, перепутавший ее мужа с кем-то другим. А может быть, этот кто-то оклеветал ее мужа, который случайно появился в неудачный момент. Со временем имя этого полицейского, как и многое другое, потерялось в череде горестных событий, которыми была наполнена жизнь их семьи.

До четырнадцати лет По ходил в школу. Мать хотела, чтобы сын продолжал образование. Братья посовещались и решили: «Раз мы не смогли, то сделай это за нас». Но По решил жить, как все. Он начал работать в банке посыльным, продолжал учиться, закончил школу и собирался поступать в университет. У всех членов семьи дела пошли на лад. Чего еще желать? Больше нечего. Теперь он в Мадриде. По нравился Мадрид. Молодой человек чувствовал себя счастливым. Он так хотел поступить в университет! Что бы сказал на это отец?! А члены КИУ? Он примкнул к ним из-за одиночества, потому что в Мадриде никого не знал. Кроме того, на заседаниях говорили о книгах, а читать По любил. Молодой человек был очень стеснителен. Он часто наблюдал за людьми на заседаниях КИУ. Они казались По очень экстравагантными, курили, пуская дым из трубок, как будто бы сошли с киноэкрана. Шерлок, не осознавая этого, одевался как Шерлок Холмс. На нем было пальто в английском стиле. А какой был плащ у Ниро! По наблюдал за ними, а однажды подошел. Он всегда занимался в кафе, там ему нравилось больше, чем в библиотеке. Ему нравилось обилие народа и чужие разговоры. В банке и в пансионе молодой человек всегда был один. Он ни с кем не дружил. Мать волновало только одно: чтобы сын не жил отшельником. «Рафаэль, ты с кем-нибудь познакомился? У тебя есть друзья?» Однажды По подошел к ним и сказал: « Я знаю, кто вы, и мне тоже нравятся детективы. Я могу к вам присоединиться и чему-нибудь научиться?»

Ханна сидела, опустив голову на руки, и слушала, не прерывая. Она думала, что каким бы ни был отец По, сын вырос красавцем...

Внезапно молодой человек как будто пробудился от сна. Он уже полчаса говорил без перерыва и остановился на полуслове.

— Вот я тебе и пересказал всю мою жизнь... — в этот момент он ощутил пустоту внутри.

Ханна тоже очнулась. Она встала из-за стола, приблизилась к По, взяла его руки в свои, мягко потянула их вверх, заставив его встать, и когда они оказались рядом, обняла его за шею и страстно поцеловала. Потом, не разжимая рук, Ханна повела его в спальню, предварительно задув свечу. Когда свеча погасла, через балкон стали видны звезды, и небо раскинуло над ними свое таинственное покрывало.

7

В течение шести месяцев Дора ничего не знала о Пако Коресе. Он перестал приходить, как это было раньше, и присылать алименты почтовым переводом.

Все эти шесть месяцев Пако лежал дома в депрессии, растрачивая последние деньги. По вечерам он успокаивал себя виски, который, однако, не всегда помогал. Кортес полагал, что похож на героев своих романов, легендарных производителей спиртного из Кентукки, а не на жалких пьяниц Сеговии.

В течение шести месяцев члены КИУ встречались в «Комерсиале» без основателя собраний. Они уже перестали обсуждать детективы и Идеальные Убийства. Больше всего друзей волновало, как помочь Пако. Новости о бывшем писателе были неутешительными. Он разрушал себя, непрерывно и отчаянно. Члены КИУ организовали группу контроля. Ниро, Отец Браун и Мейсон больше всех беспокоились о друге. Они навестили его однажды в час дня.

Время суток подчеркивало необычность визита.

Они застали Кортеса в постели. Увидев друзей, Пако очень удивился. Он провел их в гостиную, раскидывая встречающиеся по дороге вещи. Квартира была в ужасном состоянии. Грязная и неприбранная, она походила на логово, где обычно живут второразрядные детективы. Но друзья не показали, насколько их это расстроило. Повсюду валялись пустые бутылки из-под виски и испанской водки. Все пепельницы были набиты окурками. По всей квартире валялись скомканные газеты. Проект создания агентства был погребен навеки, на следующий же день после своего рождения. Смирять гордыню и унижаться перед стариком Эспехо тоже не имело никакого смысла, потому что, когда через неделю после разрыва, 3 марта, Пако позвонил ему по телефону, издатель принялся оскорблять писателя и потребовал немедленного возврата долга, чего Кортес делать никак не собирался.

По инициативе Мейсона они решили принять меры против старика, но удача была не на их стороне. У Эспехо в руках имелся контракт, предоставляющий ему права на все романы Кортеса. Это означало, что пока они издавались или если в магазине находилось более десяти процентов экземпляров от всего тиража, авторские права оставались в руках издателя. Как и подозревал Пако, Эспехо делал нелегальные тиражи всех романов, поэтому невозможно было перепродать права другому издательству.

Благодаря своим контактам и связям Отец Браун нашел для Пако работу корректора в Библиотеке христианских авторов. Кортес горячо поблагодарил Бениньо за хлопоты, но, погрузившись в объемный трактат о теологических добродетелях некоего монаха-доминиканца, решил прекратить свое участие в разъяснении столь трудных вопросов, гораздо более запутанных, чем любой детектив.

Все знали, что Кортес бросил писать, но никто, даже Мейсон, не догадывался, что несколько раз Пако вновь брался за перо, и в результате были начаты три романа, правда, написать больше двенадцати страниц ему так и не удалось.

Нужно было признать то, что Кортес уже осознал, — источник иссяк.

Пако Кортес был достаточно гордым, а Сэм Спэйд — изворотливым, чтобы кому-нибудь сообщить о причине своей депрессии. Он чувствовал, что выдохся. И так оно и было.

Однажды вечером Мегрэ пришел на собрание и принес неприятную новость.

— Тесть Пако хочет им заняться. Он попросил меня передать Кортесу кое-что. Я сказал, что уже шесть месяцев не видел друга, но шеф не верит, думает, что мы прикрываем эксписателя. Дон Луис считает, что Пако бесстыдник, пьяница, развратник и последние несколько месяцев он не платит алименты дочке. И...

Группа контроля КИУ посетила Кортеса второй, третий раз. В четвертый раз Мейсон и Отец Браун пришли без Ниро и, войдя в гостиную, были поражены. Все восемь полок с книгами с пола до потолка оказались пусты. Это был признак настоящего упадка и деградации, означавший только одно: замечательная библиотека детективов, собрать которую Пако стоило немалых трудов, а также книги, которые помогали ему творить, — справочники, карты, словари арго и все, что только можно было найти в Испании, вне всякого сомнения, безвозвратно перекочевало к букинисту.

Отец Браун и Мейсон много раз пользовались библиотекой и встревожились, понимая, насколько серьезной была ситуация. Если источник Пако Кортеса иссяк, колодец, утоляший духовную жажду его друзей столько времени, тоже скоро опустеет.

— Пако, боже мой, что произошло?

Отец Браун подбежал к пустым полкам и раскинул руки, как бы стремясь спасти хоть что-то уцелевшее.

— Не переживай, Бениньо. Если тебе понадобится роман, я тебе его перескажу. Они все у меня здесь, — произнес Пако с сарказмом и указательным пальцем постучал по своей голове с такой силой, что Отец Браун и Мейсон многозначительно переглянулись: их друг начинал сходить с ума.

Друзья внимательно посмотрели на Кортеса. Глаза опухли и сверкали безумием из-под нависших бровей. Оставшиеся на полысевшей голове волосы, длинные и слипшиеся, торчали в разные стороны.

Зная, как их друг любил свою библиотеку, а это была больше, чем любовь, они вдруг осознали, насколько тяжело его финансовое положение.

— Тебе пора зайти в «Комерсиаль», развеяться, — посоветовал Отец Браун.

— Нет, Бениньо, для меня все это закончилось. Я потерял интерес к логике. В жизни нет ни логики, ни арифметики. Спросите об этом Пуаро.

Спрятавшийся от гостей кот внезапно появился и вновь пропал из виду, как и библиотека.

— Но книги? — воскликнул адвокат, служитель логики в этом собрании друзей.

— Модесто, книги — это другое. В книгах логика есть, если они хорошие. Я снова их куплю, если буду писать.

Кортес помолчал минуту и уточнил:

— Я куплю их, когда снова начну писать.

— А я-то испугался, — глядя на Мейсона, шутливо заметил Отец Браун тоном, которым обычно говорят с тяжелобольными, чтобы те не заподозрили, насколько тяжел их недуг. — Преступники всегда любят пофилософствовать. И я бы добавил, что и авторы детективных романов. С твоего разрешения, я хочу процитировать настоящего Спэйда: «Чем страшнее негодяй, тем больше он болтает». И еще: «Сходи на свои похороны, если хочешь пожалеть себя». Жизнь, как и Бог, есть везде.

— Бениньо, спасибо тебе за старания и за все, но оставь в покое Бога. Ты знаешь, что я забочусь о благочестивом Отце Брауне: он обо всем знает заранее, потому что Честертон нашептывает ему на ухо, но здесь нам некому подсказать ни что делать, ни что произойдет завтра. Конечно, для вас, священников-детективов, всё игра, поскольку есть Спасение. Но боюсь, что это не игрушки: никто не спасется.

Бениньо спокойно пропустил эти слова мимо ушей и улыбнулся.

— Я действительно благодарен вам, Модесто и Бениньо.

Пако даже перестал называть товарищей боевыми прозвищами.

Перед тем как уйти Мейсон выполнил поручение Мегрэ. Кортес молча уставился на друзей. Он предложил им выпить, но они отказались. Пако, не найдя чистого стакана, взял бокал с недопитым виски и вылил в него остатки водки.

Друзья молча наблюдали, как он проглотил эту смесь.

Отец Браун счел своим долгом сделать замечание Кортесу, но, заметив горькую улыбку друга, сдержался.

В большом замешательстве делегация покинула квартиру Кортеса. Отец Браун не верил в чудеса и размышлял о том, как спасти друга, падающего в пропасть.

Они вернулись в «Комерсиаль» ни с чем, в ужасном настроении, и ввели остальных в курс дела. Собрания угасали. Присутствие Милагрос-Милес, которая неизменно приходила на них, вносило мрачную ноту. Женщина, будто вдова, безмолвно напоминала каждую секунду, что душа компании отсутствует и с каждым разом удаляется все дальше.

Милес навестила Пако и привела его к себе домой. У нее была роскошная квартира, большая, со старухой-служанкой, которая еще качала сеньору в колыбели. Милагрос и Пако прожили вместе неделю, но это не помогло.

— Не обижайся. Наверное, из-за выпивки я больше не могу быть любовником.

— Мне все равно, — ответила она, — оставайся.

Но Кортес предпочел вернуться в свою спартанскую пещеру.

Все члены клуба твердили: «Надо что-то делать», — полагая, что пора спасать Спэйда.

Но спасти себя мог только сам Спэйд. Сделать это за него было невозможно.

Он понял, что за шесть месяцев из подростка превратился в старика. Пако решил навестить отца.

Кортес никому не рассказывал о своей семье. Он вообще не любил говорить о себе. Наверное, поэтому он так рано стал писателем. Чтобы никому ничего не рассказывать. Он хотел, чтобы за него говорили персонажи произведений: куклы, марионетки, управляемые его несчастьем. Даже с Дорой он никогда не говорил о семье.

Родители Кортеса жили в квартире на углу улиц Лагаска и Падилья. Они не виделись со дня рождения его дочери. Он принес девочку, чтобы показать дедушке с бабушкой, но, как он потом сказал Доре, отказавшейся сопровождать его к родителям: «Они никогда не были настоящими родителями, свекровью и свекром, и уж наверняка не смогут стать бабушкой и дедушкой». Визит состоялся во время воскресного обеда, на котором присутствовали еще три его сестры с мужьями.

Атмосфера в доме для Пако была чужой. Это был удушающий мир бизнеса, денег, вранья в угоду отцовскому деспотизму. Именно поэтому он в двадцать лет сбежал, чтобы писать детективные романы.

Сестры проявили к Пако такой же интерес, как к новому животному в зоопарке, не зная, кусается ли оно, можно ли подходить к нему близко или разрешается только пошалить.

Это происходило с Кортесом всегда, когда он оказывался в родительском доме. Здесь с ним происходило нечто вроде химической реакции, и Пако становился другим. Неизвестно почему, видимо, чтобы облегчить себе общение с родственниками, он начинал рассказывать всякие глупости, которые никогда бы не осмелился повторить в другом месте, не сгорев от стыда. Поэтому встречи с семьей всегда означали для Кортеса унижение, в котором повинен был только он сам.

К счастью, в это воскресенье Пако был настолько мрачен, что у него не возникло желания болтать. Он даже не отреагировал на всегдашние провокации зятьев.

Бывший писатель подождал, когда все разойдутся, чтобы остаться наедине с родителями и поговорить.

Пако не собирался просить у них денег. Это было бы слишком примитивно, и именно этого ждал отец, чтобы торжественно провозгласить, что двадцать лет он ждал этого момента, который наконец наступил.

— Ты перестал писать детективные романы? — спросил отец, подняв брови от удивления.

Супруги Кортес переглянулись, но никто из них не осмелился заговорить. Они ожидали от сына чего-то другого. Пако тоже молчал, надеясь, что его спросят: «Тебе что-нибудь нужно?», или «У тебя все в порядке?», или самое простое: «Что ты теперь собираешься делать?» Но пришлось смириться с совсем другим. Великий адвокат Кортес и его супруга не произнесли ни слова, возможно, потому, что боялись ранить человека, который столько раз смеялся над их советами.

Видя, что молчание затянулось, Пако встал, на прощание пожал отцу руку, чтобы избежать ненужных объятий, поцеловал мать и снова шагнул в нищету за порог, который несколько часов назад переступил, двигаясь в обратном направлении.

Он находился недалеко от дома Доры. Стоял теплый сентябрьский вечер, и Пако решил пройтись пешком. Воскресный покой царил на улицах района Саламанка, вечерние тени вытягивались до неузнаваемости.

Мадридский воздух был наполнен резким запахом герани и ковыля, который поднимал Пако настроение. Но неизъяснимая тоска сушила ему горло, прося смазки покрепче.

Кортес направился к дому Доры. Шесть месяцев он не давал о себе знать. Пако ничего не знал о ее разрыве с журналистом. А Виолетта? Он много думал о ней, но не находил в себе сил, чтобы навестить дочь. Таково человеческое сердце. Он думал о девочке каждый день, но не смог прийти и поцеловать дочку. Проходя мимо телефонной будки, бывший писатель подумал, что надо бы позвонить, но затем решил, что тогда не увидит Дору. Пако двигался дальше; проходя мимо бара, он опять почувствовал необходимость что-нибудь выпить, однако не остановился.

«Если дверь подъезда закрыта, я вернусь обратно». О чем можно говорить с бывшей женой после шести месяцев молчания? Когда Кортес подошел к двери подъезда, кто-то знакомый, выходя из дома, придержал дверь и пропустил Пако. Кортес позвонил в дверь, тут же пожалев о сделанном, однако за дверью было тихо, и он с надеждой подумал, что никого нет дома. Бывшему писателю было стыдно. Это было самое «семейное» воскресенье за последние годы — с родителями, братьями, сестрами, бывшей женой и дочкой... Пако уже начал спускаться по лестнице, когда Дора открыла дверь. Он увидел только ее голову в полутьме. Она испугалась, увидев, как постарел бывший муж.

Кортес подошел ближе. Она тоже изменилась за это время.

К счастью, Пако произнес ту единственную фразу, которая отворила ему дверь в этот дом.

— Я только что был у родителей.

Дора поняла серьезность ситуации. Мысль о возможном несчастье оказалась сильнее удивления.

— Что-то случилось? У них все в порядке?

Ее не волновали его родители, но мысль о смерти в каждом вызывает благочестивое участие, хотя бы на минуту.

— Да, — ответил бывший муж.

Дора волновалась. Она извинилась за то, что не сразу услышала звонок в дверь, потому что спала после обеда. Дочка еще не проснулась. Пако молча любовался ею некоторое время.

Потом Дора спросила:

— Хочешь побыть с нами?

Невозможно понять женщин. Именно по этой причине Кортес не мог больше писать детективы. Он перестал понимать людей: и в жизни, и в романах. Дора пригласила его в дом. Почему?

Он молча прошел и встал около дочери на колени. Он очень по ней соскучился.

— Как она выросла!

— Разбуди ее, она уже больше часа спит, — сказала мать.

Пако присел на корточки и взял руки девочки в свои. Они были словно марципан из Толедо. Он приложил ее ладошки к губам и больше десяти минут любовался спящей дочкой. Дора молча присела поодаль. Наконец девочка проснулась, как будто почувствовала, что происходит. Некоторое время она молча смотрела на отца, потом улыбнулась спросонья и обхватила его руками за шею.

— Папа?

Пако помолчал. Потом произнес:

— Я уезжал, но теперь вернулся.

— Ты правда вернулся?

Этот вопрос задала Дора. Пако грустно улыбнулся, но не осмелился взглянуть на бывшую жену. Дора слишком хорошо его знала и, даже не глядя, могла представить себе эту его улыбку.

И тогда Кортес понял, что репортер больше здесь не живет, но эта новость, которая раньше была бы очень радостной, теперь показалась Пако незначительной.

Через минуту Дора принесла два кофе и поднос с полдником для дочери.

— Что у тебя случилось?

Кортес был ошеломлен приемом, оказанным ему бывшей женой, и тем, что увидел дочь. После шести месяцев сильного стресса он почувствовал в горле ком, который мешал глотать. Точно такое же ощущение было в тот день, когда произошла ссора с Эспехо. В тот вечер Кортес перестал быть писателем.

— Я не знаю, Дора. Моя жизнь мне противна, она ужасна.

Он не должен был жаловаться, но не знал, что говорить.

— Если мой отец узнает, что ты здесь, он закатит жуткий скандал. Уже два месяца он угрожает застрелить тебя. Ты стал для него врагом номер один. Я сказала маме, что ты уже шесть месяцев не появлялся, и попросила не передавать это папе. Мама не умеет хранить секреты, а ее положение хуже некуда. У них в день по три скандала. Когда она заявила, что хочет проконсультироваться с врачом, отец избил ее. Она в этом не признается. Я ей советую бросить отца. А она не знает, куда деться, потому что отец действительно может ее убить. Я сто раз предлагала ей жить с нами, но она считает, что должна быть рядом с мужем. Это кошмарно. Твоя жизнь ужасна, но ты сам ее выбрал. А кто за меня сделал выбор? Пожалуйста, не рассказывай мне о своей жизни. Пако, я не хочу быть как мама, не хочу становиться такой, не хочу страдать из-за того, что мужчина, которого я любила, хочет сделать меня несчастной. Ты меня понимаешь? Моя жизнь — дрянь, вы все сделали ее дрянной. И не только у нас трудности. Отца могут уволить и лишить жалования из-за того, что он вытворял 23 февраля. А может быть, даже хуже — посадить в тюрьму. А ты приходишь ко мне через шесть месяцев, рассказываешь о своих проблемах и ноешь о том, что твоя жизнь дерьмо?

Пако было стыдно. Он даже не осмелился попросить прощения.

Из всех ликов Пако Кортеса Доре больше всего нравился тот, который она видела перед собой сейчас, без маски, без всей этой петушиной бравады, которую она помнила, без надменной уверенности, что он самый умный, потому что способен использовать в детективных романах математические формулы, которые получались точными, как уравнения. Стоящий перед ней человек не был тщеславным писателем, которого друзья считали гением, но и не выглядел побежденным или неудачником. Он пришел к ней с открытым сердцем, без логических построений, без стратегий, без дешевых фраз, скопированных из дешевых детективов. Но при этом Дора испугалась. Она заметила, как он опустился и похудел. Может быть, он болен? Бывший писатель полысел, остатки его волос заметно поседели.

— Пако, ты знаешь, что все преодолеешь. У тебя для этого достаточно сил.

— Не уверен. Прости, что я долго не мог приносить вам деньги. Они здесь, включая алименты за два следующих раза.

Кортес положил на стол деньги, вырученные от продажи книг. Они были в конверте.

— Пако, я никогда не просила у тебя денег. Мне всегда нужно было другое. Ты можешь мне это дать? Я не хотела, чтобы ты ради меня жертвовал собой или запирался дома. Мне не нужно, чтобы ты меня упрекал, что из-за меня твоя жизнь не удалась, или чтобы у тебя было ощущение жизни за решеткой. Я никогда не желала этого не себе, ни тебе.

— Ты еще меня любишь?

Девочка сидела за высоким стулом, свесив ноги, и ела булочку, запивая молоком из стакана.

Этот вопрос, заданный в такой момент, глубоко обидел Дору.

— По какому праву ты меня об этом спрашиваешь? Ты считаешь, что можешь прийти через шесть месяцев и задать вопрос, на который не может быть ответа? Я не знаю, — подавленно и злобно произнесла Дора.

Она нервно поднесла ко рту чашку кофе, хотя пить было уже нечего.

— Я бы не хотела, чтобы через несколько лет мы стали как мои родители или как твои, а наша дочка смотрела на нас, как мы на них. Тогда жизнь станет нестерпимой для всех нас. Я столько раз мечтала, что ты вернешься. После твоего последнего посещения я провела всю ночь в слезах, упрекая себя в том, что позволила тебе уйти. Но я не знала, что тебе сказать, потому что сказать мне нечего. Я не умею красиво говорить, как ты. Мне даже детективы не нравятся, потому что с жизнью они никак не связаны. Все, что со мной произошло с того момента, как я тебя выставила, было единственным, что случилось в моей жизни. Мне было нечего тебе сказать. Сначала, когда мы были вместе, мне было очень обидно чувствовать себя никем, и ты заставлял меня делать то, что мне было абсолютно чуждым. Но я сама себя обманывала и старалась все выполнять. Я вела себя совсем как девчонка, у меня не было опыта. После тебя у меня были любовники только потому, что ты встречался с другими женщинами. Но я их не любила. Я хотела только тебя, мечтала, что ты придешь и будешь на меня смотреть так, как раньше. Возьмешь мою голову в свои руки, чтобы я не смогла отвести взгляд, посмотришь мне в глаза и произнесешь: «Дора, я без устали пью из них, как из родника». И я бы растаяла. Я хотела, чтобы все повторилось. Но ты возвращался поздно; сначала меня это не беспокоило, но потом я заметила, что внутренне ты был где-то далеко, не со мной, говорил мне странные вещи, цитируя собственные романы. Я ненавидела, когда ты называл меня куколкой или говорил: «Детка, иди сюда, возьми, будь хорошей девочкой». Я замирала, когда ты меня называл худышкой, будто я — Лорен Бэколл, а ты — Хэмфри Богарт. Я проклинала всех героинь твоих романов и особенно ненавидела тех, которые появились после нашего разрыва, потому что ты называл их моим именем. Я была не такой, какой ты меня представлял, и никогда не хотела быть ею. Я не героиня, не Лорен Бэколл, я всего лишь Дора и хочу, чтобы мы жили нормальной жизнью, без бредовых фантазий, чтобы наша жизнь была наполнена реальностью. Ты мне никогда не рассказал, что произошло, почему ты переменился. Я понимаю, почему мужчина вступает в связь с женщиной, но не могу понять, почему ты так поступил, одновременно твердя слова о роднике и повторяя, что ты никого так не любил так, как меня. Я тебя спросила: «Ты хотя бы счастлив с ними?» И ты ответил, что нет. И я поняла, что ты сделал несчастными всех нас: себя, меня и девочку.

Кортес слушал бывшую жену, рассматривая вытянутые из ковра нити.

— Я думаю, что твоя основная проблема, — продолжала Дора, — заключается в том, что ты не знаешь, кто ты на самом деле, а это разрушительно. Посмотри на бедных членов КИУ. Все они живут как ты. Вы все неудачники. Никто из вас не доволен своей жизнью, и вы утешаетесь тем, что видите, как герой романа умирает или как его убивают. Каждый из вас мечтает оказаться на месте жертвы или палача. Одни родились, чтобы быть жертвой, а другие — палачами. Модесто — жертва. Мисс Марпл — палач. Никто не хочет прожить свою жизнь и не знает, как это делается. Модесто убил бы своего отца, потому что тот заставил его выбрать ненавистную профессию. Беа мне сто раз рассказывала, как он каждый раз страдает перед встречей с судьей. Мисс Марпл наверняка убила бы своего мужа за все его измены, но не сделает этого, чтобы не остаться в еще большем одиночестве. Марлоу наверняка готовится к ограблению магазинов отца, чтобы получить страховку. И в конце концов он это сделает. Бедный Мегрэ. Какая жизнь его ожидает? Как у моего отца? Я витала в облаках, может быть, черных, но облаках. Посмотри на Агудо. Его мучают проблемы с детьми, он ненавидит работу врача. Это женоненавистник, который на дух не переносит женщин. Он стал гинекологом, чтобы пойти по стопам отца, и единственная отдушина для него — это детективы. А дон Бениньо, разве он похож на священника? Ему нужно снять сутану и найти себе женщину. Ты не знаешь, как он на меня смотрел при встрече! Раздевал глазами. И бедный, несчастный Модесто. Я отношусь к нему с нежностью. Мой адвокат при разводе сказал о нем: «От этого мы получим все, что захотим». Он готов умереть за тебя, но не сможет помочь, даже если захочет, потому что не понимает тебя. Все эти люди тебя почитают, но в глубине души ты знаешь, что ради тебя они ничего не могут сделать. Ты мне только что сказал, что уже шесть месяцев не приходил в «Комерсиаль»? Это первый раз, когда тебе по-настоящему трудно, и необходимо, чтобы кто-нибудь протянул тебе руку помощи, но тебе не к кому обратиться. Ты пришел сюда, в единственное место, где перед тобой закрыты двери. И к родителям, в доме которых испытываешь смешанное чувство жалости, отвращения и насмешки. Вы организовали клуб избранных, сдвинутых на детективных романах. Я — дочь полицейского и вышла замуж за сдвинутого на детективах! Ты не представляешь, сколько раз я проклинала себя за то, что пошла тогда искать отца в комиссариат. Если бы тебя тогда там не было, если бы я не пошла туда, вся моя жизнь сложилась бы иначе...

— И моя, — согласился Кортес с грустью, с которой наблюдают, как корабль удаляется от берега.

— Нет, твоя жизнь была бы такой же. Ты не изменился после того, как мы познакомились. Ты продолжал оставаться писателем. Как и раньше, ходил по четвергам в «Комерсиаль» на заседания КИУ, не пропустив ни одного раза, ни тогда, ни потом. Всегда ложился спать в пять утра и вставал в двенадцать. Если бы дочь родилась в четверг, ты не присутствовал бы при родах. Ты до и после женитьбы уходил вечерами гулять. У тебя были женщины до меня, и ты продолжал с ними встречаться у меня за спиной, пока я это не обнаружила. Я думала, что смогу распрощаться со всем тем, что сделало меня несчастной, но прошло уже четыре года, и ничего не изменилось. У меня дочь, тот же ужасный отец, беззащитная мать, несчастная алкоголичка, и муж, который уверял меня в своей любви, но при этом постоянно меня обижал. Когда я была с Рамоном, мне показалось, что жизнь начала меняться. Он был другим, проводил дома все вечера, не имел любовниц и обожал меня. Но через семь месяцев я осознала, что никогда не смогу исключить тебя из своей жизни. Я думала о тебе, у меня немело тело и слабели коленки каждый раз, когда ты приносил алименты. Когда я его целовала, то должна была следить, чтобы не произнести твое имя. И так во всем. Пока, не выдержав, он не ушел от меня по той же самой причине, по которой я бросила тебя.

Дора заплакала, слезы катились по ее щекам. Но в этом плаче не было злобы, обиды или требований. Они лились, как сок растения стекает по стеблю, после того как по нему резанули острым лезвием.

— Пако, я ждала, когда ты придешь ко мне и что-нибудь скажешь. Тебе не нужно спрашивать меня, люблю ли я еще тебя или нет. Задай себе самому вопрос, любил ли ты меня когда-нибудь? Возникло ли за все эти годы что-нибудь похожее на любовь ко мне, дочке, другим женщинам? Способен ли ты любить кого-то настоящего, а не только героев твоих убогих романов и глупых членов КИУ?

— Я уже шесть месяцев ни с кем не встречаюсь, даже с членами клуба, — начал оправдываться Кортес, не представляя, как продолжать разговор.

В его голове мелькнула мысль, что эта ситуация напоминала роман, в котором он начинал диалог, а потом сам же заканчивал его. Но Пако не хотел, чтобы неумение отделить литературу от жизни помешало ему еще раз.

— И хотя это звучит патетически, — продолжал он, — я хочу измениться, но не знаю, как. Я знаю, кем я не хочу быть, но не знаю, кем хочу стать. В последнее время я много думал о том, что со мной происходит, о женщинах, о моих загулах, обо всем. Когда ты находишься у последнего предела, то чувствуешь себя по-другому. Это как пятно. Люди замышляют ужасные преступления ради ничтожной выгоды. Одни из ревности, другие ради денег или мести. Чтобы отвлечься ото всего этого, нужно пойти проветриться. Ты думаешь, что найдешь то, чего тебе не хватает, выпивая с друзьями. Но когда ты начинаешь вредить самому себе, то не понимаешь, зачем это делаешь. Не ради денег, ревности или мести. Ты просто не знаешь. И тогда наносишь себе еще больший вред.

— Да, Пако, но в жизни не все люди преступники или полицейские, которые гоняются за нарушителями закона. Жизнь — это не развлечение для старых дев-библиотекарш или для путешественников, коротающих время в поезде за чтением. В жизни есть много всего другого. Если бы ты бросил основное дело жизни, я бы не очень переживала. Но у тебя все перемешано. Ты полагал, что сыщик — это тот, кто проводит с красоткой ночь, а днем каждый из них сам по себе. Я тебе сказала тогда, чтобы ты ушел к какой-нибудь из них, а меня оставил в покое жить настоящим. А ты мне отвечал, что связи на одну ночь не были для тебя важными. И я возразила, что они важны, так как ночи, которые ты провел с ними со всеми, — это целый мир жизней, а моя собственная теряет свой свет, потому что ты его погасил. Но это моя жизнь, и ни ты, и никто другой не имеет права превращать ее в кучу холодного пепла.

— Дора, пожалуйста, не плачь. Ты мне разрываешь душу.

— Пако, ты мне ее разбил уже давно, и поэтому у меня так льются слезы. Сколько раз ты видел, чтобы я плакала? Раньше — никогда. Я ушла из дома, не пролив ни слезинки. А сейчас это мое постоянное занятие. Моя душа, как разбитый кувшин. Ты хотел, чтобы я ждала тебя дома, когда ты возвращался усталый после загула, и успокаивала классного писателя, который искал сюжеты для своих романов. Ты дошел до того, что сказал мне, что ты — писатель, и поэтому не такой, как все остальные люди, и что имеешь право заводить связи с женщинами, как агент 007 имеет лицензию на убийства.

— Дора, я никогда такого не говорил, — горько возразил Пако.

— Сама фраза могла быть другой, но на деле происходило именно это. Ты полагал, что сама жизнь подсказывает романы. Я не очень в этом разбираюсь, но уверена, что все наоборот: жизнь нуждается в романах. И если ты не бросишь это занятие прямо сейчас, то окажешься в сумасшедшем доме вместе с психами, которые считают себя Наполеонами. Ты уже был Сэмом Спэйдом, великим Сэмом Спэйдом. Какая разница между твоим персонажем и сбрендившим Наполеоном?

— С романами я покончил, Дора.

— Откуда ты знаешь?

— А как ты поняла, что между нами все кончено?

— А ты как думаешь? Я полагала, что между нами все кончено навсегда, но сейчас ты здесь, и мы в сотый раз вспоминаем прошлое.

— Я уверен, что не буду больше писать. Никто, кроме меня, в это не верит. Это конец моего творческого пути. Я хочу жить с кем-то реальным. Конец Мэдиссону, Питеру О'Коннору, Сэму Спэйду и нашим заседаниям. Я люблю тебя и дочку. Больше не будет Идеальных Убийств. Может, я не смогу стать другим человеком за один день, но я уже другой и пытаюсь воскреснуть из пепла...

— Только не за мой счет, — перебила его Дора.

— В моем возрасте человек вряд ли может быть совершенно непредсказуемым.

Дора скептически улыбнулась, и эта улыбка преобразила ее.

Дора была высокой женщиной, даже немного выше Кортеса. Иногда она вспоминала, что в детстве хотела быть балериной, но оказалась для этого слишком высокой. «Кто меня сможет поднять на руки?» Это было очень приятное воспоминание, но оно давно осталось в прошлом. В любом случае, отец отказался оплачивать ее уроки танцев, и Доре пришлось смириться и работать на административной должности, после того как она, познакомившись с Пако, бросила экономический факультет. Дон Луис не мог ей простить, что она бросила учебу из-за какого-то писателя-бабника.

— Ты меня упрекаешь в том, что из-за меня бросила университет?

— Никогда не делала этого и не собираюсь. Ты знаешь, как мне не нравилась эта специальность. Я даже не работала в этой области, частично из-за тебя. Я всегда тебе говорила, что мы могли бы жить на мою зарплату, пока ты не найдешь себе другую работу. Но ты всегда считал это унизительным.

Кортес попробывал запротестовать, но не очень убедительно.

— Ты продолжаешь так думать?

— Сейчас единственное, чего я хочу, это чтобы девочка росла в счастливом доме, в отличие от меня, чтобы у нее была свобода выбора, чтобы она не унаследовала от нас с тобой наши раны, которые, похоже, не затянутся никогда. Только это я сейчас знаю точно. Все остальное меня не волнует.

Было уже три часа ночи, а они всё разговаривали. Когда первые солнечные лучи осветили балкон, Дора с нежностью взяла Пако за руку:

— Когда мы были женихом и невестой, мы столько не говорили.

Кортес взял ее руку, и их пальцы переплелись. Он ощутил знакомое, любимое прикосновение. Во время этой долгой беседы они приняли три важных решения: Франсиско Кортес и Адорасион Альварес будут жить вместе. Они не сообщат об этом дону Луису, пусть узнает об этом сам. И Пако Кортес найдет себе работу. Какую? Любую, включая должность корректора схоластических трудов.

8

Друзья по КИУ делали все возможное, чтобы найти работу своему другу Кортесу.

Его возвращение было подобно возвращению Генриха IV ко двору от нищих.

Появление Кортеса в «Комерсиале» вызвало большой переполох. С его приходом все связывали наступление славного будущего для клуба. Официанты Томас и Абундио заявили, что сегодня он может сделать заказ за счет заведения. Со всех сторон Кортес слышал похвалы в свой адрес, как будто он был отважным путешественником, вырвавшимся из лап смерти. Вместе с тем никто не решался спросить его о том, что произошло, из-за боязни разбередить еще не зажившие раны. Но самое главное — вернулся Сэм Спэйд.

— Сэм, ты не представляешь, как ужасно было здесь без тебя, — сказала Милес, которая обычно молчала.

Пако Кортес, пришедший попрощаться, не решился сказать о том, что Спэйд умер, ведь никто не хотел принять это.

Милес восхищенно смотрела на него, но, видимо, почувствовала что-то неладное, потому что минут через тридцать ушла, и только легкий запах табака да аромат духов «Delire» от Диор напоминали о ее присутствии.

Шерлок набил трубку, как в старые добрые времена, готовый на самое длительное и восхитительное приключение в своей жизни.

Мегрэ был одним из тех, кто больше других радовался возвращению друга. К тому же в этот вечер он принес из комиссариата на улице Луна ошеломляющую новость, касающуюся его шефа.

— Нашелся судья, который принял к рассмотрению иск в отношении твоего тестя по факту избиения. Правда, ему удалось избежать привлечения к следствию по делу о мятеже, но все это еще впереди. В глубине души я рад этому. Он — скотина.

— Какое еще избиение?

Мегрэ понизил голос, как будто ответ его особенно волновал, и признал, что кроме дона Луиса, по всей видимости, подозреваются еще трое полицейских, участвовавших в допросе того бедолаги с улицы Пэс.

Никто не мог вспомнить, о каком случае идет речь.

Мегрэ напомнил некоторые подробности дела о повесившемся в дверном проеме.

— Я был там с тобой, — сказал По.

— Я помню, — подтвердил Мегрэ.

— Это было убийство?

— Об этом-то и речь. Все тогда так и подумали.

По едва не напомнил, что он единственный тогда так не думал, но промолчал.

— Это было вполне логично, — вставил Мейсон, который знал подробности.

— Логично? — переспросил Мегрэ и процитировал Честертона: «Вывод может быть логичным, но при этом быть неправильным».

Поскольку не все присутствующие помнили детали дела, Мегрэ стал перечислять.

— Для начала, — сказал Мегрэ, — у племянника не было никакого алиби с четырех до семи, а вскрытие показало, что старик умер как раз в это время.

Кортес слушал молча, не желая вступать в разговор, но глубоко сидевший в нем инстинкт сыщика заставил его заговорить:

— Это типично для полиции: нет алиби — значит ты подозреваемый. Полицейским надо бы побольше читать детективов.

— Но он признался в содеянном или, что то же самое, ничего не отвергал. Разве этого не достаточно?

— Нет, — сказал Кортес, — что он говорил раньше?

— Сначала он сказал, что был в мастерской, но его помощник опроверг это. Было столько противоречий, что все посчитали, что он сознается, если на него надавить. Жена племянника подтвердила, что ее муж и дядя не разговаривали, но при этом по завещанию дядя все оставлял ее мужу, и оставлял немало: дом, в котором жил, два или три загородных участка. При проверке состояния дел племянника всплыли его огромные долги. Он настаивал, пока мог, на своей невиновности. Настаивал до тех пор, пока мы не узнали, что в тот вечер он был с одной девицей, с которой жил уже два года, снимал ей квартиру и выплачивал содержание. Но девица была не промах и тянула из него все больше и больше. Он ломал голову над тем, где взять деньги, и решил попросить их у дяди, несмотря на плохие отношения между ними. Он уже пару раз так делал. Соседка была права — в тот день он был там и обнаружил дядю мертвым. В конце концов, отчаявшись, он предпочел взять на себя смерть старика, лишь бы не открывать правду о девице жене и детям.

— Но он просто идиот, — воскликнул Марлоу.

— Почему же? — сказал Кортес. — Закон призван наказывать виновных, а не идиотов, но я не думаю, что он был идиотом. Это всего лишь запутавшийся в жизни человек.

— И чем же все закончилось? — спросил Марлоу у Мегрэ.

— А дальше — самое интересное. Через две недели к судье попало письмо, которое долгое время находилось в почтовом отделении улицы Пэс, так как на конверте не был указан адресат, а было написано только «Суд на площади Кастилии». Поэтому его решили вернуть, но почтальон, который был в курсе произошедшего, увидев, что письмо адресовано в суд и отправлено умершим, сам принес его на площадь Кастилии и отдал лично судье. Письмо вызвало большой переполох. В конверте вместе с письмом лежала фотокопия паспорта — вещь достаточно странная, потому что если собираешься кончать жизнь самоубийством, то зачем оставлять себе оригинал? Так вот, в письме говорилось, что после всего, что произошло в конгрессе, он решает покончить с жизнью. Он не хочет больше видеть и пережить еще раз все, что испытал во время войны и особенно после нее. Было видно, что письмо написано в тревожном состоянии, поскольку самоубийца пророчил море крови для Испании. Он много уже повидал и потому уходит раньше, чем сбудется его предсказание. Он никого не обвиняет и просит прощения у племянника, у которого после его смерти станет одной проблемой больше. Таким образом, человек хладнокровно написал письмо, вложил его в конверт вместе с копией паспорта, наклеил марку, опустил письмо в ящик, вернулся и повесился таким странным способом. Как он это сделал? Загадка. Так что эта история об одном сумасшедшем и одном идиоте. Первое, что сделал судья, прочитав письмо, — спросил, где племянник. Того привезли из тюрьмы; поговорив с ним, судья вызвал тех, кто давал показания; идиот рассказал правду о происшедшем, обвинил судебного следователя и полицейских в том, что его вынудили подписать заявление. Судья нашел достаточно оснований, чтобы завести дело.

— Интересная история, — с удивлением сказал Мейсон.

— А ты? Как ты узнал, что это не было убийством? — обратился Мегрэ к По.

— Парень понял это? — спросил Кортес.

— Он был единственным, кто все понял.

Вопрос Кортеса читался в глазах всех присутствующих: как он все понял?

— Не знаю, — ответил По.

Он смутился. Все смотрели на него, а он не привык быть в центре внимания и говорить перед таким количеством людей.

— Во-первых, — начал он, — по тому, что в квартире все было аккуратно, все на своих местах, в полном порядке. Я ни о чем таком не думал, но тут мое внимание привлек книжный шкаф в гостиной. Более двухсот книг, и все — о гражданской войне. Ни о чем другом. Меня начали терзать смутные сомнения.

— А судья?

— Судья верил тому, что говорил судебный следователь. Но тут обвиняемый отказался от своих показаний, заявив, что их выбили у него под давлением. Да, он идиот, потому что только идиот может признаться в убийстве, которого не совершал, — пояснил Мегрэ.

— Люди вменяют себе преступления, которые не совершали, и никто не знает, почему они так делают, — сказал По. — То же мы видим и в «Преступлении и наказании». Как роман о наказании это — шедевр, но как роман о преступлении — это полный провал, по моему мнению. Там тоже фигурирует идиот, уверяющий, что убил двух старух.

Все согласились, поскольку данное произведение Достоевского не имело никакого авторитета среди членов КИУ с детективной точки зрения.

— Лоренсо, согласись, парень прав, — сказал Кортес. — Полиция объясняет все так же: умерший был сумасшедшим, а ошибочно обвиненный — идиотом. Единственные умники — сами полицейские.

— Что касается убийства старухи-процентщицы, то да, безусловно, это преступление далеко от идеала, — заговорил о «Преступлении и наказании» доктор Агудо, которому доставляло удовольствие время от времени демонстрировать свое красноречие в интеллектуальных дискуссиях. — Убийца не может прийти к следователю и сказать: «Знаете, я не могу больше жить с чувством вины. Освободите меня от него», —

а следователь не может со своей стороны сказать: «Признайся в преступлении, и ты почувствуешь огромное душевное облегчение», — тем более когда уже имеется задержанный, сознавшийся в убийстве старухи и ее сестры. В романе должны говорить факты, а не писатели, преступники или следователи, которым, по моему мнению, следует помалкивать. И что бы ни говорили племянник или полицейский, факт остается фактом. Следов борьбы и насилия на теле умершего, кроме следов веревки на шее, не было, что и было доказательством. Так что не нужно было обманываться, а полиция обманулась в очередной раз.

В разговор вступил Кортес.

— Помнишь мысль о том, что улики — всегда палка о двух концах? Улики могли как доказать виновность племянника, так и наоборот. Самое разумное для преступника — это не скрывать того, чего невозможно скрыть, в данном случае — порядок. Племянник мог намеренно ничего не тронуть или же, при необходимости, тщательно расставить все по местам.

Доводы Кортеса заставили По глубоко задуматься. Мегрэ пожал плечами. Иногда ему приходилось выслушивать критику по поводу всех ошибок, когда-либо совершенных полицией во всем мире. Для Пако же этот случай не представлял ничего примечательного.

— Может быть, это действительно так, — наконец произнес По, — но в «Преступлении и наказании» следователь Порфирий Петрович говорит: «Изо ста кроликов никогда не составится лошадь, изо ста подозрений никогда не составится доказательства».

— Браво, молодой человек, — воскликнула Мисс Марпл, хлопая в ладоши, как школьница.

Сам Кортес тоже пару раз хлопнул в ладоши, как учитель, признающий свое поражение в шахматной партии от ученика.

Мисс Марпл увлеченно следила как за самими преступлениями, так и за их расследованиями, выявлявшими виновных, и делала это с радостью человека, который действительно видел во всем этом нечто забавное. Пока преступление оставалось нераскрытым, она полностью была на стороне преступника, но стоило чаше весов склониться к разгадке, как Мисс Марпл легко переходила на сторону следствия. Она наслаждалась всем, любой ролью подобно гурманам, которые получают удовольствие вначале от поисков лакомых кусочков на базаре, а потом от процесса их приготовления и поедания. Это была женщина пятидесяти пяти лет, располневшая, с крашенными в платиновый цвет волосами и с очень светлыми голубыми глазами. Она вносила экзотическую нотку в собрание, поскольку была поразительно похожа на королеву Викторию-Евгению, когда появлялась в обществе, разодетая и увешанная драгоценностями. Имя Мисс Марпл ей присвоили, конечно, не за тонкую проницательность, а за подражание Агате Кристи; она постоянно сокрушалась по старым добрым временам, когда герои романов вкладывали деньги в бирманские рудники, американскую нефть, тунисские фосфаты, южноафриканские алмазы. Современный преступный мир она находила несколько извращенным. «Что за мания отправляться убивать в трущобы!» — говаривала она. Ее всегда привозила машина с водителем, но во время собраний она неизменно вела себя, как все, и особенное удовольствие ей доставляли минуты, когда она, с трубкой в руке, вытаскивала по одной монете из роскошной сумочки, чтобы заплатить взнос.

Для Кортеса она была основным и постоянным поставщиком всевозможного материала: телефонных и торговых справочников, театральных программок, путеводителей по городам Европы и Америки, в которых бывала, сопровождая своего мужа, чтобы помешать его возможным изменам и приключениям. Мисс Марпл, которой была свойственна прижимистость людей ее социального положения, каждый раз торжественно вручала Кортесу кипу бумаг, словно речь шла о добытом ею золотом руне, хотя Пако Кортес прекрасно знал, что все это доставалось ей бесплатно в отелях. И само собой разумеется, Мисс Марпл считала, что три четверти всех его романов написаны только благодаря ее помощи, что доставляло ей огромную радость.

И вот собрание подошло к концу.

Как только Пако Кортес ушел, Отец Браун, единственный, кто мог заговорить на эту тему, спросил Мисс Марпл:

— Не мог бы ваш муж что-нибудь подыскать для Сэма?

Мисс Марпл принадлежала к тому типу людей, которые, если речь заходит о неприятном для них деле, отделываются трусливыми улыбочками, стараясь сменить тему разговора на более приятную.

— Если бы он разбирался в часах, то мой отец мог бы взять его на работу. Нам как раз нужен...

— Марлоу, не говори глупостей! Как Сэм может разбираться в часах? — сказал Мегрэ, пребывавший в дурном настроении после того, как его раскритиковали из-за дела о бедолаге с улицы Пэс.

— Я хотел как лучше, — извинился Марлоу. — А что, дело с детективным агентством не идет?

— На какие деньги? — спросил Мейсон.

Из всех друзей Кортеса Мейсон больше других пострадал после всех произошедших событий. В тайне от всех, в том числе и от своей жены, Мейсон все это время помогал Кортесу деньгами.

И хотя Пако уверял, что все отдаст, адвокат в это слабо верил, даже наоборот, считал выгодным вложением.

В КИУ Мейсон был самым ярым поклонником детективов, кроме того, он досконально знал все романы своего друга, по многу раз перечитывая их. Последний роман Кортеса «Грязные махинации мэра», который он с жадностью прочел, как только тот появился в продаже, Мейсон считал шедевром и даже перечитал дважды. Адвокат вообще имел привычку читать по роману в день после работы, а его библиотека ни в чем не уступала библиотеке Кортеса, которую тот вынужден был продать букинисту, что очень не понравилось Мейсону, посчитавшему это актом писательского вандализма.

— Это безответственный поступок. Я сам купил бы твои книги, Пако.

— Да, я знаю. Но я не мог тебе их продать, зная, сколько я тебе должен, а мне очень нужны были деньги для Доры.

— Но ты же продал и собственные романы! Так нельзя. Ты просто варвар.

Мейсон же первым узнал о примирении Кортеса с Дорой.

— Я рад за тебя. Что теперь будешь делать?

— Судиться с Эспехо.

— Посмотрим, Пако, шансов у тебя немного, но если ты готов, то я на твоей стороне.

В последующие месяцы это стало основным занятием Пако. Поскольку договориться было невозможно, то Эспехо привлекли к суду. Ему предъявили обвинение в многократном обмане и мошенничестве, в умышленном нарушении закона при заключении контрактов.

Решение оспорить у Эспехо права на бо́льшую часть своих произведений, казалось, изменило всю жизнь Кортеса. Ханна Ольсен, преподавательница По, ставшая теперь его официальной невестой, сделала Кортесу заманчивое предложение, которое Пако не спешил принимать из-за боязни заниматься тем, с чем раньше никогда не имел дела.

Через несколько недель после возвращения к «гражданской жизни», как он это называл, Пако Кортес начал сближаться с молодым крылом клуба КИУ.

Ханна и По пополнили ряды его самых близких друзей. Они встречались по пятницам, включая Дору и, иногда, Марлоу, частенько развлекавшего компанию своими несдержанными шуточками. Обеспокоенный дальнейшей судьбой Кортеса, он придумывал для него самые невообразимые занятия.

— Я узнал, что одна барселонская компания ищет для мадридского филиала представителя по продаже бижутерии. Они привозят лучшую голландскую бижутерию. Это как раз для тебя.

— Марлоу, я и не знал, что Голландия является законодательницей мод в этой области!

Иногда По и Марлоу встречались вдвоем. Часовщик приводил своего друга в тир, пытаясь увлечь его «баллистикой», как он сам говаривал.

— Купи себе пистолет, — советовал Марлоу, — а разрешение на его ношение нам даст Мегрэ.

— Нет, — отвечал По. — Не думаю, что Ханне понравится, если в доме будет оружие. Она — вегетарианка.

Этот факт был еще одной причиной, по которой Кортес и Дора так часто встречались с По и Ханной. Чувства молодых людей крепли, и Ханна уговорила По покончить со скитаниями по мадридским хостелам и перебраться к ней.

— Оплату квартиры поделим пополам.

Этот аргумент окончательно убедил По, и он перетащил все свои пожитки в мансарду на Пласа де Ориенте.

Все они были особенно счастливы в эти дни, совпавшие с бабьим летом, великолепным своими удивительными вечерами. По и Ханна обычно проводили со своими друзьями субботы, превращая небольшое пространство своей квартиры в подобие уютной кают-компании.

Несмотря на хлопоты, связанные с поисками новой работы, Пако и Дора вновь переживали лучшие мгновения своей любви и открыто наслаждались ими, слегка посмеивались над своим счастьем.

— Постучи по дереву, — предостерегал ее Кортес.

И словно в подтверждение его слов, их общую идиллию нарушило очень неприятное, мучительное, особенно для Доры, происшествие.

Именно она настояла на том, чтобы на какое-то время скрыть от родителей свое примирение с мужем. Ей ничего не хотелось объяснять, но ведь отношения детей и родителей с самого детства полны недомолвок, секретов и даже тайн. Поэтому на телефонные звонки отвечала только Дора и на воскресные обеды с родителями ходила вдвоем с дочкой.

В одно из воскресений все изменилось. В тот день дон Луис приготовил дочке подарок: один из двух конфискованных телевизоров последней модели.

Было ясно, что Дора не сможет сама унести огромную коробку. Отец вызвался помочь ей довезти телевизор до дома по дороге на дежурство в комиссариат. Дора пыталась придумать какую-нибудь отговорку и все сильнее паниковала, понимая, что ничто не сможет разубедить отца, и его столкновение с Пако неизбежно.

Они застали Пако дремлющим в кресле с романом в руках перед старьким черно-белым телевизором. Рядом расположился Пуаро, который сразу спрятался в другой комнате, как только увидел незнакомца.

От неожиданности дон Луис чуть не выронил тяжелую коробку. Его лицо налилось кровью. Он даже не удостоил Пако своим вниманием и обратился к дочери:

— Что этот тип делает в моем доме?!

Этим вопросом он напомнил, что квартира куплена на его деньги и до сих пор числится за ним.

Пако даже не убрал ноги с журнального столика. Наверное, это надо было сделать ради Доры, но он еще не вполне проснулся и принял происходящее за часть приснившегося ему кошмара, поэтому он лишь взглянул на дона Луиса, да так, что тот, оскорбленный, закричал:

— Не смей так смотреть на меня, наглец! Вон из моего дома! Сейчас же!!

— Это наше дело, — вмешалась Дора, но отец ее не слушал.

Краска залила его испитое лицо, казалось, было слышно, как пульсирует кровь во вздувшихся венах на висках и шее.

Пако молча наблюдал за ним, так и не убрав ноги со столика. В его глазах трудно было прочесть что-либо, кроме удивления и замешательства. Его пассивность была воспринята доном Луисом как демонстрация упрямства, а возможно, и как провокация, и он, не раздумывая, нанес удар кулаком в лицо зятя; другим ударом, неожиданно сильным для человека его возраста, уложил его на пол.

Очки Кортеса слетели, перевернулись в воздухе и, ударившись о стену, упали с переломанной дужкой.

Пако смог сгруппироваться и одним прыжком вскочить на ноги. Он зажал рукой нос. Вид крови привел его в такую ярость, что он бросился на старого пьяницу и влепил ему сильнейшую пощечину, от которой тот не удержался на ногах и упал в кресло.

— Что ты делаешь?! — закричала Дора мужу, схватив его сзади.

Полицейский испугался, что зять набросится на него, закрыл голову руками и жалобно заскулил.

Соседи, услышав крики, выглянули на лестничную площадку. Дора, не зная, что делать, бросилась закрывать распахнутую входную дверь, не теряя при этом из виду отца.

Тот встал на ноги, выпятил грудь, поправил галстук, заправил рубашку в брюки, отряхнул пиджак и, слегка отогнув его, продемонстрировал кобуру, всем своим видом показывая, что именно он, как обычно, контролирует ситуацию...

— И я тебя предупреждаю: или ты покидаешь дом, или я всажу в тебя две пули.

Два выстрела — и все было бы в порядке: Испания, стрельба, убийство, семья.

Наконец Дора пришла в себя, и, несмотря на ужас, внушаемый ей отцом, она нашла в себе силы противостоять ему:

— Здесь живу я, и только я решаю, с кем. Всё. Вон отсюда!

Дон Луис сделал вид, что ничего не слышал, и не сводил глаз с Пако.

Тот все еще искал свои очки, повернувшись спиной к тестю, которого это спокойствие еще больше вывело из себя. Девочка, оказавшись свидетельницей безобразной сцены, онемевшая от страха, подошла к отцу, коснулась его колена и протянула ему очки, которые подобрала в противоположном конце комнаты.

— Чтобы больше ноги твоей здесь не было. Ты понял? Никогда больше! — приказала отцу Дора, указывая рукой на выход.

Дон Луис снова нервно поправил галстук.

— Ты обо мне еще вспомнишь.

Угроза повисла в воздухе. Полицейский направился к выходу, со злостью пнув коробку с телевизором, которая все еще стояла посреди коридора, загораживая дорогу.

После его ухода в доме воцарилась напряженная тишина. Дора в смятении опустилась на стул. Дочка подбежала и забралась к ней на колени. Пако Кортес искал сломанную дужку от очков и, найдя ее, попытался выправить, как будто на тот момент не было ничего более важного.

Он подошел к Доре. Она походила на смертельно раненное животное. Она ни за что не решилась бы объяснить мужу, что источник ее боли кроется вовсе не в том, что только что произошло.

Он глубоко запрятан в тайниках ее души. Он похож на колодец с застоявшейся водой, но она никогда не рассказала бы кому-нибудь о своей боли. У всех есть тщательно скрываемые секреты, которые отравляют душу. Она умерла бы не от стыда, а от ужаса, если бы ей пришлось столкнуться лицом к лицу с этой болью. Не со всякой правдой можно жить. Она сотни раз повторяла это себе. Лучше жить во лжи, в забвении, в обмане. Лишь трус способен выжить. Таким образом, для Доры это было чем-то, чего никогда не происходило, но иногда оно всплывало в самой глубине ее существа и сжигало ее изнутри, выворачивая наизнанку, как просыпающийся вулкан. Признание того, что это действительно произошло, повлекло бы за собой многочисленные изменения в ее жизни. Но ведь это произошло. Произошло однажды, и ничто уже не сможет стереть этот факт из всемирной истории самых жестоких и гнусных преступлений. Может быть, с точки зрения ее отца ничего особенного и не было, он был слишком пьян в тот день. Так что вряд ли после стольких лет заговорит об этом. Но Дора знала: невозможно, чтобы он это забыл. Ее мать осталась с сестрой за городом, Дора же вернулась с отцом в Мадрид, так как начались экзамены. Она могла бы вспомнить все, каждую секунду, после того как он вошел в ее комнату и через пять минут вышел. Когда все закончилось, его, казалось, беспокоило только одно. Он, только что изнасиловавший ее, презрительно бросил:

— Да ты уже не девственница!

Он посчитал приемлемым обмен секретами. «Ты будешь молчать о том, что произошло этой ночью, а я ничего не скажу о твоей девственности». Должно быть, такой расклад показался ему удачным. Наверное, он считал ее заслуживающей изнасилования как наказания за потерю девственности. В дальнейшем он никогда не делал ничего подобного и ни разу об этом не заговаривал. Наоборот, на следующее утро дон Луис встал в прекрасном настроении, в то время как дочь меняла простыни и с отвращением застирывала ночную рубашку. Некоторые детали до сих пор вызывали тошноту: презерватив как свидетельство преднамеренности произошедшего, который он собственноручно выбросил, словно уничтожая улики на месте преступления; хорошее настроение в то утро и попытка поцеловать ее как обычно перед уходом на работу.

— Я больше не хочу видеть его, Пако, никогда в жизни. Я должна была сделать это намного раньше. Не позволяй ему появляться в этом доме и прикасаться к моей дочери.

Через час позвонила мать. Испуганная, она плакала, разражаясь такими стенаниями, которые в древнегреческих трагедиях приберегались для хора. В очередной раз она встала на сторону отца: «Как ты могла допустить, чтобы Пако поднял руку на отца?»

Дора перестала общаться с отцом и ходить на воскресные обеды в родительский дом. Мать Доры тайком от мужа приходила повидать внучку.

А другие проблемы, наоборот, постепенно разрешались. Ханна, видя, что уже наступил октябрь, а Пако так и не принял ее предложение, поторапливала его:

— Решайся, Пако. Учебный год уже начался, а нам нужен преподаватель.

Никогда раньше Пако Кортес не мог себе представить, что станет преподавать испанский язык разношерстной компании студентов, по большей части из Японии и Канады, в Новой академии, отделившейся от академии на Гран Виа после ухудшения отношений между директором и Ханной, которая, вместе с другими преподавателями, поддержавшими ее, открыла курсы обучения в просторном и неотремонтированном помещении на улице Сан Матео.

Работа преподавателя увлекла Пако, и постепенно он забыл о писательстве. Он не испытывал нужды в чужих романах и не испытывал ностальгии по собственным.

— Зря ты продал свои книги, — говорила ему Дора. — Дочка вырастет, ей было бы приятно читать романы своего отца.

— Я человек решительный, — шутил Пако, изображая Сэма Спэйда перед превратностями судьбы.

Он стал другим человеком с тех пор, как переживал свой второй медовый месяц с Дорой, поэтому трудно понять то, что произошло спустя два или три месяца с Милагрос.

Но не будем торопить наше повествование. Отношения Ханны и По, напротив, ухудшались, превращаясь в обыденное совместное существование, острые края которого ранили их обоих.

Они спали на одной кровати, другой в квартире просто не было, но придерживались, по настоянию Ханны, такого образа жизни, который был удобен для одного в ущерб другому: каждый был свободен иметь отношения с кем угодно и когда угодно при условии, что все это происходит вне этого дома и вне этой постели.

По страдал от такого условия, но воспротивиться не смог.

Сначала он думал, что так и должны развиваться отношения всех пар по другую сторону Пиренеев. Часто в фильмах, на которых он учился, речь шла о чем-то подобном. Оттуда же, например, он вынес такую деталь, как покупка бутылки вина для Ханны на их первое свидание. Так что По был вынужден или принять условия игры, или влачить одинокое существование в мадридских хостелах.

После поступления в университет По едва находил время, чтобы повидаться с Ханной.

Утренние часы занимала работа в банке, вечера — занятия или собрания КИУ, проводившиеся с былой регулярностью. Даже Дора не находила ничего плохого в том, что Пако посещал их, хотя и знала, что там может появиться Милес.

Совместная жизнь Ханны и По сблизила их и без того похожие характеры: оба были замкнутыми, спокойными, им нравилось читать, слушать музыку, наслаждаться тишиной. Кроме того, так как им нечего было сказать друг другу, такой образ жизни их устраивал.

Они не слишком интересовались личной жизнью друг друга, в определенном смысле придерживаясь «свободных отношений», как называла это Ханна. В хорошую погоду они проводили воскресные вечера на террасе, любуясь восхитительными мадридскими закатами, в плохую погоду читали дома или ходили в любимую кондитерскую Ханны.

Однажды она спросила:

— По, если бы я переехала в другое место, ты бы поехал со мной?

— Если учесть, что между нами нет почти ничего общего, что мы можем спать с кем захотим, а сами занимаемся любовью все реже, и что ты хорошо готовишь, то это интересное предложение. Тебе надоело в Испании? Мы бы поехали в Данию?

— Нет, я просто спросила.

Ханна сидела с отсутствующим видом.

— И кем бы я там работал? Плотником?

— Да, это проблема, — согласилась Ханна и снова уткнулась в книгу, которую читала.

На этой неделе Ханна виделась с Петером Кронборгом, своим бывшим мужем. Он приехал в Мадрид, позвонил ей, и они встретились. Он был здесь проездом. Он рассказал ей, что завязал с наркотиками, работает в одной немецкой компании и после пятидневной командировки в Барселону заехал в Мадрид специально, чтобы повидаться с ней и сообщить, что компания направляет его в Мадрид для работы.

Она не решилась рассказать По о встрече с бывшим мужем и о его предстоящей работе в Мадриде. Они никогда не разговаривали ни о ее муже, ни о Дании, ни о ее прошлом. По тоже ничего ей не рассказывал. Между ними не было ни прошлого, ни совместных планов на будущее, они даже не признавались друг другу в своих чувствах. Жили вместе, вместе платили квартплату, по выходным спали или смотрели с балкона на площадь. Вид на Королевский дворец придавал их жизни некую гармонию, которой на самом деле не было. Иногда они занимались любовью, По понятия не имел, хорошо они это делали или плохо, поскольку ему не с чем было сравнивать. Ханна знала, что не очень хорошо, но не судила его за это. Она была женщиной достаточно равнодушной к таким вещам, хотя, глядя на ее красоту, трудно было в это поверить. Казалось, им обоим не очень-то нужны любовные утехи, но приезд Петера стал для Ханны сильнейшим потрясением.

Она начала тайно встречаться с бывшим мужем.

По был слишком молод, чтобы что-то заподозрить, и целых пять недель ничего не знал о похождениях своей подруги.

Ханна несколько раз не ночевала дома, потом перестала приходить на выходные. Впоследствии По спрашивал себя, было ли предложение Ханны о свободе каждого сделано после ее встречи с бывшим мужем или все это оказалось чистым совпадением.

Ханна, уже бывавшая в подобных ситуациях, заявила о ранее не оговоренном условии:

— Мы говорили, что каждый волен делать все, что захочет, что наши отношения свободны. Но мы не уточнили, что каждый из нас не обязан что-либо рассказывать другому, если у него нет такого желания. Я познакомилась с одним человеком, и ему тоже не нужно знать, что мы живем вместе с тобой.

Для По это стало катастрофой. Уже осталось далеко позади и почти растаяло очарование сказки, которое возникло между ними после первой ночи. Казалось, увяли ласки, объятья, живой интерес к друг другу, и стремление к наслаждению, неизменно увлекавшее их на низкую кровать, а затем на террасу, чтобы полюбоваться великолепными мадридскими никогда не повторяющимися закатами.

Поразмышляв неделю, По принял решение.

Он уже начал замечать странности за своей подругой: иногда по понедельникам она не появлялась дома, что было ей не свойственно. Еще более неожиданным было ее отсутствие на занятиях в академии.

Так что однажды, после очередного собрания КИУ, По заявил Ханне:

— Я подумываю переехать на другую квартиру.

Ханна посмотрела на него с грустью, но ей нечего было сказать ему в ответ. Она лишь обняла По и нежно провела рукой по его волосам.

Даже Кортес заметил что-то странное.

— У вас с Ханной что-то не так.

— Хороший ты детектив, Пако, — с иронией произнес По, единственный в КИУ, кто согласился с решением бывшего писателя и называл его по имени, а не Сэм или Спэйд.

По рассказал обо всем, и Спэйд подтвердил вызывающие беспокойство детали:

— Да, она перестала приходить на некоторые занятия. Ее занятия по английскому веду я, но это плохо сказывается как на отношениях со студентами, так и с преподавателями.

Вечером, после разговора с Пако, По воспользовался моментом, когда они с Ханной читали в кровати перед сном, чтобы расспросить ее.

Это вызвало у девушки сильнейший приступ ярости — По никогда не видел ее такой. Она требовала уважения к своей личной жизни.

Наступил май — пора экзаменов, и По, понимая, что прошлого не вернешь, твердо решил переехать.

— Как только закончатся экзамены, я подыщу себе новую квартиру.

Было не понятно, связано ли решение По переехать с тем, что она снова начала принимать наркотики.

Как бы то ни было, Ханне легче было согласиться, зная, что решение исходило от По. Но ее равнодушие ранило По, так же, как и его холодность огорчала девушку. Но что он мог сделать? Что могла сделать она? Что они оба могли сделать?

По рассказал обо всем Марлоу. Тот был его лучшим другом, пожалуй, единственным настоящим другом в Мадриде.

Они прекрасно понимали друг друга не только потому, что были ровесниками, но и потому, что были полными противоположностями. Марлоу стал покровительствовать приятелю, как если бы это было его единственной обязанностью. Он был убежден, что в Мадриде и шагу нельзя ступить без хорошего гида, и таким гидом был именно он. Марлоу решил, что раз По нужна новая квартира, то это хороший повод поискать квартиру на двоих и переехать самому, начав новую жизнь вдали от «предков».

— Твоя семья не против? — спросил По.

— Моя старушка — за, а мой старик — против, потому что ему очень нравится делать все мне назло, но так как в доме командует мать, отцу ничего не остается, как смириться.

Марлоу был самым счастливым существом на земле. Его увлечения выстраивались так: сначала детективы, потом оружие, затем женщины. Все остальное так или иначе вращалось вокруг этого мира, очень неорганизованного и хаотичного. Женщины были удалены от него так же, как Сатурн от Солнца, страстные идиллии с оружием сменялись периодами охлаждения, и только в детективных романах он находил все, что ему было нужно. Он говорил, что взял из романов все, что он знает: слова, которые нужно говорить женщинам, манеру общения с ними, «этику пистолетов».

Именно ему принадлежала гениальная идея (именно так ее нужно оценивать): разработать принципы современного Идеального Убийства.

«Принципы Идеального Убийства», — написал он на листке бумаги задание для членов КИУ.

Все то время, которое они проводили вместе, они никогда не сталкивались в реальной жизни с преступлением, которое можно было бы рассматривать как образцовое. Самое большее — нераскрытые убийства, которые были слишком далеки от желаемого совершенства, способного превратить ужасное криминальное действие в идеальное, достойное если не восхищения, то хотя бы изучения.

Марлоу поставил этот вопрос на одном из майских собраний, чем вызвал необычайное оживление.

Разработку принципов Идеального Убийства поддержали все.

Отец Браун был не согласен:

— Оружие — порождение дьявола. Праведный человек должен заботиться о преступнике и привлечь его на сторону добра раньше, чем тот совершит зло. Мы не можем толкать его к злу, чтобы потом наблюдать, как он выпутается только лишь из-за желания блеснуть или выделиться. Нет ничего более прекрасного и истинного, чем доброе дело, и ничего более трудного, чем жить добродетельно.

— Ты воспринимаешь такие вещи слишком серьезно, — прервал его Кортес. — Это только игра. О чем ты думал, Марлоу?

— Ну, о чем-нибудь выдающемся, как, например, о деле Вильямса.

Речь шла об одном ирландском или, по другим сведениям, шотландском моряке, который совершил семь зверских убийств, уничтожив целиком две семьи в одном из портовых предместий Лондона. Все в клубе знали этот классический случай, вдохновивший Де Квинси на эссе с блестящим и вызывающе парадоксальным заголовком: «Убийство как одно из изящных искусств». Эта история послужила основой романа Ф. Д. Джеймс «Смерть эксперта свидетеля», ставшего бестселлером.

— Нужно что-нибудь броское, — продолжал Марлоу. — Идея, по правде говоря, принадлежит По.

По, которому не нравилось быть в центре внимания, слегка кивнул.

— Только идея. Я бы не относил дело Вильямса к Идеальным Убийствам, — извинился По. — Я бы охарактеризовал его как преступление с удачным местом действия: набережная Лондона 1811 года; как преступление, совершенное не ради выгоды; мирные жертвы, скромность средств, быстрота — все это привело к громкому, необычному резонансу. То есть это не Идеальное Убийство, а всего лишь классическое.

Внимательно слушавший Шерлок изрек:

— Совершенство — это классика жанра.

— Может быть, — возразил любитель логики Мейсон, — но классика уже невозможна. Ей препятствует современность. Совершать или задумывать классическое преступление в 1811 году было очень просто. Сегодня же подобные преступления полиция раскрывает через пятнадцать минут после того, как будут сняты отпечатки пальцев.

— Полностью согласен, — поддержал Мейсона Мегрэ, принимая его слова за комплимент полиции вообще и его любимому отделу экспертизы. — Достаточно анализа крови на одежде убийцы, чтобы определить, соответствует ли она крови жертв. Сегодня такие анализы делаются за триста песет и за четверть часа. Если бы такое было возможно раньше, то не было бы ни Идеального Убийства, ни классического романа. Совершенство и классика были бы стерты одним лишь росчерком пера. Совершать преступления в те времена, когда еще ничего не было известно об отпечатках пальцев, — это дело для желторотых птенцов. Сейчас на место преступления отправляют машину, и достаточно сделать анализ воздуха, чтобы узнать, был ли здесь некий определенный человек или нет.

— Не может быть! — недоверчиво воскликнула Мисс Марпл.

— Образно говоря, дорогая, — тихо пояснил ей Отец Браун, которому не нравилось, когда злоупотребляли доверчивостью наивных душ.

— Тем не менее, — вступил в разговор По, — количество нераскрытых преступлений сегодня практически то же, что и двести лет назад. От научных открытий мало пользы, когда речь идет о совершенстве. Это как искусство: мы побывали на Луне, но никто по-прежнему не может рисовать, как Веласкес, а на свободе бродит столько же преступников, сколько и во времена Де Квинси, если не больше, потому что сегодня склонности к преступлениям гораздо больше, да и поводов тоже. Двести лет назад у людей было меньше причин для отчаяния, и если сейчас больше убивают, то только потому, что больше страдают.

— Я должен прервать тебя, По, — сказал Отец Браун. — Ты не можешь таким образом оправдывать убийц.

— А я никого и не оправдываю, падре, — защищался По, — я только пытаюсь разобраться в том, что такое Идеальное Убийство.

— Но совершенство преступления, которое напрямую связано с недостатком средств для его раскрытия, я бы не назвал совершенством, — добавил Марлоу, который, казалось, был на стороне По. — Это, скорее, обман. Я бы ориентировался на разработку Идеального Убийства образца 1982 года, удовлетворяющего и критериям полиции, и критериям КИУ, преступления изысканного и жестокого.

— Ура! — воскликнула Мисс Марпл, которая находила весь этот проект волнующим и интересным.

— То же самое говорил и один философ, — сказал Кортес язвительно. — «Жестокость в литературе — это признак утонченности».

— Что за философ? — спросил кто-то.

— Сэм Спэйд, — пояснил Кортес. — Коль скоро мы говорим о литературном преступлении. Не правда ли, По?

— Об этом и спрашивать не нужно, Спэйд, — сказал Отец Браун, которому не нравилась игра ни со святыми вещами, ни с тем, что святым не являлось.

— Хорошо, — сказал Ниро, улучив момент и оторвавшись от протокола, в котором он записывал слова каждого.

— Прежде всего, — неожиданно сказал Майк, — нужно выбрать место действия. Я веду список всех мест преступлений, совершенных в Испании с 1900 года до наших дней.

Майком Деланом была мужеподобная дама неопределенного возраста. Работа мешала ей приходить на собрания КИУ так часто, как хотелось бы. Ей можно было дать и сорок, и шестьдесят лет. Она могла быть как домохозяйкой, так и атташе посольства. Стриглась она коротко, носила мужской костюм с галстуком, позволяя себе лишь разноцветные жилетки бальзаковского стиля. Всегда курила трубку с длинным прямым мундштуком, которой размахивала, как дирижерской палочкой. Была замужем за журналистом, из которого получился бы великолепный Мефистофель из «Фауста» и который иногда заезжал за ней в «Комерсиаль», словно поклонник за театральной примадонной. Майк обычно разговаривала в манере писателей-детективов, что вовсе не облегчало взаимопонимания с окружающими.

— В первую очередь, — сказала она, нахмурив брови и устремив взгляд за горизонт аналитической мысли, — нужно исключить место проживания жертв. По крайней мере это касается особняков и других домов такого рода. Никаких преступлений в коридоре, на кухне, в ванной комнате. Деградирующая низость преступления должна находить подлость, свойственную среде. Униженная природа ищет избавления от ада, в котором живет...

Члены КИУ могли пародировать манеру говорить Майка, которую назвали в честь незабываемого персонажа Эллери Квина и Честера Хаймса, но почтительно старались этого не делать, потому что ее взносы, вне зависимости от риторических излишеств, были хороши.

— Кинотеатр, где демонстрируются немые фильмы, — продолжала Майк, — неплохое место. Повозка укротителя цирка, сейф в банке, исповедальня в церкви, зал ожидания железнодорожного вокзала, винный погреб, зернохранилище. Два года назад в зернохранилище нашли тело инженера из Форпы. Его искали восемь месяцев — все думали, что он сбежал. Но когда очистили зернохранилище, обнаружили его тело, прекрасно сохранившееся, как египетская мумия; сказали, что зерно подействовало как абсорбент, и собственная ферментация зерна поглощала кислород. Таким образом, труп, сухой и выдубленный, находился как бы в условиях вакуума, то есть в самых благоприятных условиях.

Возгласы удивления Мисс Марпл воодушевили Майка расписать все в деталях.

Хотя ни у кого не было ясности, как разработать Идеальное Убийство, особенно в присутствии Отца Брауна, осуждавшего все варианты, и Мисс Марпл, которую все пугало, Майк продолжала перечислять подходящие места для совершения Идеального Убийства.

Все они были зарегистрированы в книге протоколов, которую вел в тот вечер Ниро Вульф.

9

Речь идет о полудюжине тетрадей, сшитых специально для этих целей.

Отдавая должное роскошному размеру и весу книги, мы говорим о настоящем толстенном томе сорока сантиметров в высоту и двадцать сантиметров в ширину. Ниро Вульф редко приносил книгу на собрания КИУ, за исключением тех моментов, когда хотел продемонстрировать какую-нибудь особенную работу, над которой он постарался. Иногда он оставлял ее в «Комерсиаль», отдавая на хранение официанту Томасу.

Некоторые из этих страниц поистине были мозаикой ужасов, с фотографиями убийц, похорон, жертв, орудий убийства и уголовными хрониками, которые размещались на страницах тетрадок как настоящие мавзолеи на ухоженном кладбище, и за которые истинный художник заплатил бы золотом, чтобы превратить их в заманчивую выставку современного искусства.

Разработка Идеального Убийства заняла у них все заседания, остававшиеся до августа.

В последний четверг июля Ниро Вульф изложил вкратце зафиксированные в присущем ему стенографическом стиле выводы, к которым пришли участники собраний КИУ, преодолев тяжкие споры:

«Жертва — молодой человек, подающий надежды, из хорошей семьи. Такого будет очень жалко. Мужчина, а не женщина. Людям не нравится, когда жертва — женщина. Идеальное Убийство должно привлекать внимание широкой публики; именно люди своим буйным воображением делают преступление Идеальным. Они считают, что если жертва женщина, то это наименьшая потеря. Когда жертва женщина, восемь из десяти читателей-мужчин думают, что виновата именно женщина. Таково общество, и преступления зарождаются в нем, и ничего не меняется. Возможно, мы первые покажем, как общество меняется под влиянием преступлений. Также очень важная деталь: из десяти читателей шесть являются женщинами, но из десяти читающих детективы восемь мужчин, а женщины предпочитают детективы, написанные женщинами: Агатой Кристи, Филлис Дороти Джеймс, Патрицией Хайсмит, им они нравятся больше, чем Конан Дойль, По или Честертон. Все это доказано научно, это статистика. Убийца — злодей из фильма: жестокий, не знающий сомнений, старше своей жертвы. Исключены такие мотивы, как ревность или деньги... Они встречаются в шестидесяти двух процентах преступлений. Никаких мотивов только из-за денег или только из-за любви. Необходимо смешать их: ревность и унижение, комплекс неполноценности, деньги, злость, гордость. Много подлых поступков, много низости, подлые поступки из-за низости и низость из-за подлых поступков. А также унижение, ущербные чувства или их деградация. Место действия — ничего привычного для жертвы. Это не ее дом, не место работы, не ее машина. Да, место совершенно необычное: подъемник парка аттракционов, свадьба друга, смерть при выходе из ресторана или в уборной ресторана, также это может быть приемная нотариуса, в день, о котором знает лишь жертва; также неплохим местом действия может быть рождественская месса. Убийства невозможно избежать. Чем оно хуже, тем лучше».

Все сочли эти выводы, запротоколированные Ниро Вульфом, очень уместными, хотя Отец Браун был против преступления во время рождественской мессы.

— Я нахожу это чрезмерным. Непонятно, зачем я состою в Клубе Идеальных Убийств, если не могу предотвратить преступление во время рождественской мессы.

Майк прикрыла глаза и вдохнула дымок над крепким кофе, будто упоительный аромат истинного криминального искусства.

— Это должен быть точный удар, — сказала она, смакуя свой садизм.

Все последующие недели каждый добавлял штрихи к Идеальному Убийству, кроме Пако Кортеса, который снисходительно смотрел на всю эту затею.

— Я занимался сочинительством почти двадцать пять лет. Теперь ваш черед, молодые и любители.

Однако его выбрали судьей, способным найти среди массы аргументов, нюансов или алиби все самое подходящее, самое артистичное и наиболее логичное.

— Жертвой должен быть механик из фирмы «Рено», — предложил кто-то. — Необходимо приблизить искусство к народу, разговаривать с ним на его же языке, говорить ему о вещах, которые ему близки, и создавать такую обстановку, которая ему знакома, а также на примерах показать обществу, что эти нечеловеческие условия, в которых работают многие, способны порождать только насилие.

— Так недалеко и до социального романа, — добавил Пако, вспоминая то, о чем ему говорил Эспехо.

В таких изысканиях члены Клуба Идеальных Убийств провели два месяца напряженной творческой работы, и Ниро Вульф все это тщательно протоколировал.

Попади эти записи в руки судьи или полиции, да еще если б похожее преступление произошло в действительности, вряд ли членам клуба удалось бы объяснить причины, по которым велись подобные записи; притом такие записи, попади они в чужие руки, были бы весьма опасным документом.

Они напоминали дневник психопата, который трепетно хранит и упорядочивает все то, что имеет отношение к его порокам, принося свои низшие инстинкты на священный алтарь божеству зла.

Но Ниро Вульф отнюдь не был психопатом, наоборот, он был человеком, в котором и намека не было на какие-либо отклонения. Прозвище ему, как и остальным, дал Пако Кортес, и получил он его не за талант детектива, хотя он обладал им и даже в большой степени (он был прирожденным мастером дедукции), а за свою внешность. Он был похож на детектива, придуманного Рексом Стаутом: весил сто тридцать килограммов и зарабатывал на жизнь тем, что был владельцем вполне приличного ресторана на улице Ларра. Его хобби были детективные истории и ловля крабов, что очень хорошо сочеталось с его мечтательно-грустным обликом, говорящим: уже нет таких детективных историй, как раньше, и уже не осталось ни одного рака в реках Испании. Он был самым давним другом Пако. Они познакомились в тот самый день, когда был напечатан первый детективный роман Кортеса «Ночь холостяка», изданный еще покойным Эспехо, цар-стви-е-ему-не-бес-ное.

На обложке той книги, настоящей реликвии для коллекционеров, была изображена лежащая на земле девушка. При падении у нее задралась юбка, так что обнажилась нога выше колена. Приходилось обходить цензуру. Платье было белого цвета, с очень большим вырезом, и художник добился пикантного эффекта благодаря удачно выбранному ракурсу. На одной ее ноге красовалась туфелька на шпильке. Другая туфля валялась сбоку. Ногти на босой ноге девушки были выкрашены в красный цвет, но из-за типографского брака краска оказалась не на ногтях, а как бы немного в стороне, в связи с чем возникало впечатление, что ногти, начиная с кончиков, поедали пять красных тараканов. Пако Кортес, который в то время был всего лишь Лемми Бернеттом, не обратил на это никакого внимания. Имя Лемми Бернетт было заимствовано у Лемми Коушена, героя Питера Чейни, а фамилия — у Уильяма Бернетта, автора «Маленького Цезаря», историю которого великолепно воплотил на экране Эдвард Дж. Робинсон. Так вот, этот самый Лемми Бернетт случайно вошел в тот самый ресторан на улице Ларра, чтобы отметить примечательное событие, восклицая «Ночь холостяка!», вдвоем с девушкой, с которой встречался в то время. Оба были уже пьяны, даже не успев приступить ко второму блюду. Когда хозяин ресторана подошел к ним, чтобы спросить, все ли нормально, девушка Пако Кортеса показала ему книгу, которую они поставили на бутылку с водой, чтобы она все время красовалась перед глазами.

— Это написал он!

Ниро Вульф, который в то время также не пользовался этим прозвищем, а носил свое настоящее имя Антонио Собрадо, не поверил в это, потому что автор, который был изображен на обложке, совершенно не походил на прекрасного испанца Пако Кортеса. Он решил, что это пьяные шуточки.

Пако вдруг посерьезнел и сказал, слегка приврав из хвастовства:

— Да, мы пьяны, но и этот роман, и еще пять других написал я.

— Я не слышал о таком авторе, — сказал ему Собрадо.

— Как же вы могли слышать, я же объясняю, что это имя на обложке я использую впервые! Но это уже мой шестой детектив.

— Я вам не верю.

Уже через пять минут они увлеченно разговаривали о детективах.

— Какие детективы тебе нравятся?

— Из великих? — спросил Кортес.

Ниро Вульф понял, что перед ним настоящий эксперт.

— Кого ты называешь великими?

— Прости, — извинился новоиспеченный писатель. — Я имел в виду классиков, ну ты знаешь их: Лео Мале, Хорас Маккой, Уильям Айриш...

— А я считал, что великие — это Дойль, Кристи, Сименон.

173

— Я о классической манере...

— Хорошо, — начал Антонио Собрадо, — из классиков мне нравятся «Скажи будущему — прощай» Маккоя и «Невеста была в черном» Айриша. А из великих — «Возвращение Шерлока Холмса» сэра Артура, «Мегрэ в "Пикреттс"» Сименона и «Убийство Роджера Акройда» дамы Агаты Кристи. Возможно, «Десять негритят», не знаю даже, что мне нравится больше.

Он выдал все эти названия уверенно, без малейшей запинки, словно студент-отличник.

На Пако и его девушку это произвело впечатление.

— Неплохо, — сказал писатель. — Ну а знакомы ли тебе «Тайна желтой комнаты» Гастона Леру, «Лорд Питер и неизвестный» Дороти Сэйерс, «Дело об убийстве Бенсона» Ван Дайна, «Убийство в музее восковых фигур» Диксона Карра или «Тайна римской шляпы» Эллери Куин? Те, что назвал ты, это лучшие из лучших. А вот эти достойны особого внимания, классические. Детективы этих авторов так же хороши, как моторы фирмы «Роллс Ройс» и фрески Микеланджело в Сикстинской капелле. Завтра я тебе дам их почитать.

Так Кортес и Собрадо подружились. Последний представил его своему другу и любителю преступлений на бумаге. Модесто Ортега, адвокат, был еще большим любителем детективов, нежели Собрадо.

Шесть месяцев спустя после их встреч был основан Клуб Идеальных Убийств, основное ядро которого составили Собрадо, Ортега, Пако Кортес и подруга последнего Милагрос, молодая женщина, о которой не было известно ничего особенного, разве что тот факт, что она развелась с весьма состоятельным мужем, прожив с ним около года.

С самого начала Собрадо, у которого был большой опыт в ведении бухгалтерского учета, занялся тем, что завел несколько бухгалтерских книг с дебетом и кредитом КИУ, а также вел подробные протоколы всех собраний. Когда он отсутствовал, кто-нибудь вел записи вместо него, и за несколько лет хроника заседаний КИУ стала бесценным документом. Самые необычные случаи мировой криминалистики, вырезанные из газет и сложенные по порядку, классифицированные и прокомментированные в этих тетрадях, добывались в небольшой типографии на улице Фармасиа на средства от взносов членов КИУ.

И эти тетради были первым, что потребовала полиция, когда началось расследование убийства дона Луиса Альвареса, начальника комиссариата полиции с улицы Луна, а добрались они до Пако Кортеса и членов КИУ самым хитрым путем, который только можно себе вообразить.

Эта смерть привела в замешательство всех членов КИУ; кого-то на несколько часов, а кого-то — на несколько недель, и все понимали, что последствия будут тяжелыми. Мегрэ это угрожало потерей работы, так как в ходе расследования выявилась не только его связь с членами КИУ, но и созданная им система, благодаря которой он мог проводить бесконечные часы в своей лаборатории так, чтобы никто его не беспокоил.

Дона Луиса нашли с продырявленной головой, в его собственной машине, на пустыре на окраине района Вальекас, в месте, известном когда-то как Фуэнклара, а в настоящее время носящем название Побладо де лас Эрас.

Калибр пули был 7,65, такой же, как и у револьвера марки «Кадикс», принадлежавшего дону Луису и находившемуся у него в кобуре на правом боку, а орудие убийства так и не смогли найти.

Так как калибр пули не соответствовал калибру, который обычно использовали члены террористической группировки «ЭТА»[1], от версии, что убийство было делом рук этой организации, отказались, хотя она устроила бы всех. Остановились на версии, что убийство было совершено другой террористической группировкой — «ГРАПО»[2], которая часто использовала украденные у полиции пистолеты. То, что вину взвали-

[1] Вооруженная группировка басков.

[2] Левоэкстремистская «Группа антифашистского сопротивления 1 октября» (ГРАПО) возникла в 1975 г. как боевое крыло запрещенной при Франко Коммунистической партии Испании.

ли на «ГРАПО», не отвергало и версию о том, что убийство было совершено кем-то другим, так как в полиции членов этой организации считали чуть ли не умственно отсталыми, в отличие от людей из «ЭТА», которые славились жестокостью и расчетливостью, а эти качества многие, даже вполне здравомыслящие люди, ставили в один ряд с умом.

Эта новость появилась на следующий день на страницах всех газет, ею начинались все телевизионные новости: «"ГРАПО" вновь объявились в Мадриде. Убит комиссар полиции».

Дону Луису воздали последние почести на улице Луна, где провели прощание с умершим. Его тело накрыли флагом Испании, посмертно наградив медалью за доблестный труд в полиции, а донье Альварес Абриль, его вдове и матери Доры и Чон, назначили пенсию, равную ежемесячной зарплате мужа.

На похоронах сеньора Альварес была рядом с дочерьми, которым, кстати, пришлось одолжить траурную одежду у знакомых, так как у них не было времени купить ее.

Дора испытывала смешанные чувства. Она так и не видела отца с того самого момента, когда он привез ей телевизор и встретился с Пако Кортесом. Но с тех пор угрозы дона Луиса в адрес зятя были недвусмысленными. Дошло даже до того, что он пришел в Новую академию и там при всех после занятий устроил Пако позорную сцену, обвинив его в том, что он продолжает тайком встречаться со своей бывшей подругой Милагрос.

Однако Пако Кортес заверил Дору, что это не так. Что он делал в доме Милес в первые дни после примирения? Пако мог бы объяснить это так: в доме Милес оставались некоторые его вещи — одежда, книги и несколько тетрадей, которые он хотел забрать. Милес сказала ему: если они тебе нужны, приходи за ними. Все абсолютно невинно. Но на самом деле все обстояло совсем не так. Пако было стыдно за пару недель, проведенных вместе с Милагрос, отчасти потому, что он не испытывал к Милес особых чувств, отчасти потому, что любил Дору, а случившееся было непростительной изменой. И так получилось, что они виделись еще несколько раз — второй промах, который поставил Пако в трудное положение: его связь с подругой состояла в том, что они выпивали пару-другую бокалов, удобно устроившись и невинно болтая, словно два сообщника. Все это обнадеживало Милес и позволяло спокойно ждать перемен. Ссора с доном Луисом в академии и его угрозы привели к тому, что экс-писатель перестал видеться с Милес. Он понимал, что отец ничего не скажет Доре, поскольку они не общаются, но не мог быть уверен, что его теща не доложила Доре о тех визитах к Милес в первые дни после примирения.

Именно об этом думал Пако у гроба тестя.

Рядом с ним сидели Дора, вдова комиссара и его золовка Чон.

Даже навек застывшее лицо не могло скрыть неуравновешенность характера полицейского, а складки у рта придавали ему недовольный вид.

В течение дня приходили знакомые и незнакомые люди, обнимали троих женщин, приносили им соболезнования и выражали сочувствие.

Пако Кортес провел ночь и день около покойника, иногда поодаль, иногда стоя или сидя рядом с Дорой. Именно здесь его друг Мегрэ впервые сообщил ему о проблемах, непосредственно его касавшихся.

Чтобы размять ноги, он вышел из зала, где в море венков из гвоздик и гладиолусов, которые наполнили воздух тяжелым сладким ароматом, утопал гроб.

— Пако, один из товарищей дона Луиса, который был с ним у тебя в академии, сказал, что когда он потребовал у тебя освободить квартиру, ты угрожал ему смертью, если он не оставит в покое тебя и Дору.

— Все было совсем наоборот. Что касается квартиры, то это действительно так, но единственное, что я ему сказал, это чтобы он оставил нас в покое.

— Они завели дело. Тебя будут допрашивать. Никто не верит в то, что это сделал кто-то из «ГРАПО». Полагаю, что у тебя есть алиби.

— Конечно. Я был в кино, Дора может подтвердить это.

— Ради бога, Пако. Ты же не новичок в этом деле.

— Но это действительно так. В тот день мне не нужно было идти в академию. Я пообедал один. Меня никто не видел, я ни с кем не общался, никто не мог бы опознать меня, а после кино я пошел домой пешком, чтобы прогуляться.

— В какой кинотеатр ты ходил?

— На улице Гран Виа.

— И ты шел пешком от Гран Виа до своего дома? Пако, все это очень серьезно. Даже я могу усомниться в правдивости твоих слов. Пойми, тебе нужен всего лишь час, чтобы прибавить его к двум часам фильма, вот ты и придумал эту историю с прогулкой.

Пако был невозмутим.

— Как бы то ни было, это правда, и я не буду утверждать обратное. Если бы я хотел убить своего тестя, я убил бы его гораздо раньше. Кроме того, какой у меня мотив? Ты ведь тоже не новичок в этом деле, Лоренсо.

— Вам достается квартира. Этого вполне достаточно. Люди способны убить и за меньшее. Твой тесть надеялся, что Дора, выбирая между тобой и квартирой, выберет квартиру.

— Это бред сумасшедшего, Лоренсо.

Люди удивленно посматривали на двух мужчин, горячо, но полушепотом спорящих друг с другом во время панихиды.

— Для чего мне убивать моего тестя? Потому, что он был плохим человеком? В приступе ярости? Чтобы сэкономить на съеме квартиры? Находясь в приступе ярости, я отвожу его в Вальекас, мы приезжаем на пустырь, я стреляю в него и возвращаюсь обратно? Тогда кто-то должен был меня видеть. Вы допросили местных жителей? В тех краях наверняка были люди, не так ли? Они кого-то видели? Они видели меня? Нет. Всего лишь таинственный белый «пежо». Да я даже не умею водить. У меня нет алиби, а у вас нет доказательств...

— Пако, мне очень жаль. Не говори «у вас», потому что я не подозреваю тебя. Я знаю, что ты не имеешь к этому никакого отношения, но ты мой друг, и я хочу предупредить тебя, что они тебя достанут. Мысли здраво, и они оставят тебя в покое.

— Вероятнее всего, это дело рук «ГРАПО». Они такие нахалы, что иногда все у них получается, как у настоящих профессионалов.

— Это были не они, — сказал Мегрэ убежденно.

— Итак, — продолжил Пако Кортес, — если кто-то в комиссариате или судья захотят спросить меня, жалею ли я о смерти моего тестя, то я отвечу, что совсем капельку. Он был недостойным тираном, который разрушил жизнь своей жены и своих дочерей, а также отравил жизнь всем тем, кто имел к нему хоть какое-то отношение. И надо было бы похоронить его под каменной плитой весом в две тонны, на тот случай, если он вдруг еще жив.

— Его похоронят, однако это будут не две тонны гранита, а всего лишь две лопаты гипса, которые запечатают нишу в Ла Альмудене.

На следующий день, в одиннадцать часов вечера, некоторое время спустя после того, как маленькую Виолетту уложили спать, за Пако пришли. Дверь открыла Дора. Она никогда раньше не видела этих полицейских. Она пригласила их войти, но они отказались. Они спросили, где Пако, и если он дома, то пусть он пройдет с ними. Так как она только что похоронила отца, они были вежливы и терпеливы.

— Позвольте узнать, почему вы пришли беспокоить людей в такой час? Вы не нашли другого способа сообщить моему мужу о вызове в комиссариат?

Перед ней стояли два инспектора в штатском и полицейский в форме. Остальные остались в машине. Они были похожи на идиотов. Они даже не догадались извиниться. Конкретные обвинения? Они не могут их предъявить.

Взрыв негодования Доры был понятен.

Как бы то ни было, Пако еще не пришел домой. Он вернулся лишь через полчаса. Дора рассказала ему о произошедшем, и Пако, поужинав, отправился в комиссариат.

Дора не могла оставить малышку одну. Она не знала, что делать, с кем посоветоваться, кого попросить побыть с Виолеттой, а обращаться к матери было бесполезно, поскольку та находилась в ужасном состоянии.

В конце концов Дора позвонила Модесто Ортеге, который как благовоспитанный человек уже спал.

Она рассказала ему о случившемся.

Спустя полчаса Модесто Ортега появился в комиссариате, в отделе убийств на улице Сан-Франсиско де Салес.

Из-за особого расположения, которое он вовсе не обязан был проявлять, инспектор, дежуривший в тот день, ввел адвоката в курс дела. Пако провел ночь в комнате, которую можно считать одиночной камерой, и в эту ночь его не допрашивали. Зачем же тогда его задержали? Из страха, что он сбежит?

Совсем не нужно было отвечать на этот вопрос: его задержали потому, что так надо было. Чтобы вымотать его. Перед очень важным допросом обвиняемые, согласно некоторым полицейским теориям, настаивают и даже, если виновны, требуют, чтобы их отвели в церковь дабы очистить совесть. Этой тактики придерживались в девяти из десяти комиссариатов. Если же задержанный был невиновен, он всего лишь проводил неприятную ночь в полицейском участке, что совсем не сложно было вытерпеть. А не было ли случаев, когда такие аресты вместо того чтобы помочь невиновному, путали его и вредили его показаниям? Именно так произошло с племянником старика с улицы Пэс.

Никто даже и не подумал о том, чтобы ответить на этот последний вопрос, потому что девиз полиции, как и любого другого правоохранительного органа, продолжает оставаться «Veritas splendet», то есть справедливость в конце концов восторжествует.

На следующий день в десять часов утра нужно прийти сюда, на улицу Сан-Франсиско де Салес, как сказал ему инспектор. Именно в этот час приступал к своим обязанностям комиссар, расследующий дело, некий дон Анхель де Буэн, который, однако, пришел только в половину двенадцатого. Принимая во внимание статус задержанного и жертвы, с адвокатом он держался довольно сухо, словно боясь, что кто-нибудь сможет обвинить его в злоупотреблении должностными обязанностями.

Убийство не было делом рук «ГРАПО», в это время не было найдено ни одного ее представителя ни в Мадриде, ни в окрестностях. Улики же против Пако были налицо: в машине жертвы повсюду были отпечатки пальцев Пако, и, что самое важное, окурок сигареты марки, которую он курил. Пако утверждал, что в последний раз виделся со своим тестем шесть месяцев назад, за исключением той злополучной встречи в академии. Алиби на время убийства у него не было. Он утверждал, что был в кино.

— А что говорит мой клиент? — спросил Ортега.

— То же самое: что был в кино, но самое главное, что это сделал не он.

Полиция обещала сообщить Модесто Ортега подробности убийства, как только получат дело от судебного следователя. Модесто ушел, и комиссар попросил привести задержанного.

Пако был спокоен, но поражен тем, что действительность не имеет ничего общего с детективными романами, или по крайней мере с теми, которые написал он. Это был первый урок: перспектива сильно меняется в зависимости от того, считает ли тебя закон невиновным или виновным. Пако мог бы перестать писать детективы, но он нисколько не жалел, что местом их действия была не Испания, а героями — не испанские полицейские. Это даже не было похожим на расследование. Было больно и обидно, что произошла ошибка, а никому до этого и дела нет.

— Франсиско Кортес? — строго спросил дон Анхель де Буэн у задержанного, переживая удовольствие, которое испытывают некоторые врачи, ставя тяжелейший диагноз своему пациенту.

— Ради бога, комиссар, или инспектор, или кто вы там еще, — сказал Пако, — если вы просите, чтобы вам привели задержанного, которого зовут Франсиско Кортес, то кого, вы думаете, вам привели?

Комиссары бывают разные: среди них есть гордые, закомплексованные и, следовательно, непредсказуемые, хитрые, жестокие, со змеиными жалами, удрученные, лукавые, садисты и циники, строгие и недалекие, иногда попадаются даже умные... в той же пропорции, что и все остальные. Хотя есть у них кое-что общее: они осознают власть, которой обладают, и цену, которую за нее заплатили в своем послужном списке: бесчисленные страдания, интриги и дурное обращение, которые они вынуждены были терпеть; и, получив власть, они, ни минуты не колеблясь, пользуются ею со всей полнотой и безнаказанностью.

Комиссару не понравился ответ задержанного, но последний был прав, с чем комиссар, будучи человеком неглупым, неохотно согласился. Из рапорта, который лежал перед ним, он знал, что задержанный являлся автором детективов и мастером интриги, и это ему категорически не нравилось. Справедливое замечание: если писатели детективов думают, что полицейские в большинстве случаев идиоты, то полицейским писатели кажутся грубыми мошенниками, которым место за решеткой за распространение самых гнусных сплетен о полицейских. Он не читал ни одного детектива Пако Кортеса, но чуткий инстинкт следователя подсказал ему, как можно унизить и сбить спесь с подозреваемого.

— Не думай, что мы тут дурака валяем и что все это будет похоже на одну из детективных историй, в которых вы выглядите очень умными, сопляк.

Справедливости ради следует заметить, что одна из вещей, которые обычно делают инспекторы, когда им присваивают звание комиссаров, — они перестают наносить оскорбления, считая это ниже своего достоинства, но не менее справедливо и то, что иногда у них возникает желание насладиться их грубоватым вкусом, как прорвавшиеся в дворяне выходцы из низов время от времени испытывают необходимость тайно скушать плебейскую колбаску в суровом одиночестве кухни.

Комиссар улыбнулся и посмотрел на своего помощника, в присутствии которого он не мог простить задержанному непочтительности. Пако Кортес очень серьезно, стараясь не завязывать новый спор, подчеркнул обращение к нему на «ты».

— А на каком основании ты обращаешься ко мне на «ты»?

Правило номер два, которое относится к инспекторам, дослужившимся до комиссаров: они перестают обращаться на «ты» ко всем, кроме комиссаров, которые до недавнего момента были их начальниками, и обращаются на «вы» даже к уборщице, которой они на протяжении десяти лет «тыкали».

Анхель де Буэн из всех ответов меньше всего ожидал такого ответа. Полицейский кашлянул, притворился, что не расслышал, и продолжил допрос, избегая, по возможности, прямых обращений, для того чтобы инспектор и охрана у двери не подумали, что он уступил.

— Я уже рассказывал вашим коллегам, — сказал Пако. — Я был в кино. За день до этого моя теща приехала домой и поставила машину в гараж. Я вывел оттуда машину, так как у женщин это не очень хорошо получается; должно быть, я курил и потушил сигарету в пепельнице машины...

Дон Анхель подумал, что дело уже раскрыто и он поймал преступника на слове.

— Но здесь говорится, что Франсиско Кортес заявил, что не водит машину.

— Да, но если кто-то не водит, это не значит, что он не умеет водить.

Дону Анхелю пришлось начать с другого конца.

— Но следы подозреваемого Франсиско Кортеса, — и он подчеркнул слово «подозреваемого», — обнаружены на двери, рядом с местом водителя.

— Вы, — уточнил Пако, — уверены в отпечатках пальцев, которые мы везде оставляем? Мы оставляем миллионы отпечатков, как папоротник оставляет свои споры.

— Это не детективный роман, — заметил комиссар, не найдя других аргументов, и замолчал, делая вид, что роется в бумагах.

— Простите, что вмешиваюсь в вашу работу, — начал Пако Кортес, стараясь, чтобы слова его не прозвучали высокомерно. — Я не имею ни малейшего представления, почему меня задержали. И я не знаю, откуда взялись мои отпечатки рядом с водительским местом. Возможно, я открыл дверь изнутри, чтобы села моя теща. Вам следовало бы спросить меня, есть ли у меня мотив для совершения этого преступления? Какую оно могло принести мне выгоду? Вот уже шесть месяцев моя жена не разговаривала со своим отцом и была самой счастливой женщиной на земле. В тот день могло случиться все что угодно: ему могли отомстить за что-то, связанное с работой, или это мог быть кто-то, кому мой тесть подпортил дела, что было бы не удивительно. Также его могли похитить, чтобы он отвез преступников в ту местность. Разве там, поблизости, не продаются наркотики? Это мог быть кто-то, кто проник в его машину и приказал ехать. Известны сотни случаев, когда убегающие от погони воры угоняют даже похоронный автомобиль с покойником, не отдавая себе отчета в том, что это похоронная машина. Соблюдая все правила, возможно, вам надлежало бы допросить мою тещу; ей в первую очередь была выгодна эта смерть, она теперь вздохнет с облегчением, вы даже не представляете, с каким огромным, потому что мой тесть был очень плохим человеком, он сделал ее несчастной. И мою жену. А возможно, его убил один из его товарищей...

— Довольно! — комиссар не отрывал взгляда от бумаг и, казалось, не слушал его. — А что это за секта, где изучаются и разрабатываются Идеальные Убийства? Мы разговаривали с вашими приятелями, и все указывают на вас как на главаря. Какой стыд: врачи, адвокаты, служащие банка...

184

— ...полицейские, — добавил Пако.

Комиссар обменялся взглядом с инспектором, который стоял около двери и улыбался; взгляды их говорили: «Он уже наш».

Однако никто не мог предположить, чем кончится допрос.

— Мы допросили Лоренсо Маравильяса из комиссариата на улице Луна...

— Он мой хороший друг... — заметил Пако.

— Вне всякого сомнения, в «Комерсиале» собираются люди со странностями.

Пако понял, что этот человек действовал наугад.

— Я в этом убедился, — сказал дон Анхель угрожающим тоном. — Мы знаем, что вы его убили все вместе, а ты этим руководил.

Он снова перешел на «ты», умалчивая, конечно же, о том, как он уличил этих «всех».

— Мы ни капельки не сомневаемся. Мы не оставим тебя в покое. Мы допросим вас по очереди, найдем доказательства и прикроем всю вашу лавочку. Так всегда происходит. И согласно логике детективных романов, которые вы так любите, виновный угодит за решетку.

— Вы закончили? — спросил Пако очень серьезно. — Знаете, какая у меня теория, комиссар? Я не знаю того, кто бы мог убить моего тестя, и мне не знакомы мотивы, по которым некто совершил это. Но того, кто сделал это, я прекрасно понимаю и восхищаюсь им еще больше, думая о выгоде, которую он, наверное, получил от этой смерти, а возможно, и нет никакой выгоды, потому что я не вижу никакого другого мотива в этом убийстве, как только избавление этого мира от плохого человека. Филантропия, скажем так. Это с одной стороны. И медаль за заслуги перед полицией следовало бы дать не дону Луису, а убийце... С другой стороны, если вы ведете это дело и не можете найти виновных...

— Ха-ха-ха, а откуда ты знаешь, что виновный не один?

— ...Вы меня абсолютно не впечатляете, комиссар. И позвольте мне закончить фразу. Я говорил о том, чтобы вы не разочаровывались, если не найдете виновных или виновного. Идеальным преступление называется не потому, что кто-то не способен наносить оскорбления его автору или авторам, а потому, что нет возможности доказать его. Вы понимаете, что я хочу сказать?

Его даже не отвели к судебному следователю — его отпустили после этого допроса, не предъявив никаких обвинений, но недвусмысленно предупредив и окончательно перейдя на «ты».

— Ты считаешь себя умнее всех, Пакито, но закончишь ты в тюрьме.

Из всего дурного обращения, которое он испытал в том месте, самой бесстыдной низостью и низким бесстыдством было слово «Пакито». Таким оскорбительным.

10

Первой примчалась Мисс Марпл, она была первой, кому позвонили и пригласили в комиссариат.

Ее отвез шофер. Для этого случая она надела очень элегантный костюм из розового крепа. Она была уверена в том, что попала в детективы Агаты Кристи, которые так ей нравились. Допрос велся под руководством того же самого комиссара, дона Анхеля.

— Сеньора, мы знаем, что вы не имеете отношения к заговору, но если бы вы нам кое-что рассказали...

Мисс Марпл облегченно вздохнула.

— ...мы знаем, что вы состояли в секте...

— В какой секте, сеньор комиссар?

— Той, что собирается в кафе «Комерсиаль».

— Секта! Но я хожу туда вот уже несколько лет, и все это абсолютно безобидно...

— Это вы так думаете, сеньора. Самое опасное в этих сектах то, что с виду все нормально, но люди, состоящие в них, даже не представляют себе, во что они вляпались, поэтому так тяжело обнаружить их, уничтожить и отправить главарей за решетку. Мы знаем, что эта секта, к которой, однако, вы не имеете никакого отношения, так как вы были всего лишь одним из их прикрытий, готовила серию убийств, которые они называли идеальными...

— Они?

— Да, Франсиско Кортес...

— Сэм? Сэм Спэйд?

— Кто такой Сэм Спэйд? Он что, новичок?

Дон Анхель растерянно посмотрел на инспектора, который стоял рядом, не зная, знал ли тот больше него.

— Сэм — это Пако, — пояснила Мисс Марпл.

— Действительно, Пако Кортес, он же Спэйд... — подтвердил помощник инспектора, листая свои записи.

— Ладно, — продолжил дон Анхель. — Он — главарь. Мы давно уже следим за ним...

— Бог мой! — сказала, ужаснувшись, Мисс Марпл. — Как такое возможно?

— Такие вещи случаются, сеньора. Психопат и маньяк, потерпевший неудачу.

— Но ведь он такой обаятельный.

— Психопаты такими и бывают. Но не забывайте, что мы с вами говорим о нескольких убийствах, которые так и не были раскрыты, за которыми, как мы подозреваем, мог стоять и он...

На бедной женщине так задрожали украшения, словно ее угрожали поглотить зыбучие пески.

— Нет!

— Да, сеньора! Несколько! Не считая убийства дона Луиса.

Несчастная Мисс Марпл закричала пронзительно, как чайка перед бурей.

Комиссар, который отметил свое точное попадание в цель кивком головы, решил, что он уже достаточно впечатлил даму, и перешел в последнюю атаку.

— Таким образом, любая информация, которую вы нам можете дать, будет ценной. Он часто рассказывал вам о жертве?

— О какой жертве?

Даже комиссар начал понимать, что эта несчастная была очень воспитанной, но очень медленно соображала и потому не понимала и половины того, о чем говорилось...

— Вам нравятся детективы? — спросила Мисс Марпл.

— Конечно, сеньора, — машинально пробормотал дон Анхель.

— Но здесь нет ни одной жертвы, кроме Сэма.

— Согласен, говорил ли он вам о своем тесте незадолго до того, как случилось убийство?

— Нет, сеньор. Там никто не говорил о своих делах. Я даже не знала, что этот сеньор был тестем Сэма, пока все это не случилось, и лишь тогда мне все рассказали.

Мисс Марпл покинула кабинет с легкой дрожью в ногах и страхом в теле. Она едва нашла в себе силы рассказать обо всем мужу.

— Представь себе! Психопат! Мы служили для него прикрытием, он использовал нас, чтобы мы подавали ему идеи. Полиция уже нашла след нескольких убийств, которые, возможно, совершил он. Господи Всемогущий! Он и еще несколько человек из группы. Я подозреваю Марлоу и Ниро. Не нравятся мне эти повара с ножами. И Марлоу целыми днями говорит о пистолетах. Какой ужас. А ведь я могла бы быть следующей жертвой...

От страха у нее по спине пробежали мурашки.

Этим же вечером она позвонила Отцу Брауну.

— Дон Бениньо, я могу исповедоваться по телефону?

— Дорогая, что за спешка!

— Я говорю об этом из-за тайны исповеди. То, о чем я собираюсь вам рассказать, не должно стать известным никому другому. Я только что была в полиции. Меня допросили.

Она, преисполненная гордости, что вышла из этого испытания достойно, рассказала священнику все до мельчайших подробностей, все детали допроса, во время которого она продолжала оставаться сообразительнейшей женщиной.

— И сказать вам по правде, я уже давно об этом подозревала. Не знаю, правда ли насчет его тестя, но меня бы это совершенно не удивило. Вы помните, сколько времени он не приходил в «Комерсиаль»? Говорили, что он целыми днями спал, а ночи проводил в публичном доме. Дон Луис, тесть Сэма, желал своей дочери только добра, и ему было жаль снова видеть ее в таком положении. Брак, вы-то знаете, дон Бениньо, дело щекотливое, и мне никогда не нравилось вмешиваться в эти вопросы, но, откровенно говоря, бедняга Сэм в эти последние дни казался мне очень странным. Он уже не такой, как прежде.

Отец Браун задал ей несколько вопросов. Он успокоил, как смог, Мисс Марпл, которая приняла решение выйти из КИУ, и сразу же после разговора с ней позвонил Модесто, лучшему другу Сэма.

— Модесто, я хочу, чтобы ты передал Пако, и то же самое я говорю тебе: вы можете рассчитывать на мою духовную поддержку в этот трудный момент.

— Почему трудный?

Так как он не мог нарушить тайну исповеди по телефону, он передал информацию, не сообщив источника.

— Я узнал, что Пако попал в опасное положение. В те месяцы, когда он пережил этот кризис. Я сам не могу в это поверить. Я уверен, что в оправдание можно сослаться на временное душевное расстройство...

— ...временное?

— Точно. Ты не представляешь себе, как мне тяжело. Сутки без сна. Начали расследование по делу всех, кто имеет отношение к КИУ, и так как я не могу вести разговор обо всем этом с епископом, пойми меня, мне придется перестать там появляться, и я умоляю тебя, если тебя спросят, скажи, что я появлялся там и участвовал крайне редко; ведь на самом деле все так и было. Ты это сделаешь?

— Но ведь Пако уже отпустили. Я только что с ним разговаривал.

— Я знаю, но мне ясно: его оставили на свободе, чтобы выследить других соучастников. Они ждут, когда он допустит хоть малейшую ошибку. Не стоит провоцировать расследования в отношении всех оставшихся.

Так за несколько часов тонкие ниточки, связывавшие членов КИУ, порвались под тяжестью обвинений, предъявленных Пако Кортесу.

В дом По и Марлоу, через разных посредников, новость тоже дошла: ее передали Мегрэ и Ханна, письменно, потому что в доме, который делили друзья, еще не было телефона, и в обоих случаях письма были переданы лично в руки.

Сначала пришла Ханна. Они изредка виделись с По. «Я скучаю по тем закатам», — говорил ей По, меланхоличный, как никогда. И девушка ласково его упрекала: «А по мне нет?» Он скучал по ней, но даже самому себе не признавался в этом. Ему было очень тяжело, но По никому ничего не говорил.

Вечером того дня, когда Мисс Марпл, выражаясь полицейским языком, дала показания, два инспектора наведались в мансарду Ханны.

Этот адрес фигурировал в университетском заявлении о приеме По. Им было достаточно спросить у Мегрэ, и он указал бы им место проживания По на данный момент, но полиция, целиком состоящая из служащих — любителей бюрократии, никогда не спешит и обожает окольные пути так же, как преступники обожают короткие пути.

Ханна испугалась, увидев двух полицейских, одного в гражданском, а другого в штатском.

За секунду ее воображение нарисовало множество несчастий и непреодолимых препятствий, неизбежно связанных с тем образом жизни, который она вела, и с друзьями, которых часто навещала: с ее мужем, героином, с не совсем законным способом, которым она добывала деньги, чтобы получить его... Говорят, что за минуту до смерти перед человеком проносятся моменты всей его жизни, а перед Ханной пронеслись все моменты ее будущего: она представила себе жизнь в испанской тюрьме и свою смерть. Если эти полицейские пришли в поисках наркотиков, им достаточно открыть коробочку, лежащую на столе, где она хранила в фольге гашиш... Она почувствовала нечто вроде облегчения. Затылок перестал болеть. Возможно, она подумала: было бы лучше, чтобы другие одним разом покончили с тем, с чем ей дважды не удавалось самой.

Полицейский в гражданском спросил у нее, живет ли здесь Рафаэль Эрвас.

На лице Ханны застыла странная гримаса, и несмотря на то, что полицейский отказался сказать ей, зачем его ищут, преподавательница посчитала дело достаточно важным, коли побеспокоились прийти в ее новый дом.

Увидев Ханну, По удивился. Он не видел ее с того самого дня, когда она помогла ему перенести его скарб, состоящий из потертого матросского сундучка с одеждой и двух мешков с книгами. Квартира, которую он делил с Марлоу, была небольшой. Под глазами Ханны, как два ириса, цвели темные круги, а ее руки совсем исхудали.

— Приходили полицейские и спрашивали о тебе. Они не сказали, чего хотят. Все в порядке? Они уже были здесь?

По ответил не сразу. При виде Ханны у него участился пульс. Болезненный вид делал ее еще более привлекательной, словно истинный цветок порока. Они сидели за столом. Рука По покоилась на деревянной столешнице. Ханна приблизила свою руку и положила ее на руку По. Он почувствовал, как его словно накрыло снежной пеленой. Он давно знал причину, по которой они перестали жить вместе. Они не говорили ни о возвращении ее мужа, ни о том, что она снова стала употреблять наркотики, но По посмотрел на нее понимающе, и Ханна почувствовала себя прощенной, зная, что ему все известно и объяснения излишни.

— Да, все в порядке, — сказал По через несколько минут.

Ханна была неспокойна. Возможно, ему приходилось лгать ей. Ее жизнь превратилась в тяжелую вереницу этапов, которую представляет собой жизнь наркомана, человек либо признает, что он наркоман, либо, как например Ханна, все еще пытается убедить себя, что еще можно остановиться и вернуться к прежней жизни, если захотеть.

Она с грустью смотрела на По, продолжая поглаживать руку молодого человека, которую тот не осмеливался убрать. Та же самая сила, которая притягивала его к ней, казалось, и отталкивала. Его сердце никому не принадлежало, взволнованное и исполненное желания. Ее же сердце, обессилевшее, изнуренное воспоминаниями, было словно поникший цветок, у которого уже нет сил жить.

— Ты скучаешь по тем временам, Рафаэль?

Ему понадобилось несколько минут, чтобы ответить. Они были в комнате с голыми стенами, из мебели был лишь стол и два деревянных стула из сосны, недавно купленные на Растро[1].

— А ты?

По чувствовал, как силы покинули его. Нет, он не хотел ввязываться в проблемы, из которых он не мог бы выбраться или мог бы выбраться неудачно, как и вышло в первый раз, поэтому он действовал с осторожностью. Что касается Ханны, то она разрешила проблему самым сложным способом.

— Этого мужчину я любила больше всех. Нам было по шестнадцать лет, когда мы познакомились, и с тех пор мы всегда были вместе: университет, общие друзья, первые квартиры, первая машина, — мы не расставались ни на минуту.

— Я никогда не просил ничего рассказывать мне, когда мы жили на Пласа де Ориенте, — сказал По.

— Но сейчас этого хочу я. Мы были неразлучны с момента пробуждения и до тех пор, пока не ложились спать. Мы объездили полмира, и все самые важные вещи мы узнали вместе. И наркотики тоже. Но я испугалась и бросила его, и именно тогда я и приехала в Испанию, хотя все еще продолжала любить его. Ты не представляешь себе, как сильно. Вначале мне было очень тяжело и очень больно. Я словно бросила его в лепрозории, и меня мучила совесть. Мне казалось, что я не имела права бежать, раз он не мог следовать за мной. Это все

---

[1] Мадридский вещевой рынок, не утративший средневекового колорита. Говорят, здесь можно найти все.

равно, что оставить раненого товарища. Когда я познакомилась с тобой, я подумала, что все уже в прошлом. Первые годы здесь я прожила словно съежившись. Я больше ни с кем не встречалась, и мне даже не хотелось этого, и дошло до того, что я сблизилась с Хайме. Это была сдача позиций, я сдалась, я устала быть одна. Именно с тобой я снова почувствовала себя живой. И все было хорошо, по правде говоря. Но тут я снова увидела его, и не знаю, что со мной произошло. Я любила тебя и думала, что всегда буду тебя любить, но я не предполагала, что он появится в Мадриде. С самого начала я поняла, что он тоже перестал употреблять наркотики, и ты не представляешь себе, насколько меня это обрадовало. Но когда мы возобновили встречи, случилось нечто страшное: мы оба вновь почувствовали ностальгию по тому аду. И мы снова потянулись к наркотикам. Мы поняли: мы никогда не распрощаемся с этим по-настоящему. Мы и не знали, что это была тоска по смерти. Не спрашивай меня, как, но мы, те, кто употребляют наркотики, чувствуем то, что другие не чувствуют. Это запредельная тоска, потому что это тоска по тому, чего в глубине души никто не знает. Это вселенская тоска по раю. И она нам показалась прекрасной. И мы решили: еще один раз, настоящее прощание, предыдущее было всего лишь репетицией, и оказалось, что мы совсем еще не готовы. На сей раз прощание будет окончательным. Поначалу это происходило только в выходные. Все было похоже на постепенное возвращение в рай, и все вокруг стало стираться, и ты видишь, во что превратился этот рай. Все вокруг оказалось ужасным, По. Это знает Петер, это знаю я.

— Но ты его любшь?

На этот раз Ханна задумалась, прежде чем дать ответ. Она хотела хоть с кем-то быть откровенной, хотя бы раз. Она кивнула головой.

— Когда ты колешься, твоя единственная любовь — это доза, ты понимаешь, о чем я? Это уже как привычка: он, я, наркотики. Та мансарда, мой дом, все снова стало каким-то чужим, недосягаемым, словно башня из слоновой кости. И если бы так было всегда, все встало бы на свои места.

— Тебе это необходимо каждый день?

— Конечно, нет... — решительно ответила Ханна, будто шагнула в клетку.

Затем, видимо, она вернулась в действительность и добавила тихо, тоном, которым обычно сообщают о чем-то секретном или о поражении:

— По сути дела, какая разница... Только по выходным... Петер еще работает, а я оставила академию.

По знал, что она рассказала ему об этом потому, что путешествие в рай имело остановки на каждой ступеньке недели и что она собирается попросить у него денег. Но он молчал, а Ханна не знала, как продолжать. Она лишь нежно взглянула на своего друга. По заметил, что она снова автоматически поглаживает его руку, как гладят собаку или кошку, думая в этот момент совсем о других вещах.

— Тебе нужны деньги? — внезапно спросил По.

И Ханна ответила «нет», «да», «нет», «ну да», «немного», не совсем понимая то, что говорит.

По вышел из комнаты и вернулся, держа несколько купюр, которые он положил в сумку своей подруги, висевшую на спинке стула.

Ханна повеселела и сменила тему разговора.

— Как вы можете так жить? — спросила она так, словно это была совершенно другая глава романа. — Когда нет ничего...

Она бегло осмотрела пустые стены, две картонные коробки с книгами на полу, пару ботинок, оставленных неизвестно кем, холодный пол без ковра, окна без занавесок, недавно покрашенные стены без картин, столик, стулья без подушечек — комнату, в которой не было мебели, кроме этих трех старых вещей...

— ...И нас, что уж тут скажешь!

В этой фразе По принял непринужденный тон своей подруги.

— Нет, По. Я по-своему продолжаю рассказывать тебе многое, когда я не с тобой. Я понимаю, что это ничего не даст, но иногда представляю себе, что ты продолжаешь там жить. Я представляю, будто ты сидишь на диване, как ты это обычно делал, и молчишь, всегда такой милый, в своем уголке, в полумраке. Ты хотел бы снова со мной жить? Ты помог бы мне платить за аренду. Сейчас у меня в жизни черная полоса. Я перестала давать уроки.

— Ты мне это уже говорила.

— Ты пошел бы со мной?— настаивала Ханна.

— Зачем? Это помогло бы тебе выбраться из твоего клубка проблем? Поначалу я был самым счастливым человеком. Я не верил, что это происходит со мной. Ты была самой невероятной женщиной, с которой я когда-либо был. Если честно, ты была первой и единственной, — это признание По произнес, понизив голос. — Ты похожа на сон. Мне хотелось, чтобы ты хоть в какой-то степени относилась ко мне так, как я к тебе. Мы были словно кот и кошка, встречающиеся на крыше. Мне хотелось, чтобы ты была спокойной, молчаливой, последовательной во всем, внушающей уважение, никогда не задающей лишних вопросов, никогда не угнетающей меня, постоянно веселой, шагающей по коньку крыши, не испытывая при этом головокружения, смягчая все вокруг подушечками своих лапок... Но с самого первого мгновения я знал, что не был для тебя тем, чем ты была для меня. Так случается почти всегда. Я был рад тому, что есть, и мы никогда не затрагивали эту тему, но когда человек переступает черту, то пути назад уже не остается.

— И ты не хотел бы снова жить со мной?

— Думаю, что нет.

На этот раз По отыскал ее руку, чтобы погладить. Ему захотелось плакать, но он никогда не плакал, возможно, потому, что дома он только и видел, как его мать постоянно плачет по любому поводу. Он совершенно не придал значения этим слезам, которые так и застыли внутри, он не думал о них, будто они всегда были частью его души. Ханна встала со стула, приблизилась к нему и погладила, словно хотела стереть его боль, но добилась лишь того, что боль разлилась по всему телу. По стало нехорошо. Было неудобно продолжать стоять, и Ханна опустилась перед ним на колени.

— Давай займемся любовью, Рафаэль, прошу тебя.

Как и в первый раз, именно она взяла инициативу в свои руки.

Спальня не улучшала впечатления неуютности и временности дома: кровать, которая сдавалась вместе с квартирой, как и деревянный шкаф, который был в моде двадцать лет назад, окно с занавесками, которое выходило на ветхую улицу с обилием света, пол без ковра, лампочка без абажура на потолке.

Ханне снова захотелось хоть немного скрасить этот грустный момент. По, лежа на кровати, смотрел на потолок, положив руки под голову. Ханна опустила голову на гладкую, без волос, грудь юноши.

— Как ты можешь жить здесь?

В дверь позвонили.

— Полиция! — сказала Ханна и инстинктивно укрылась, словно полицейские уже стояли перед ней.

По надел брюки и открыл дверь. Это был Мегрэ.

— Ты один?

— Нет.

Он пригласил его войти. Они сели на то самое место, где полчаса назад он сидел с Ханной. Ханна продолжала оставаться в спальне.

— Какой-то идиот хочет досадить нам всем, — сказал Мегрэ. — Он убежден в том, что Пако убил своего тестя, но не один. Он думает, что в это дело впутана половина членов КИУ. Они придут через несколько минут. Марлоу все еще хранит здесь оружие?

— Думаю, что он хранит его в своей комнате, — сказал По. — Он унесет его отсюда. Он вот-вот придет. Приходила

197

Ханна, сегодня утром ее тоже навестили полицейские. Почему они до сих пор не пришли сюда?

— Они приходили, но никого не застали. Сейчас они обедают. После обеда придут.

У них еще было время.

Мегрэ рассказал другу о положении дел.

— Следователь из отдела убийств воодушевился, найдя отпечатки пальцев и окурок той марки сигарет, которые курит Пако.

Вдруг они услышали, как Марлоу открывает ключом дверь.

Он пришел со своей спортивной сумкой. В ней были два пистолета и две коробочки с патронами.

Для Марлоу ничто никогда не казалось тяжелым.

— Я ставлю на кон две двойные ставки, что полицейские ничего не смогут разузнать, — сказал Марлоу, который не совсем точно знал, что такое две двойные ставки, но стал использовать это выражение с тех пор, как прочел детективы Дюрренматта в отвратительном переводе.

Затем он зашел в свою комнату, в темную часть квартиры, и вернулся с еще одним пистолетом и полудюжиной коробок, положил все в сумку и, продолжая улыбаться, сказал, что это займет лишь несколько минут: он перейдет улицу, войдет в дом своих родителей, оставит арсенал и вернется.

К тому времени, когда пришла полиция, Мегрэ уже не было. Он предпочел уйти. Мегрэ не хотел, чтобы его увидели здесь. Так же, как и Ханна.

Полицейские начали обыск с рвением людей, которым больше всего хочется поскорее закончить свою смену и уйти домой, а вовсе не раскрыть убийство начальника, которого они нисколько не ценили.

По представил своего друга.

— Ты тоже входишь в состав секты?

— Какой секты? — изумленно спросил Марлоу.

Одна из пуль, которая осталась от занятий стрельбой, из-за спешки с переносом арсенала, затерялась в складках смятой простыни на неубранной кровати. Она была похожа на рыболовное судно в штормовом море.

По, который следовал за ищейками, увидел ее. В триллере такая находка должна была бы сопровождаться тревожным аккордом, дабы заставить привстать зрителей со своих мест. Но По просто сел на пулю, наблюдая, как полицейский копался в ящиках. Когда он поднялся, находка была у него руках. По положил ее в карман брюк и терпеливо ждал конца обыска.

— Завтра вы должны явиться в комиссариат. Начальник хочет задать вам пару вопросов.

— А почему не сейчас? — спросил Марлоу. — Вдруг мы сбежим?

Полиция — это орган, где чиновники меньше всего ценят шутки.

— Ладно, выскочка, — сказал полицейский слащавым голосом. — Приходите сейчас и проведите ночь в комиссариате.

Марлоу это показалось превосходным, и он согласился, как будто его пригласили на приятную экскурсию.

— И я тоже? — спросил По.

— Оба.

— У вас есть ордер на арест?

Это один из вопросов, которые никогда не следует задавать полицейским. Во-первых, потому, что им не нравится, когда их принимают за идиотов, во-вторых, потому, что они всегда носят ордер при себе, а в-третьих, потому, что двое из трех человек, которые входят в комиссариат, в конце концов оказываются виновными.

— Ладно, приходите завтра. Утром.

— Я работаю в банке и не могу отсутствовать, — сказал По. Полицейский начинал раздражаться.

— Попроси, чтоб отпустили.

Допросы на следующий день были такими же абсурдными, как и те, что были проведены с остальными. Полиция сунула нос в КИУ, и этого хватило, чтобы за несколько часов опустошить его ряды, и впервые за шестнадцать лет собрание членов произошло в соседнем баре и без многих постоянных участников.

— Если так дальше пойдет, то скоро мы окажемся в катакомбах будто первые христиане, как предсказывал Отец Браун, — заключил Марлоу.

— Я бы на твоем месте не беспокоился, — успокоил его Пако Кортес, — все это еще ничего не значит, но нужно понять, зачем моего тестя отвезли на тот пустырь. Если полиция на ложном пути, мы направим ее на верный след. Мне не очень нравился мой тесть, но еще меньше мне нравится, что дело может остаться нераскрытым и особенно сейчас, когда на меня хотят повесить труп.

Присутствовали только По, Марлоу и Мегрэ.

— Из комиссариата он выехал на собственной машине, — продолжил Кортес. — До этого он позвонил моей теще и сказал, что выезжает, чтобы пообедать дома. Но так и не доехал. Моя теща не придала этому значения. То есть тот факт, что он собирался, но так и не появился, был обычным явлением. Однако ночью, приблизительно в одиннадцать, когда он так и не появился, она испугалась. Нам позвонили домой, а мы позвонили в комиссариат. Никто ничего не знает, но все видели, как он вышел из своего кабинета в половину четвертого. Никто не видел, как он садился в машину, хотя он наверняка ее взял, потому что в машине и нашли труп утром следующего дня. Возможно, в самом комиссариате, возможно, на какой-то точке пути он забрал своего убийцу или своих убийц, или они его забрали, а затем убили. А возможно также, что он прибыл на место, где его ждали, чтобы убить. Вскрытие показало, что его убили в пять часов дня, а с улицы Луна до Побладо де Лас Эрас в этот час можно доехать максимум за сорок пять минут или за час. Все произошло в течение получаса, — возможно, это и есть ключ к разгадке этой смерти.

— Самое странное, — сказал Мегрэ, — мы проверили его последние дела, над которыми он работал, и ни одно из них не имело ни малейшего отношения к этому району.

Хотя заседания КИУ все находили крайне интересными, ни Мисс Марпл, ни Ниро Вульф, ни Шерлок, ни Отец Браун, ни Милагрос не присутствовали на них в течение шести последних месяцев и не давали о себе знать, как и другие участники, которые реже посещали собрания, — Майк и Гатсманн, адвокат и друг Мейсона. Первое настоящее Идеальное Убийство — и все разбежались. Такова жизнь.

— Я думаю, что твой тесть отправился туда добровольно, его никто не заставлял делать это, он что-то искал, — сказал По.

Похоже, здесь он — единственный человек, для которого это было не просто головоломкой.

— Мне кажется, что-то здесь не так, — заметил Пако Кортес, который очень доверял мнению своего молодого друга.— Выйти с работы и поехать в пригород Мадрида, не пообедав?

— Ты же сам сказал, что даже твоя теща не нашла это странным, — напомнил По.

— Странно то, — вмешался Мегрэ, — что никто не видел его с половины четвертого, когда он вышел с улицы Луна, до пяти, когда его убили, а также то, что труп нашли лишь на следующий день — и это в районе, в котором, если ты чужой и оставляешь машину, ее разбирают на запчасти за двадцать минут, ты и глазом моргнуть не успеешь. Однако, когда утром нашли труп, машина была нетронутой. То же самое и с доном Луисом: бумажник, деньги, служебное оружие — все было на месте. А эти два выстрела... Почему их было два, а не один? Это не показалось бы странным, если бы оба выстрела были в одно и то же место, но нет: один сделан в ногу, а другой — в голову.

— Я не думаю, что это странно, — сказал Кортес. — Моя теория следующая: он звонит жене, говорит, что придет домой пообедать, а в последний момент меняет решение. Почему? Могло случиться все что угодно. Затем он уезжает с неким человеком или с некими людьми, по причинам, также нам не известным, в это место. Там его шантажируют или они о чем-то спорят, и ему стреляют в ногу, давая тем самым понять, что с ним не шутят, и в конце концов убивают.

— Кое-что не совпадает, — заметил По. — Тот, кто стрелял ему в ногу, собирался прикончить его, потому что никому не придет в голову оставлять в живых комиссара полиции с простреляной ногой.

— Это правда, — покорно согласился Кортес, — но только в случае, если лица преступников не были закрыты.

— Согласен. Но у него был пистолет. Его даже не отобрали. Если бы это был кто-нибудь из «ГРАПО», как все думали вначале, они отобрали бы его. Почему он не попытался им воспользоваться? Я тебя уверяю, что полицейский, особенно такой полицейский, как дон Луис, принадлежащий к старой школе, из тех, кому бы только пострелять, тем более если им кажется, что им грозит опасность, должен был воспользоваться оружием, — сказал Мегрэ.

— Это так и было бы, если бы моему тестю пришлось защищаться, но он не защищался, потому что знал того или тех, кто с ним был. Он был знаком с ними и доверял им. Траектория пули указала, что стреляли с переднего сиденья, и это еще раз доказывает, что если убийцей был один человек, то мой тесть полностью ему доверял, так как сидел он спереди, а не на задних сиденьях, что было бы логично, если бы его похитили. Разумеется, их могло быть двое или больше, в таком случае им пришлось занять два или более сидений. Ты уже видел судебный рапорт?

Этот вопрос Кортес задал Мегрэ.

— Похоже, ты знаешь, как его убили, Пако? — внезапно сказал Мегрэ.

Его голос был сухим, словно мел, и на вопрос, который смахивал на обвинение, Пако тоже ответил жестким тоном, причем ответил классически, вопросом на вопрос.

— Уж не думаешь ли и ты, что я имею какое-либо отношение ко всему этому?

— Нет, но не искушай меня, потому что если бы я обнаружил, что это сделал или запланировал ты, ты бы вынудил меня стать соучастником, покрывая тебя. Твой тесть не нравился мне так же, как и тебе. Да, я видел судебный рапорт.

— Там говорится, что вторая, смертельная пуля вошла спереди?

— Да нет. Здесь ты ошибаешься, Пако. Говорится противоположное. Пуля вошла сзади и прошла навылет через правый висок. Это доказывает то, что в него стреляли сзади. Один выстрелил ему в ногу, а другой — в висок. Мы склоняемся к тому, что их было как минимум двое.

— Или один, но он был левша. Он выстрелил справа, с переднего сиденья, в ногу, а затем в голову.

— По — левша, — весело сказал Марлоу. — Я видел, как он стрелял один раз, и делал это левой рукой.

Мегрэ посмотрел на него без тени улыбки.

— Заткнись, Марлоу. Мы о серьезных вещах говорим, — сказал он. — Мы рассмотрели все гипотезы: возможно, комиссар был замешан в каком-нибудь грязном деле в наркотиках, контрабанде, в махинациях с деньгами, но ничего не обнаружили. Твой тесть был фалангистом, но не был продажным полицейским. Его грехом была политика, ты понимаешь, о чем я?

— Да, — сказал Пако Кортес. — Мы знаем, что две эти вещи — не одно и то же, ну да ладно, довольно об этом. Вам придется закрыть дело на том этапе, на котором оно сейчас находится. Уже известно: сапожник без сапог. Ты как считаешь, По? У тебя всегда было хорошее чутье.

Мегрэ, казалось, был согласен: чем быстрее закроют дело, тем лучше будет для всех, но Пако задал вопрос По, и тот охотно заговорил.

— Вы уже знаете мою теорию: человека проще осудить и оправдать за его прошлое, нежели за то, что он сделал в настоящем. И если этот человек был таким, каким он казался, то, несомненно, нашлась бы не одна, а сто причин, по которым он должен был бы умереть, что с ним и произошло, и, соответственно, сто возможных убийц. Не все убийцы убивают по причинам мгновенной выгоды. Многие лишь хотят привнести хоть немного равновесия в этот неуравновешенный мир.

— И что же такого нового мы можем разузнать о бывшем комиссаре полиции? — спросил Мегрэ.

— В десять раз больше, чем о любом другом человеке, — продолжал По. — Полицейский всегда находится в контакте с людьми, которые совершают преступления из-за прошлого, за которое не все они несут ответственность, таким образом, он осуждает их по законам прошлого, которые почти всегда являются отсталыми и несовершенными, осуждает для того, чтобы лишить их будущего. Если бы убийство было чем-то простым и не влекло за собой огромные страдания и проблемы, число разумных убийц намного превышало бы число тех, кто не относится к этой категории. Сколько банкиров доживут до старости? Все те, кого обокрали, кто стал жертвой их мошенничества, кого устраняли от дел обманным путем, разрушая их жизни и жизни их семей, позаботились бы об их исчезновении. То же самое можно сказать о врачах, адвокатах, судьях. Сколько судей злоупотребляют своим служебным положением, и с ними никогда ничего не случается? А политики? Я покопался бы в жизни этого полицейского. И поверьте, найдется тысяча причин, по которым кто-либо захотел его убить.

11

Члены КИУ перестали встречаться. И это был бесславный конец группы, которая пыталась научно исследовать и обосновать принципы Идеального Убийства, четкие, словно конституция, словно глава из книги изящных искусств, притом сделать это с иронией, достойной Де Квинси.

Но не успели члены КИУ прийти в себя от убийства, которое навредило им самым непосредственным способом, как снова всплыла версия о секте и организованных убийцах: днем, в понедельник, четырнадцатого апреля, нашли мертвой в своей квартире Ханну Ларсон. Именно По обнаружил труп и позвонил в полицию. Дело по убийству дона Луиса Альвареса еще не было закрыто, оно все еще лежало на столе в кабинете в ожидании лучших времен, внезапной удачи или неожиданного доказательства, которое, как подозревали, может никогда не появиться.

Полиция не замедлила связать не столько две эти смерти, сколько двух людей, которые имели отношение к убитым, несмотря на то, что официально смерть Ханны наступила в результате передозировки, а смерть полицейского — от пули. Но когда совершенно ничего не известно, все додумывается с невероятной легкостью, и среди тех, кто занимался расследованием, выдвигались теории, которые с каждым разом становились экстравагантнее и красочнее. Для членов КИУ это была бы прекрасная головоломка, но если первая смерть обратила в бегство самых трусливых и совестливых членов клуба, то вторая, слухи о которой просочились из полиции, повергла бо́льшую часть в такую тревогу, что некоторые даже вешали трубку, когда узнавали на другом конце провода голос одного из членов КИУ, боясь, что их телефоны прослушиваются. Никто никому не доверял, и многие боялись, что убийца, насколько расчетливый, настолько и безжалостный, мог использовать их интеллект и возможно, был вскормлен ими же. Тот факт, что Ханна умерла от передозировки, а дон Луис был убит на пустыре неподалеку от места, в котором продавались наркотики, открыл новые перспективы расследования, и полиция занималась этим в течение долгих месяцев.

Однако и во второй смерти было несколько неясных моментов. Внезапная смерть всегда лишает возможности маневрировать, и во многих случаях приходится импровизировать.

Вначале По не задержали и ни в чем не обвинили. Хотя сама же полиция, сообщив консульству Дании о смерти их подданной, чтобы те и сообщили о происшедшем ее семье, поручила По прибрать и привести в приличный вид квартиру Ханны, от которой у него до сих пор был ключ, ведь в последнее время он часто навещал хозяйку. Их нельзя было назвать женихом и невестой, это были слова, исключенные из его словаря, но они были любовниками, или, переводя на полицейский жаргон, крутили роман. Полиция считала По одним из ее любовников, а По узнал от следователей о существовании по крайней мере двух других, о которых даже не подозревал. Мужчины обеспечивали деньгами экс-преподавательницу, что, кстати, позволило полиции считать, что Ханна тайно занималась проституцией и таким образом зарабатывала на покупку наркотиков, поскольку после того, как она бросила работу в академии, у нее не осталось других источников дохода.

— Ты жил с ней здесь?

По казалось, что он снова пережил сцену с тем стариком с улицы Пэс, только тогда он был не подозреваемым, а свидетелем.

По вышел на балкон, пока полицейские добросовестно обыскивали дом и ждали сотрудников из института судебной медицины. Растения в горшках, за исключением нескольких кустов герани, героически переносили недостаток воды на протяжении нескольких месяцев, возможно, это была их агония. Сухая земля и увядшие цветы напоминали о прежних буйных зарослях, черепки от разбитых горшков были сложены в кучу в углу и совершенно не вязались с великолепием вида.

Вопросы ему задавал молодой человек в вельветовом пиджаке, бородатый, с длинными волосами.

— Вы жили вместе?

— Нет.

— Как ты вошел сюда?

— Открыл дверь ключом.

— Тебе его дала она?

— Да.

В детективах всегда есть персонаж, записывающий все эти показания. Этот полицейский во время допроса, казалось, был обеспокоен лишь поиском зажигалки. Наконец ему удалось прикурить, и он приступил к вопросам самым личным.

— Она была твоей девушкой?

— Думаю, что нет.

— Такие вещи очевидны. Ты был ее парнем?

— Нет... — По повторил еще раз: — Думаю, что нет.

— Ладно. Зачем ты пришел?

— Она позвонила мне в воскресенье днем и попросила прийти к ней.

— Ты наркоман?

— Нет, сеньор.

Полицейский был слишком молод для столь официального обращения. Возможно, он был всего на три или на четыре года старше По.

— А ты знаешь, что она была наркоманкой?

— Я думал, что она завязала с этим. Или завязывала. Так она мне недавно сказала, когда я снова стал встречаться с ней. Я так думал.

— Спокойно, парень, ничего страшного, не нервничай.

По не нервничал.

День был великолепный. По вспомнил вечер, когда он впервые стоял на этом балконе. Как и тогда, вид был потрясающий, но казалось, что полицейских это не впечатляло. Полицейские столько всего повидали, чтобы чему-то удивляться, их не впечатлял даже Королевский дворец с этой необычайной высоты. Оставалось около двух часов до сумерек. Небо заполонили стрижи, пролетавшие совсем низко. Внизу, перегородив тротуар, ждали две полицейские машины с мигалками и воющими сиренами. Начали собираться первые зеваки.

— А ты знаешь, что она хотела тебе сказать?

— Нет. Я и пришел, чтобы узнать об этом.

По смотрел на полицейского с таким усталым и грустным видом, что тот невольно улыбнулся.

Субботний день он провел вместе с Ханной. Дела у них шли неплохо. Они встречались время от времени, каждые две или три недели. Иногда это заканчивалось постелью, иногда нет. Ханна говорила о том, что мечтает вернуться в свою страну, По — в свою провинцию. Они хорошо друг друга понимали, они по-своему любили друг друга. У них была общая грусть. Они не называли ее грустью. Им даже не надо было ни о чем говорить. Иногда Ханна из вежливости говорила ему: «Хорошо было бы, если бы мы встретились раньше, да, По?» И По улыбался. Она также говорила ему: «Рафаэль, ты никому не принадлежишь, ничего не рассказываешь, неизвестно, что у тебя внутри, о чем ты думаешь». И По отвечал: «Я ни о чем не думаю, я не разговариваю лишь потому, что мне не придумать, о чем можно говорить; я словно кот на крыше». «Это неправда, — говорила ему Ханна. — Иногда я наблюдала, как ты разговаривал с Пако или Марлоу». «Это немного другое, мы говорим о преступлениях, о детективах, а это все равно, что молчать, это все пустое. Преступления — это как партия в шахматы. Я не думаю, что интересно говорить о шахматах с тем, кто не умеет в них играть», — отвечал По. И добавлял: «Ханна, ты тоже мало разговариваешь». «Это неправда», — протестовала она. Ханна рассказывала ему о том, что снова станет давать уроки, а также о том, что подумывает, не лучше ли вернуться на север, чем навсегда затеряться на юге, на каком-нибудь из пляжей Марокко. Нужно только накопить денег. Собрать немного денег снова стало ее мечтой. «Я же, наоборот, буду заниматься тем, чем занимаюсь: буду работать в банке всю свою жизнь, затем я уйду на пенсию, а затем я умру». «Один?» — спрашивала его Ханна. «О чем ты? — отвечал По. — О том, справлюсь ли я один?» «Да», — сказала Ханна. «Один я справлюсь. Неужели ты думаешь, что я заставил бы какую-либо женщину вести такую жизнь? Наши жизни предопределены с самого начала, и судьбу не изменить. И моя жизнь такая, какая она есть, и она лучше жизни моих братьев. Им приходится работать по двенадцать часов, но от этого их жизнь не становится лучше. У них семьи, дети, но они едва видятся. Не думаю, что у них есть жизнь. Когда они вместе, то проводят весь день в ссорах. Они несчастливы, но даже не подозревают об этом; иногда они даже думают, что счастливы, потому что они почти всегда несчастны».

Обо всем этом они разговаривали в субботу. Но какое было дело полицейскому до этого? Он ничего не сказал. Было уже одиннадцать вечера, когда Ханна закурила травку в присутствии По. Затем она спросила: «Хочешь, чтобы я бросила курить травку? Между прочим, многие врачи ее рекомендуют».

Они послушали музыку и поужинали спагетти, которые Ханна приготовила на скорую руку.

Как все это отличалось от первого раза. Дом, сколько в нем изменилось! Не только балкон. Балкон, казалось, превратился в свалку. В углу, рядом с разбитыми горшками, валялся старый стул, который Ханна нашла в мусорном контейнере среди поломанных вещей. Она принесла его, хотела починить, но передумала и бросила. У нее был камин, и она могла бы сжечь ненужный хлам. Поужинав, По ушел. Ханна не удерживала его.

— Ты на самом деле не знал, что она употребляет наркотики?

Не похоже, что эти молодые полицейские хотят поймать его в ловушку. Все гораздо проще. Полицейский даже не помнил о том, что этот же самый вопрос он уже задавал до того, как пришел его помощник. Теперь он говорил с По только для того, чтобы говорить, чтобы узнать, мог ли он помочь чем-либо, утешить его. Он сказал По также, что если комиссару надо, пусть сам спрашивает дальше.

— Она сказала мне, что бросила, — подчеркнул По.

Они поговорили еще немного. Полицейскому захотелось узнать, где он жил, в каких отношениях с ней был. Когда вынесли тело Ханны, ему пришлось проводить их в комиссариат. Сначала он хотел сказать им, что у него есть друг в полиции, но воспоминание об убийстве дона Луиса остановило его.

Полиция разыскивала Петера, мужа Ханны, но так и не нашла его. Никто не сумел связаться с ним.

Через несколько часов после того, как По сходил в консульство и поговорил со служащим, который должен был связаться с родственниками девушки, он вернулся в дом Ханны. По подумал, что, возможно, ее родственникам, если они решат приехать в Мадрид, захочется увидеть эту квартиру, и нужно привести ее в порядок. Полицейские тоже все раскидали.

Квартира оказалась опечатанной. Он сломал печать, вошел и навел порядок. Затем вышел, снова приделал печать, не заботясь о том, что будет заметно, что здесь кто-то побывал, причем побывал именно он.

Этой же ночью, после того как он известил Марлоу, он позвонил Пако Кортесу. Собрания КИУ канули в Лету, но некоторые старые члены этого клуба продолжали встречаться.

Пако Кортес, разбиравшийся в действиях полицейских, соображал быстрее всех.

— Ты ничего не рассказывал им о моем тесте? У них не хватит воображения разузнать это. К счастью, в воскресенье мы были в Сеговии с тещей, а в понедельник я занимался делами в кабинете Модесто и в издательстве. Наконец-то старик Эспехо договорился со своим давним сотрудником и автором детективов. Нет ничего, что нельзя было бы решить, — таким был девиз старого труса...

Увидя изумленное лицо По, Пако пообещал когда-нибудь ввести его в курс предпринятых им действий для улаживания издательских дел.

На следующее утро Марлоу проводил По в институт судебной медицины. Через некоторое время туда пришли Пако и Дора. Каким-то образом смерть Ханны повлияла на эту пару, при виде трагедии они, казалось, отодвинули на задний план все свои личные проблемы, которые вдруг стали маленькими. Пребывая в таком состоянии, они держались за руки, сами того не замечая. И напомнили По Ганса и Гретель в лесу смерти, и он вспомнил, что такое же сравнение пришло ему в голову в первый день, когда они были с Ханной наедине. В узких ячейках дожидались очереди на захоронение тела десятков несчастных. Трагедия смерти присутствовала всюду. Никто не проводил ночь прощания с телами этих нищих, убогих, самоубийц, умерших от передозировки, отравившихся, неизвестных. У большинства из них были неудачные жизни и смерти, вызывающие содрогание. Смерть многим из этих несчастных принесла облегчение: наконец-то завершилось их унылое существование. Тело Ханны с головой было накрыто белым саваном. Непокрытыми были ее руки, тонкие и застывшие, как у изваяния; плоть и ногти, казалось, были сделаны из одного куска парафина. Накрытое саваном тело было похоже на кусок мрамора, в котором скульптор пожелал выделить только лицо и руки, оставив все остальное нетронутым.

В конце концов они нашли По, одного, в пустом помещении; от гроба его отделяло всего лишь стекло.

Пако и Дора, а затем и пришедшие позже Мейсон, Мегрэ и Отец Браун подошли к молодому человеку, которому судьбой было предначертано вынести в одиночестве, за отсутствием близких родственников, боль этой тяжкой утраты — слишком тяжелого груза для его двадцати двух лет.

Никто из них не знал, как себя вести и что нужно делать. Ее похоронят? Ее кремируют? Отправят тело в Данию? А ее прах? Придет ли кто-нибудь из консульства, кто-нибудь из ее родственников?

В полдень все наконец разошлись, каждый по своим делам — так захотел По, который остался у тела. Лишь в конце дня ему сообщили, что на следующее утро тело будет кремировано, а прах отправят в Данию. Он ушел домой. Он покинул тело своей подруги с неизбежным чувством замешательства, спрашивая себя: неужели такие вещи нельзя делать по-другому? Убийство показалось ему намного естественнее, чем кремация покойников, ибо было более бесчеловечно заставить исчезнуть тело, нежели лишить его жизни.

На следующий день лишь он один присутствовал на кремации. Церемония длилась недолго, всего лишь несколько минут. Он ни с кем не говорил, даже со служащим похоронного бюро, который произнес вслух у двери, разделяющей жизнь и смерть, имя на случай, если рядом был кто-то, кто хотел знать его. По думал, что служащие знают, что делать с прахом. Он еще недостаточно представлял себе, как повлияет на него эта смерть, а может, и вообще не повлияет. Еще слишком рано. Однако он твердо решил вернуться к себе на родину; ему казалось, что если он не сделает этого, он рано или поздно умрет такой же нелепой смертью, как и Ханна. В родной деревне ему будет лучше. Возможно, настал момент бегства. Ему было двадцать два года, но он был уже стариком или по крайней мере таковым себя ощущал.

Опыт с Марлоу, квартиру с которым они делили, также не был удачным. Все здесь оставалось таким же, как и в первый день: коробки, разбросанные по углам, все тот же беспорядок, все та же ветхость. Они внесли плату до лета. Летом договор на аренду заканчивался, и они не собирались его возобновлять. Марлоу возвращался в родительский дом. Он признался По, что не привык жить один и очень скучал по материнской стряпне, по чистой одежде, по воскресеньям перед телевизором, когда не надо заботиться о походах в магазин, о мытье посуды, о еде.

Из всех друзей, казалось, лишь Пако Кортесу улыбалось будущее. Старик Эспехо образумился. Уход его лучшего автора оказался тяжелой потерей для издательства, и без малейшего сомнения, когда пришло сообщение о судебном запросе, он, смирив свою гордость, связался с ним письмом.

«Мой дорогой Пако! Это письмо я должен был послать тебе 14 месяцев назад, так что прими мои извинения. Я гордый человек, но я также признаю свои недостатки и ошибки...»

Пако прочитал это письмо Модесто, а затем Доре, и не смог удержаться от замечания:

— Те, кто признают, что их недостатком является гордость, еще более высокомерны, потому что считают гордость добродетелью, а поэтому и признаются в ней. Старик не дал осечки.

— Ты снова будешь писать, — сказал через несколько дней воодушевленный Модесто, которому не терпелось прочесть новые приключения любимых героев.

— Нет, — разочаровал его Пако. — С этим покончено. Сегодня днем я уже сказал об этом Эспехо. Я вернулся в издательство не как автор, а как директор. Все в этой жизни меняется.

— Ты говорил с ним?

— Да.

— Но если ты не будешь снова писать детективы, — сказал Модесто, — зачем ты пошел к нему?

— Ему пришла в голову гениальная идея: заняться плагиатом наших собственных детективов.

Все посмотрели на него с удивлением.

— Необходимо, чтобы действие происходило в Испании. Сейчас это модно. Читатели устали от того, что преступления совершаются в трех тысячах километров отсюда. Им не важно, Идеальные ли это преступления или нет, им подавай море крови, и чем ближе кровь, тем лучше, чем больше уз-

наваемо, тем лучше. Поэтому в Испании так любят гражданские войны. Я попробую начать с «Амазонок из Чикаго».

Речь шла о детективе, повествующем о фальшивомонет-
чиках, логовом которых был публичный дом в Чикаго, назы-
вающийся «Амазонки».

— Место действия теперь перенесется сюда, в «Центавры».

— Или в заведение для трансвеститов, — сказал Модесто, гордясь, что может подать идею к сюжету будущего романа. — Я там был.

«Кто бы мог подумать?» — изумился про себя Марлоу.

Пако встал и через несколько минут вернулся с контрак-
тами, присланными Эспехо. Он отдал их Модесто и попросил посмотреть их.

— Теперь все будет иначе, чем раньше. Мы сделаем все
законно.

— Пако, я тебя не понимаю, как ты снова можешь иметь
дела с человеком, на которого собирался подавать в суд? Как
ты можешь доверять ему?

— Я и не доверяю. Но ведь я родился не для того, чтобы
давать уроки. Мое призвание — писать детективы, это то, что
я знаю и чему я готов посвятить всего себя. Эспехо хочет, чтобы я пришел работать к нему в контору на Пресиадос, с конт-
рактом и зарплатой. Поначалу мне придется работать целыми
днями. Его не бывает там по полдня, а Эспехо-сын даже не
хочет и слышать об издательстве. Он экономист, у него хорошая работа, и он заявил отцу, чтобы тот даже не мечтал о том,
что он будет заниматься семейным делом. Поэтому старик
Эспехо предложил мне сотрудничество. Сейчас мы как друж-
ная семья: старик Эспехо, Клементина и я. Дора согласна.

Дора кивнула и убрала волосы с лица, и теперь было видно, что в ее улыбке сквозит тень сомнения.

Таким образом в их жизни начались огромные перемены.
Последовала и другая перемена, однако на этот раз личного
плана, которую ощутил лишь Пако Кортес.

— Пако, я не знаю, что со мной происходит, — сказала
ему как-то Дора. — Иногда я просыпаюсь ночью, когда все

спят. А иногда я вижу во сне, что просыпаюсь, то всегда происходит одно и тоже: я вспоминаю о нем. Как он возил нас с сестрой в Сьюдад-Реал, когда мы были маленькими, нам было восемь или девять лет, смотреть на корриду. У него были бесплатные входные билеты, и он водил нас, хвастаясь своими девочками, мы видели его счастливым, одетым так, словно это он был торреро. Я помню, когда он купил свою первую машину, мы поехали подышать свежим воздухом в Куэста де Лас Пердисес, для того чтобы ее испытать. Я помню много счастливых моментов, мимолетных, но полных жизни. И я испытываю к нему огромную нежность. Я не могу избавиться от этого. И это странно, потому что ты не представляешь себе, сколько вреда он мне причинил. Когда мы с тобой поженились, он страшно напился, но когда он прощался со мной, то заплакал, и мне было противно видеть его таким, потому что я еще помнила, что он со мною сделал.

— А что он с тобою сделал? — спросил Пако, думая, что его жена имела в виду нечто, чего он не замечал.

Дора застыла, как парализованная, поняв, что допустила оплошность, и попыталась исправить положение.

— Все, что он нам сделал на протяжении стольких лет. Но во сне, если он подходит, чтобы попрощаться со мной, мое сердце разрывается, когда я вижу его таким или таким, как его убили.

— Это всего лишь сны, — пытался утешить ее Пако.

— Когда мы были детьми, я думаю, он был не таким уж плохим человеком...

— Злые люди, такие, как твой отец, рождаются злыми, Дора.

Пако начал задумываться, нужно ли бороться с фантазиями жены или просто не стоит обращать на них внимания.

— Но, Дора, в таком случае получается, что твой отец — святой.

— Плохим его сделали обстоятельства.

— А те, в которых вы жили, были лучше? Однако вы не стали плохими людьми.

— Да, но...

За несколько недель образ ее отца претерпел существенные изменения. Каждый раз, когда она о нем упоминала, а вспоминать его приходилось очень часто, потому что в связи с его смертью было необходимо привести в порядок бесчисленное количество документов, Дора не говорила «папа» или «мой отец», а говорила «бедный папа» или «бедный мой отец», и если она говорила о нем не так часто, то это лишь потому, что обстоятельства его смерти, возможно постыдные, не позволяли ей этого.

Пако Кортес, уважающий смерть и чувства жены, по возможности старался не упоминать о нем в присутствии Доры.

Нечто иное происходило с его тещей. Она также заметила перемену, произошедшую с дочерью, и очень переживала. Став вдовой, вечера она чаще всего проводила с ней или с малышкой. Пако испытывал к этой женщине смешанное чувство нежности и жалости, и когда приходил забирать свою маленькую дочку, подолгу разговаривал с тещей.

Она была типичной женой полицейского. Ее жизнь всегда была наполнена его тревогами о повышении по службе, его неприязнью к комиссарам, его служебными неприятностями, его отношениями с сослуживцами, разговорами о притеснениях со стороны начальства, вопросами его сотрудничества со спецслужбами, его командировками, брюзжанием о бесполезности курсов повышения квалификации, рутиной его работы... Но все это в глубине души было ей безразлично. Убийство дона Луиса стало для нее огромным освобождением, и она старалась скрыть это, похоронить в глубине души, как нечто греховное и недостойное.

— Сынок, — признавалась она Пако Кортесу, — все это кажется мне очень странным. Я все еще не верю, что он умер. Ты не представляешь, какое это для меня облегчение, да простит меня Бог.

Было сложно понять, хотела ли она этим сказать, что не смирилась с трагической развязкой, или, наоборот, степень освобождения была настолько велика, что она не могла поверить, что ей выпала такая удача, которой она всегда желала, возможно, настолько смутно, что сама об этом не подозревала.

И женщина принималась рыдать, как и в те времена, когда был жив ее муж, отравлявший ей жизнь. Это были слезы счастья и в то же время слезы вины, поскольку как религиозному человеку ей казалось неприличным радоваться чьейлибо смерти, а также верить в свое счастье, когда она была так несчастна. Только лишь она и ее исповедник знали, что она вынесла, вытерпела и пережила.

Однажды вечером Пако Кортес должен был зайти к теще, чтобы забрать Виолетту.

Пако пришел намного раньше назначенного часа. Работа в издательстве была ненормированной. Дела по прошествии более пятидесяти лет шли по отлаженному графику: типография, распределение по торговым точкам, возврат, счетафактуры. Однажды Клементина сказала Кортесу: «Мы здесь все храним». И скорее по инерции, нежели как результат работы, все здесь действительно было под присмотром. Иногда Пако Кортес выходил задолго до установленного стариком Эспехо часа, совершая длинную прогулку.

В семь часов вечера он появился в доме своей тещи. Она жила на улице Сайнс де Барранда. Ее квартира находилась в доме, построенном в тридцатые годы, мрачном, с длинными темными коридорами и высокими потолками.

Дора, которая освободилась после посещения врача пораньше, уже забрала девочку.

— Она сказала мне, что звонила тебе на работу, — сказала теща, — но ты уже ушел.

Теща сидела на диване в гостиной среди разбросанных повсюду коробок, ящиков, тусклых конвертов желтого цвета и бесчисленного множества разных бумаг: личных и с печатями, семейного и делового характера, писем и старых счетов.

— Прибираюсь, — сказала она, оправдываясь за беспорядок. — Должна же я хоть чем-то заняться.

Она пыталась забыться, выпивая и занимаясь уборкой.

Рядом с бумагами лежал револьвер, старый кадикс, в кобуре черного цвета, потертой и залоснившейся от старости.

Пако Кортес испытал отвращение, увидев револьвер. Теща, должно быть, заметила это и поспешно спрятала его, как стыдливо прячут вставную челюсть.

— Я сто раз просила, чтобы они забрали его.

Она пригласила его присесть и предложила ему виски, сама же принесла себе рюмочку вязкого ликера цвета корицы.

Коробка для бумаг была забита письмами, документами и фотографиями.

— Я по меньшей мере сорок лет их не видела, — призналась теща. — Я знала, что фотографии хранились в этом ящике, но мне не хотелось рассматривать их. Слишком тяжелые и грустные воспоминания.

Пако заинтересовался снимками. Женщина отмахнулась, как-то неестественно улыбаясь.

— Что ты собираешься увидеть? Насколько я стала старой?

Это были ее детские снимки, фотографии ее родителей, Луиса, его родителей, Луиса в молодости, ее до замужества, — в сущности, это была история жизни. Свадьбы каких-то незнакомых Пако людей, снимки мужчин и женщин, сидящих на банкетах, в их бокалах еще искрились огоньки счастья, танцующих людей на этих же банкетах, фотографии девочек, фотография, на которой изображены все четверо, на фоне машины, о которой недавно говорила Дора, семейство до рождения девочек, Дора с мамой и еще более ранние снимки...

— Это моя свекровь... — сказала она.

На снимке с размытым фоном, вроде тех, что обычно устанавливают на кладбище, была изображена женщина лет шестидесяти. Ее полнота свидетельствовала о благополучии, редком по тем временам. Лицо женщины, казалось, выходило за пределы фотографии, а темные усы придавали ей нечеловеческий вид. Она выглядела смешной и страшной одновременно. На ней был черный костюм и жемчужное ожерелье, которое едва выглядывало из-под двойного подбородка. Она сидела боком, и было видно ее большое ухо с жемчужной сережкой...

— Он сделал невыносимой мою жизнь. Он был настоящим чудовищем. Через некоторое время после того как мы поженились, умер мой свекр. Он прожил с нами четыре года. Он постоянно твердил мне, что я ни на что не гожусь, что я ничего не умею делать, что его сын совершил самую большую ошибку в своей жизни, женившись на такой барышне... В те времена Луис часто не приходил домой ночевать, говоря, что задерживается на службе. Моя свекровь была в курсе этого, потому что до женитьбы было, видимо, то же самое. Она задыхалась от гнева, когда он проходил мимо. Он ее приструнил, так как был любимым сыном, а тем более единственным, она в нем души не чаяла. Он вел себя так, будто он холостяк. Вначале у меня были силы протестовать. Моя свекровь слышала нас из своей спальни, и на следующий день первое, что она говорила, когда он снова уходил: вполне естественно, что он уходит искать на стороне то, чего не находит дома. Она была злой, по-настоящему злой. Все это она говорила, чтобы унизить меня. Я ничего не говорила Луису о пререканиях с его матерью. Это взбесило бы его. То, что я критиковала его мать, выводило его из себя. Однажды так и получилось. Он замахнулся на меня и с трудом сдержался, чтобы не разбить мое лицо об стену. Это был очень жестокий человек. Когда он напивался, его рвало. Однажды он сказал мне, что если я хочу, я могу вернуться в дом моей матери. Мою мать пришлось поместить в лечебницу. Бедняжка сошла с ума после войны, из-за всего, что случилось. Было крайне жестоко говорить мне это, мне было девятнадцать лет, я была ребенком, и мне нужно было оставить его тогда, сказать ему: «Оставайся один!» Но... когда ничего не знаешь...

Женщина тяжело вздохнула, затем смочила губы вязким ликером и продолжала рассказ.

Никогда раньше до этого момента Пако не разговаривал со своей тещей больше пяти минут серьезно. Все годы они обменивались лишь банальными фразами. Поэтому то, что происходило сейчас, удивило его. Мейсон сказал бы, что все это нелогично, после стольких лет.

— И я осталась с мужем. Но с этого дня я знала, что моя жизнь будет пыткой. И каждый раз, унижая меня, он все больше возвышался. Никто не может представить себе, что я повидала в этом доме, что мне пришлось вынести, никто не может представить себе, ни Дора, ни Чон... Это было ужасно. Я была напугана. Я ничего не знала о жизни. Вы не можете представить себе, что такое война, вы еще слишком молоды. И я говорила себе, что он не был таким, как все, и верила в то, что он говорил, потому что мы уже не знали, во что можно верить, а во что нет. Затем, на несколько месяцев, его отправили за пределы Мадрида. Я думала, там жизнь станет легче, моя свекровь не захочет поехать с нами. Но нам пришлось забрать ее, и все время она исходила злобой от того, что ей приходится жить в провинции, в таком неудобном месте, и снова стала цепляться ко мне, потому что не могла же она ругаться со своим сыном, который утверждал, что ему это тоже совсем не нравится. Но я-то знала, что он сам попросил перевести его сюда, потому что здесь его ждало повышение и, кроме того, ему нравилась работа. «В Мадрид меня не затащишь, тебе-то какая разница, находиться здесь или там, ты-то что делаешь целыми днями?» Это был ад. Я даже вспоминать не хочу. У него было много работы, каждый день он допрашивал задержанных. Он почти не бывал дома. Всегда вне дома, а я взаперти вместе со свекровью, в пансионе, в городе, где у нас не было никого знакомого. Я стирала его рубашки, он не хотел, чтобы их стирала прислуга. Если на них не было следов губной помады, они были в пятнах крови. К счастью, да простит меня Бог, моя свекровь умерла через три месяца, а затем родилась Чон, и нас снова направили в Мадрид. Однажды он сказал, что люди из отряда «Маки» вынесли ему приговор, он узнал об этом от одного из задержанных, и так как у него была семья, то попросил перевода в

220

Мадрид. Я страшно боялась. Я представляла себе, что в любой день его привезут мертвым... Твой тесть был плохим человеком, Пако. Он ни к кому не был добр. Поверь мне, даже к своей матери. Он терпеть ее не мог, он всех ненавидел, в глубине души он ненавидел весь мир, и поэтому начал пить, хотя пить он начал еще раньше, во время войны. Война всех сделала алкоголиками...

Женщина продолжала держать в руках фотографию своей свекрови, не зная, что с ней делать. Казалось, что она вдруг проснулась; она слегка тряхнула головой и снова убрала фотографию в коробку. Пако даже не решился поинтересоваться множеством остальных снимков, которые там лежали. Некоторые из них были очень маленькие, как для документов; на некоторых был его тесть — то в форме фалангиста, то в гражданском, то с длинными, то с подстриженными усами, в костюме и без костюма.

Когда в следующее воскресение Дора упрекнула мать, что половину того, что она рассказала Пако о своей молодости, она никогда не говорила ей, женщина слабо защищалась.

— Доченька, я тебе рассказывала об этом тысячу раз, просто ты уже ничего не помнишь.

И сменила тему разговора. Прошел тот благоприятный момент для откровений, и, возможно, он никогда не повторится, подобно бумажному змею, который на глазах теряется в небе.

Однако именно в тот день, после разговора с тещей, Пако нашел ключ к разгадке убийства тестя.

Он ничего не сказал о своих подозрениях Доре. На следующий день он позвонил Мегрэ: им нужно срочно увидеться, потому что это не телефонный разговор, Дора может что-нибудь услышать. Затем он позвонил Мейсону. Они договорились о встрече на старом месте, в кафе «Комерсиаль».

Мегрэ пришел на встречу раньше всех. Он вошел в кафе, в котором они провели так много времени, будто вернулся в родной дом. Он вновь узнавал вещи, столики, зеркала, клиентов, прилавок, официантов. Все продолжало оставаться таким же, как в прошлом, смутном прошлом. Но он не узнавал самого себя в этих искаженных зеркалах.

У него не было интересов вне собраний КИУ, но его жизнь не была лишена содержания. Дружба сама по себе оправдывает многое в жизни, говорил он себе. Они могли бы видеться, и после смерти дона Луиса. Это было просто проявление паники. Ничего более. Преступление не раскрыто, но нераскрытыми остаются тридцать процентов убийств. И он вспомнил то, о чем столько раз говорил в этом кафе: Идеальные Убийства не потому идеальные, что их не могут раскрыть, а потому, что не могут доказать вину убийцы, по этой же причине подозреваемый оказывается невиновным.

Мегрэ увидел, как вошел Мейсон, и поднял руку, чтобы тот заметил его. Мейсон удивился, встретив его там. Пако-Спэйд не сказал ни тому, ни другому, что их будет трое.

— Наконец-то члены КИУ снова вместе, — объявил Мейсон, садясь рядом с другом.

Было видно, что эта неожиданная встреча привела адвоката в хорошее настроение, и он размечтался.

— Томас, сегодня принеси мне солодовый виски, ничего национального...

— Мы снова вместе? — спросил Мейсон, когда официант удалился.

— Думаю, что нет, — разочаровал его полицейский. — Мне кажется, что вы меня неправильно поняли.

Пако-Спэйд задерживался. Друзья заговорили о жизни.

— Моя жизнь — это мерзость. Если бы я мог, я бы оставил работу, но чем может заниматься полицейский? Куда бы ты ни пошел, ты всегда будешь полицейским. Это все равно, что быть военным. Военный и полицейский всегда будут военным и полицейским. То же самое — священники, даже если они женятся. Есть очень плохие профессии.

— К этому перечню можно добавить и мою профессию. Никто не бывает доволен тем, что имеет.

— Когда члены КИУ собирались на заседания, мне казалось, я сто́ю больше, — сказал Мегрэ. — Я ждал собраний с большим нетерпением, как болельщики ждут футбольный матч своей команды. Я знал, что здесь мы занимаемся важными вещами. Знать, по какой причине люди убивают друг друга, — важно. Знать, как возможно, если такое вообще возможно, убить кого-то и жить с чувством вины, — также важно. Природа зла и природа лжи. С другой стороны — природа добра и правды. Казалось, что мы здесь развлекались, а ведь все, что касается детективов и преступлений, — очень серьезно. По крайней мере я воспринимал все это всерьез.

— И я, — добавил Модесто-Мейсон. — Кроме того, для меня это было необходимостью. Я знаю Пако с двадцати лет, я видел, как он начинал, его жизнь является частью моей. Мне нравилось наблюдать, как он сочиняет. Видел бы ты, как он выдумывал из головы детектив за одну неделю. Это было невероятно. Он писал их с большой легкостью. Для меня это самое прекрасное из всего того, что когда-либо происходило. Он советовался со мной, спрашивал меня, просил меня, чтобы я давал ему советы. Все, что было связано с законом, решал я. Были случаи, когда я рассеивал его сомнения, а так как он не путешествовал, я рассказывал ему о местах, куда ездил сам. Я отовсюду привозил путеводители, планы городов. Он просил меня о том, чтобы я рассказывал ему о случаях из моей практики. У меня был клиент, который подал в суд на своего торгового посредника, утверждая, что тот присвоил себе два портфеля с высококачественной бижутерией. Я рассказал это Пако, и он мгновенно принес мне превосходный детективище «Не делай этого, куколка» о контрабанде изумрудов. Ты рассказываешь ему истории, и кажется, он тебя не слушает, но он все держал в голове, и затем выдавал готовые романы.

— Тогда почему мы перестали собираться? — с грустью спросил Лоренсо. — Если все мы скучаем по собраниям КИУ, то почему же мы снова не встречаемся?

— Я много раз пытался поговорить с ним, но Пако говорит, собирайтесь, мол, сами, без меня. Я ему говорю, ну что тебе стоит? Раньше тебе это ничего не стоило. Ты приходишь, садишься, и все мы разговариваем. Но он не хочет. Говорит, что всему в этой жизни приходит конец. Я думаю, что это причиняет ему боль, он уже ничего не хочет знать о детективах, для него с этим покончено, все ему надоело. Он видит начинающих авторов, которым все улыбаются, и думает, что его время миновало. Он не говорит об этом, но я знаю, что это так. Месяц назад, когда он снова начал работать в издательстве, я возобновил атаку. Я сказал ему: сейчас ты снова связан с этой темой, давай снова объединимся? А, Пако? Нет, сказал он мне; и привел еще больше аргументов, чем прежде. «У меня семья, и я собираюсь заработать то, что я не заработал в двадцать лет. У нас ничего нет. Я больше не буду писать». — «А что же ты будешь делать в издательстве?» — спросил его я. — «Заниматься скучным повторением старого, — ответил он мне, — и поиском новых авторов». Я ему возразил, что КИУ позволяет ему заниматься своим делом. И он мне ответил: «Нет, потому что раньше для меня преступление было развлечением. Теперь же оно превратилось в работу. Я в себя не верю; я думал, что когда-нибудь я смогу написать свой собственный роман, свой, не про убийц и полицейских, а о нормальной жизни. Наши жизни спокойные, но они нуждаются в аде, чтобы выжить, и этот ад описывают в детективе, и возникает необходимость покончить с жизнью других людей для того, чтобы наша жизнь чего-то стоила. Но что действительно правда, так это то, что если жизнь чего-то стоит, так это потому, что она действительно чего-то стоит, и когда-нибудь, думал я, напишу детектив о моем чистилище и мне не придется сочинять чужой ад. Но этот момент не настал и уже никогда не настанет. Мой ад состоит в том, что я не смогу написать свой собственный роман; мое чистилище состоит в том, чтобы знать об этом, а мое небо — это тридцать три детектива, которые сделали счастливыми всех, кроме меня». И я говорил ему: «Пако, ты можешь совмещать обе вещи: писать детективы и твои собственные романы о странствующих рыцарях, и что такого все нашли в Сервантесе?» — сказал я ему. И Пако ответил мне: «Я не Сервантес, и чтобы сделать то, о чем ты меня просишь, надо родиться гением, а я таковым не являюсь. И никогда им не был. Детективы — это вымысел, а роман— это то, что происходит в жизни. Это не одно и то же. Существовало много великих писателей детективов, но необходимо, чтобы родился мессия жанра: Христос, Сервантес, Шекспир, пишущий детективы, но это не я. Тот, кто напевает самую мелодичную похоронную песнь детективу, в то же самое время является хорошим композитором». Кроме того, он мне сказал, что когда видишь, как меняются некоторые вещи, то теряешь к ним интерес.

— А без него члены КИУ уже не будут встречаться, как прежде, нет? — спросил Мегрэ.

Было не ясно, утверждал ли это Лоренсо или в вопросе звучала маленькая толика надежды.

— В группах всегда есть некто, кто является ее душой. Без души все рушится, как груда костей. Вдохни душу, и кости обретут плоть, встанут на ноги и зашагают. Кроме того, группа уже не может быть той, что прежде. Ты объединился бы снова с Мисс Марпл, с Шерлоком Холмсом, с Отцом Брауном после того, как они так ужасно вели себя по отношению к нему, отреклись от него? Они поступили, как трусы. Они могли быть членами Клуба Идеальных Убийств, но прежде нужно уметь быть другом, и если твоего друга обвиняют в преступлении, то хорошенько подумать и действовать с умом.

— Кто действительно правильно действовал, так это ты,— добавил Лоренсо. — А чего мы здесь ждем?

Опоздав больше чем на полчаса, появился Пако Кортес.

— Вы знали, что По уже не живет в Мадриде?

Друзья отрицательно покачали головами.

— Я только что говорил с Марлоу. Я зашел в магазин его отца, и мы выпили по чашечке кофе. По ни с кем не попрощался. Почему он сделал это? Мы хорошо к нему относились. Почему он так поступил с нами? Какое разочарование! Марлоу сказал, что смерть Ханны очень на него подействовала. Он ни с кем не разговаривал, никому не звонил, замкнулся в себе. Он даже не выходил из дома. Вел себя очень странно. Он не вернулся в свой городок, как мечтал: появилось вакантное место в Кастельоне, и он уехал туда. Мог бы попрощаться. Чем закончилась история с Ханной?

Последний вопрос был адресован Мегрэ.

— Ничем. Передозировка. Я точно не знаю. Если хочешь, то я могу разузнать. Прах отправили в Данию.

— По уехал. Ну дает! Странный тип! — воскликнул Мейсон.

— Но очень умный, — добавил Мегрэ.

— Я хотел бы поговорить с вами об этом, — сказал Пако. Мейсон и Мегрэ переглянулись, и последний снова повторил:

— Очень умный. Он единственный, кто понял, что старик с улицы Пэс покончил жизнь самоубийством.

— Это я и имею в виду, — сказал Пако Кортес. — И когда на собрании мы говорили об этом деле, По сказал, что половина дела раскрывается, если расследовать прошлое жертвы и прошлое подозреваемого. Я не знаю, кого подозревать в смерти моего тестя. Но я знаю, что жертва в этом случае может быть одновременно и подозреваемым.

— Как? Ты намекаешь на то, что твой тесть и его убийца одно и то же лицо? Пако, — сказал Лоренсо-Мегрэ, — по правде говоря, ты уже не тот, кем был раньше.

— Я хочу сказать, что моего тестя убило прошлое. Мой тесть был еще одной жертвой гражданской войны, или, иначе говоря, жертвой себя самого.

— Прошу тебя, оставь эту тему о гражданской войне, — попросил полицейский. — Я устал от гражданской войны. Я не могу слышать ни слова о гражданской войне. Еще один фильм о гражданской войне — и все мы покончим жизнь самоубийством. Хватит уже о войнах, не надо больше историй ни об отрядах «Маки»[1], ни об интернациональных бригадах, ни о тех, кто выиграл войну, ни о тех, кто ее проиграл. Проиграли ли ее эти или выиграли те. Не мы. Я сыт по горло сорока годами франкизма и Франко. Я не хочу говорить о побежденных еще сорок лет спустя после того, как мы проглотили сорок лет, выслушивая насмешки тех, кто выиграл. А самое худшее — выслушивать этих умников, которые утверждают, что гражданская война не была гражданской, что она была негражданской и что эту войну никто не выиграл, а ее всего лишь проиграла Испания. Что, в Испании нет ничего больше кроме гражданской войны и ЭТА? В случае со стариком с улицы Пэс — я согласен. Но, видимо, он был сумасшедшим, раз убил себя. Когда кто-то кончает жизнь самоубийством, так это только потому, что он убил себя еще раньше. Этого старика убили на войне, и на протяжении нескольких лет он даже не догадывался об этом. Здесь я тоже согласен. В этом случае По угадал. Но не все на свете такие, как этот старик. Что общего между этим стариком и доном Луисом? Дон Луис был скотиной, и ты это прекрасно знаешь. Пако, об этом знали все его сослуживцы и об этом знали все вокруг, и он был рад начать войну, выиграть и снова начать ее. Как, впрочем, и еще сто тысяч других.Смерть освободила его от проблем, его наконец оставили в покое с этими интригами в связи с переворотом 23 февраля, когда он погряз в проблемах, как все мы знаем. Так вот, скажи мне, как одно связано с другим?

— Должно быть связано, — сказал Пако. — Я не говорю о том, что оно должно быть связано с далеким прошлым. Возможно, это связано с недавним прошлым.

— Рассмотрели, — сказал Мегрэ, — самые важные дела, в которых он был замешан за последние пять лет.

— Почему только за последние пять лет?

---

[1] «Маки» — отряды французского Сопротивления, возникшие в 1940 г. и почти полностью контролировавшиеся французской компартией.

— Потому что именно за это время человек забывает.

— Если он не сумасшедший.

— В этом случае все равно. Если сейчас мы будем говорить о сумасшедших, то лучше позвать санитаров из сумасшедшего дома, а не полицию, — сказал Мегрэ. — Он вел сложные дела, связанные с наркотиками, например, банда, которая грабила ювелирные салоны и которую он раскрыл, еще одна группа занималась фальсификацией документов, а другая обманывала людей, продавая им квартиры в Торремолинос[1]. Но мы так ничего и не нашли. Ни одно из дел не вело его до Фуэнклары.

— Нет, то, о чем говорил По, было гораздо важнее. Половина разгадки таится в прошлом.

— Великолепная догадка, — сказал Мейсон. — Это все мы знаем.

— Да, но люди устают от поисков, — сказал Пако. — Людям не нравится ворошить прошлое, даже если это прошлое соборов. Они быстро устают. Люди боятся прошлого. Они предпочитают настоящее. Они ищут там, где ближе, но пройти несколько шагов им уже лень, потому что чем больше ты удаляешься, тем больше ты теряешься. Чем больше ты расширяешь круг, тем сложнее, поскольку тебе необходимо все больше средств и времени. И если полиции чего-то не хватает, так это двух вещей: средств и времени. Но это работа лишь одного человека, частного сыщика.

— Уж не хочешь ли ты снова открыть детективное агентство? — спросил Мейсон.

— Нет, это личное дело. Скажем так: я буду заниматься этим делом по семейным соображениям.

---

[1] Известный во всем мире курортный центр на Коста дель Соль, в 12 км от Малаги.

12

Друзьям было нетрудно восстановить биографию дона Луиса.

Он родился в Ферроле, как и каудильо, в 1918 году. Именно из-за этого многие считали, что Франко лично участвовал в карьере своего земляка: слишком уж она была головокружительной, по крайней мере поначалу. Было там два-три момента, когда без вмешательства влиятельного покровителя эта самая карьера застопорилась бы, как у многих. Он был земляком Франко, это обстоятельство обеспечивало ему протекцию вождя и объясняло любовь, которую дон Луис к нему питал.

Однако Пако сомневался, что его тесть и Франко могли быть как-то связаны. Они всего лишь были земляками. Если бы дон Луис имел какие-нибудь связи с Франко, Пако знал бы, поскольку такие вещи обычно известны в семьях. На всякий случай он снова принялся расспрашивать свою тещу.

— Луис его знал, потому что был из Ферроля и знал его родителей и братьев, — объяснила ему теща. — Теперь никого не осталось. Однажды, под конец войны, он встретился с ним. И каудильо сказали: «Ваше Превосходительство, этот парень ваш земляк». Мы тогда еще не были женаты, даже не были знакомы. И Франко спросил, как его зовут. Франко был очень напыщенный и ко всем обращался на «вы». Луис ему ответил, а он и говорит: «Я знал вашего отца и вашего деда». Потом отвернулся и больше уже с ним не заговаривал. Тем не менее многие его товарищи, зная, откуда он, всегда так или иначе связывали его с вождем. Дон Луис не опровергал эти слухи и зачастую извлекал из них пользу для себя.

За этими воспоминаниями последовали другие.

— Левые убили его брата, фалангиста, — продолжала Асунсьон, — и по правде говоря, нынешнее поколение не может себе вообразить, что представлял собой Мадрид военных времен, а мы всё это видели...

Она явно полагала, что, если бы не Франко, левые покончили бы со всеми, не оставили бы никого, кто был не из их числа.

Пако это уже было все равно. Он сказал теще:

— Я пишу роман о той эпохе. Не могли бы вы показать мне бумаги Луиса?

— Но разве действие твоих романов не происходит за границей?

— Да, так было раньше, Асунсьон. Но времена изменились.

Это была лишь уловка, чтобы снова увидеть ту коробку с фотографиями, которую он видел однажды вечером, когда пришел забрать Виолетту.

Втайне от Доры, пользуясь тем, что нужно отвозить малышку к бабушке, Пако стал наведываться к Асунсьон чаще, и под предлогом, что помогает теще привести бумаги в порядок, потихоньку знакомился с их содержанием.

Впервые он увидел своего тестя другими глазами. Пока тот был жив, его присутствие ощущалось повсюду, он был довольно неприятным типом: такой дряхлый и неряшливый, эта физиономия винного цвета от пьянства, желтые от никотина кончики пальцев, гитлеровские усики, темные очки... Он был карикатурой на самого себя. Общаясь, он подыскивал самое ранящее собеседника слово, тщательно выбирал самое ядовитое сравнение, самое колкое определение. Разговаривая с иностранцами, он становился церемонным, напыщенным, говорил с таким высокомерием и манерностью, которые никто обычно за ним и не замечал. Язвительное чувство юмора дона Луиса могло ввести в заблуждение и делало его даже забавным, но все то, что не относилось к делу, мало-помалу отступало на второй план. Пако не следовал эмоциям, его метод был научным.

Он всматривался в фотографии, пытаясь представить прошлое и забывая обо всем вокруг.

В молодости дон Луис был даже привлекательным мужчиной. На фотографиях, где он не в полный рост, он выглядел молодцевато: в паспорте, на водительских правах, в дипломе юриста, военном билете... Были там и другие, весьма интересные вещи, например, пожелтевшая вырезка из газеты, извещавшая о переносе останков Хосе Антонио в Мадрид, с фотографией похоронной процессии с факелами в сумерках, наполненных огнями, теряющимися вдали; стрелка, нарисованная от руки на снимке, указывала на молодого человека в толпе. Можно было предполагать, что указывала она на Луиса Альвареса. Угадывался он не по лицу, а по голубой рубашке и по шнурам на униформе.

Асунсьон Абриль разрешила Пако разобрать эту коробку, но не была расположена так откровенничать, как в первый вечер.

— Сынок, уже прошло столько времени, что я и не вспомню, — это была отговорка, означавшая, что пора сменить тему.

Пришлось удовлетвориться теми сведениями, которые она сообщила в первый и единственный раз. Целая жизнь, записанная на листочке из блокнота. В каком-то смысле любая жизнь, подумал он, сводится к этому. Некоторым даже непросто вспомнить, что вставить в промежуток между двумя датами на надгробии, упокоившем их бренные останки на кладбище.

— Это все, что мне удалось узнать о моем тесте, — сказал он своим друзьям через пятнадцать дней после собрания в «Комерсиаль». — Он родился в Ферроле, в 1918-м. Его отец был моряком, ушел в отставку в чине майора и умер из-за болезни в 1936-м, через два месяца после начала войны. Его мать жила в Ферроле до тех пор, пока после войны ее сын не захотел остаться в Мадриде. Он забрал ее с собой. Он был младшим из двух братьев. Старшего брата, фалангиста, убили в столице. Мать, по словам моей тещи, была вылитая гарпия, настоящая майорша, привыкшая приказывать, женщина угрюмая и деспотичная. Она сделала его жизнь невыносимой. Думаю, убийство старшего сына давало ей право тиранить младшего. Он изучал право в университете Сантьяго, когда началась война. Он стал добровольцем в ноябре 1936-го, состоял в третьем отряде фаланги и закончил войну в Мадриде, куда попал в первых рядах как армейский юрист. Вообще весь этот период весьма неясный. Моя теща не захотела мне ничего рассказать, то ли потому, что это было до их свадьбы, то ли уже не помнит, то ли не хочет помнить.

— А здесь разрешите продолжить мне, — сказал Мегрэ. — Он приехал в Мадрид 16 мая и тут же поступил на службу в так называемое Главное управление криминальных расследований. Уже в качестве полицейского. Он, должно быть, получил юридическое образование, потому что повсюду есть данные, что он был лиценциатом юриспруденции.

— Похоже, юриспруденция везде собирает мусор, — с сожалением сказал Мейсон.

— У него не было опыта, потому что он был весьма молод, двадцать два года, но образование ему помогло. После войны звания раздавали направо и налево. Первые месяцы он работал в концентрационном лагере в Валенсии, на опознании, а потом перевелся в центр для так называемых специалистов на улице Альмагро.

— Отвратительное занятие, — жестко произнес Мейсон. — Это они обеспечивали работой военные трибуналы, а оттуда часто выходили со смертными приговорами.

— Так я продолжу, — сказал Мегрэ. — В сороковом он попросил перевод в Понтеведру, чтобы находиться рядом с матерью. Его перевели, но девять месяцев спустя он вернулся с ней в Мадрид. Тогда-то он и познакомился с твоей тещей и через три месяца женился на ней. Его назначили на командную должность уже после свадьбы.

— Война всех заставляла торопиться, мои старики женились точно так же, — сказал Марлоу, которого пригласил Мегрэ. — Только вот моим еще больше подвезло: они поженились, а через неделю мой старикан отчалил в Россию с «Голубой дивизией». Они просто сумасшедшие были.

Его тон покоробил Пако-Спэйда.

— Я не думаю, что Дора не знала, что ее родители поженились лишь после трех месяцев знакомства, — сказал Пако. — Она мне что-то говорила об этом.

— Они, наверное, поженились быстренько, «по пенальти», это было тогда нормально. Мои родители тоже так, — возразил Марлоу. — Тогда все женились скоропалительно.

— Может быть, они были знакомы и раньше, — осторожно начал Мегрэ, — но свадьбу сыграли, когда он вернулся в Мадрид. Если они и были помолвлены, то не виделись или виделись нечасто. И вот тогда он снова перевелся, уже с повышением, на хорошую зарплату. Он был очень молод — двадцать четыре года. С собой они взяли его мать.

— Перевелся, а куда? — спросил Пако-Спэйд. — В Альбасете, так?

— Ух ты! Откуда, черт тебя дери, ты знаешь? — удивился Мегрэ.

— Кто у нас из Альбасете? — ответил вопросом на вопрос Пако.

Мейсон и Мегрэ переглянулись, не понимая, к чему он клонит. Несколько мгновений они размышляли. Не знают они никого, кто был бы из Альбасете.

— По из Альбасете, — наконец сообразил Марлоу.

— Я думал, он из какого-то поселка, — сказал Мегрэ.

— Да, из Ла Альмунии. Но его семья из Альбасете, — сообщил Марлоу.

— Ну и какое отношение это имеет к твоему тестю? — спросил Мейсон.

— Это только догадка, — ответил Пако. — Никто не помнит, как По появился на нашем собрании?

Никто из троих друзей не помнил деталей. Пако помнил.

— Он сказал, что учится в академии наверху, а еще, что готовится к поступлению в университет, не так ли?

Мейсон и Мегрэ стали вспоминать. Марлоу кивнул.

— Я был в ректорате университета. Мне удалось посмотреть его дело. В год, когда убили моего тестя, По зачислили на вечернее отделение, но на третий курс юридического факультета. Это значит, что поступил он два года назад. Зачем бы ему врать по такому пустячному поводу?

— Куда это ты клонишь?

— После войны в Альбасете прошли ужасные репрессии. Погибли сотни. Это все знают.

— Снова гражданская война? — запротестовал Мегрэ. — Погоди, Пако. Твоего тестя перевели обратно в Мадрид в 1949-м.

Он развернул бумажку, на которой записывал послужной список дона Луиса.

— Кроме того, — добавил он, — отец По должен был умереть где-то в шестидесятые.

— Точнее, в шестидесятом, — подтвердил Пако-Спэйд. — По родился в шестидесятом. То есть ему сейчас двадцать два или исполнится в этом году.

— Уж не подозреваешь ли ты По? Но это совершенно не логично, — Мейсона снова волновала логика.

— В делах, связанных с гражданской войной, логикой и не пахнет. То, что тогда происходило, не подчинялось никакой логике. Единственное, что неплохо бы знать, — есть ли связь между моим тестем и отцом По.

— Ну, допустим, она была, и жизнь свела их вместе. Но что сын одного из них убил другого — совершенно неправдоподобно. Просто роман какой-то! Как у Агаты Кристи.

— Оставь в покое Агату Кристи, Лоренсо, — предостерег Мейсон.

— Это интуиция.

— Интуиция?

— Почти все романы Чандлера построены на интуиции. Там она у каждого есть, и в конце концов все решается благодаря интуиции. Почему-то у американцев может быть интуиция, а у испанцев нет! Я имею в виду, — продолжил Пако, — что По был очень странный тип. Весь в себе, серьезный, внимательный. И очень умный. Он никогда не доверял никому...

— Марлоу доверял, — сказал Мегрэ, — и мне. Мы виделись до тех пор, пока он не уехал в Кастельон. Он не был таким уж замкнутым. Со мной разговаривал нормально.

Марлоу взглянул на Мегрэ, но ничего не сказал.

— Ну и что он тебе рассказывал о своей жизни? — спросил Пако. — Что ты узнал о нем за время общения? Если знаешь что-то, то настало время сказать. Если мы зря на него думаем, то отбросим эту версию. Но ведь ты не можешь ничего нового сообщить, потому что По никогда не говорил о себе. Он только выглядел как человек открытый, общительный. Он участвовал в беседах, шутил, но никто не знает его изнутри.

— Это так, — признал Мегрэ. — В первый день он сказал мне, что никогда не знал отца, потому что тот уже умер к моменту его рождения. И он никогда больше не говорил об отце и о своих братьях. Он сказал, что они намного старше. Но на этом его признания закончились.

— Ну а что еще ты знаешь о моем тесте? — спросил Пако.

— Мне известно, что он приехал в Мадрид и уже никуда не уезжал. Ты же знаешь, какова была его слава.

— Это все равно, что ничего не сказать, — возразил Пако. — Кто-то должен знать о нем больше.

— Жизнь полицейского, — важно сказал Мегрэ, –- с одной стороны — дела, которые он расследовал, а с другой — отношения с сослуживцами. Но у них память короткая, иначе они не смогли бы жить со всем тем, что на них обрушивается. Они даже самым близким не рассказывают и сотой доли того, что происходит с ними на работе. У полицейского две жизни, и одну из них — разумеется, жизнь в полиции, — он забывает, как только покидает комиссариат. Но любопытный факт: если полицейскому надо вспомнить, он способен вспомнить случаи, произошедшие даже пятьдесят лет назад.

— Но как-то же можно докопаться до сути этой истории с моим тестем! У всякой истории есть ядро, и не может быть, чтобы невозможно было до него добраться. Вспомните анаграмму КИУ, лабиринт...

— Да, но в этом лабиринте как раз не было центра, — сказал Мейсон. — И он тебя запутывал, а потом отталкивал снова к началу.

Пако понял, что неудачно выбрал пример, и перевел разговор в иное русло.

— Ну, теперь подведем итоги. Один из нас должен собрать дополнительные сведения о моем тесте, а кто-то — о По.

Трое друзей столкнулись в своих расследованиях, если можно их так назвать, с теми же трудностями, что и полиция.

Прошел год, но ничего не происходило. Жизнь текла для них по-прежнему.

Члены Клуба Идеальных Убийств больше не собирались. Хотя некоторые встретились бы с удовольствием, например Ниро Вульф, который более всех скучал по своим старым друзьям. Он даже начал вести новую книгу, записывая любопытные убийства, случавшиеся время от времени, потому что прежние книги, которые у него изъяли, ему так и не вернули, хотя он несколько раз просил об этом. Наверняка они когда-нибудь окажутся, как всегда происходит с подобными вещами, на помойке, откуда чья-нибудь добрая душа вытащит их и отнесет продавать на Куэста де Мойано или на Растро. Впоследствии так и случилось.

Уже никто не вспоминал о доне Луисе Альваресе, и о По, и даже о Ханне. Жизнь текла тихо и мирно. Так же как и Марлоу, вышли из игры Пако, Мейсон, Мегрэ. Молодой часовщик завел себе невесту, собрался жениться, в конце концов унаследовав дело своего отца. Даже не понадобилось грабить родительский магазин, как когда-то предсказывала Дора. Мегрэ, Пако и Мейсон время от времени виделись, завтракали вместе и болтали о жизни.

Мегрэ, все больше разочаровываясь в своей работе, ограничивался скупыми рассказами о ней. Мейсон, предвкушая выход на пенсию, продолжал вести рутинные дела. А Пако-Спэйд после смерти старого Эспехо (которого доконал предательский цирроз печени, хотя он был трезвенником) возобновил работу в издательстве, заключив договор с молодым Эспехо, унаследовавшим семейное дело. С приходом Пако дела пошли гораздо лучше, он развил бурную деятельность, были заключены контракты с новыми авторами, появилось больше новых переводов, учитывающих вкусы читателей. В личной жизни троих друзей также произошли небольшие изменения: Мегрэ собирался в скором времени жениться, Дора ждала второго ребенка, а старшая дочь Мейсона ушла в монастырь.

— В монастырь в наше время! — горько жаловался отец.

— Это все же лучше, чем в политику, — утешал его верный друг Мегрэ.

— И лучше, чем отчитываться перед каким-нибудь Эспехо, — согласился Пако.

В один прекрасный день произошло событие, изменившее ход вещей.

Теща Пако, которая внешне даже помолодела после смерти мужа, в отношении умственном выказывала все более явные признаки старения. У нее появлялись все новые мании. Она боялась, что социалисты лишат пенсии ее и вдов всех военных и полицейских, которые служили во времена Франко.

Разумеется, на это эхом отзывались ее подруги, те самые вдовы, все они в какой-то степени боялись и организовали общество для защиты своих интересов, или, как принято говорить, социальной защиты.

— Мне позвонила жена одного товарища твоего тестя. Ее муж обеспокоен. Они говорят о сокращениях в полиции и об уменьшении пенсий. Они даже меня могут оставить без пенсии.

Донья Асунсьон, когда бывала испугана, преувеличивала все на свете. Она уже представляла себя побирающейся на улицах.

— Успокойся, что произошло?

Это было в воскресенье, за завтраком у Пако и Доры.

— В Альбасете опубликовали книгу, в которой муж одной моей подруги и твой тесть выставлены отнюдь не в лучшем свете.

Она говорила о своей подруге Кармен Армильо и ее муже-комиссаре, которого звали дон Кармело Фанхуль.

Дора знала, о ком идет речь. Она с детства помнила их как друзей семьи. Пако слышал только имя.

Донья Асунсьон не хотела говорить о нем, а когда говорила, то не прямо, не желая возвращаться в прошлое, которое она полностью похоронила. Она свято верила в то, что жизнь — это не то, что ты прожил, а то, что вспоминается. И она забыла абсолютно все. И вследствие этого обстоятельства была чиста перед Богом и людьми, и, как выяснится позже, ее муж Луис тоже все забыл и поэтому был столь же ни в чем не повинен.

— Какая книга? — спросила Дора.

— В ней говорится о том, чем твой тесть занимался в Альбасете после войны, — донья Асунсьон ответила, обращаясь к Пако, потому что ей было проще сообщить это ему, чем дочери.

Асунсьон вела тихое существование среди своих внуков и дочерей, после сорока лет замужества она наконец вздохнула свободно. Но неожиданная публикация книги внесла в ее жизнь элемент неуверенности и тревоги. Не прошло и двух лет, как умер ее муж, а ей казалось, что вся ее жизнь с ним относилась к далекому прошлому и похоронена вместе с ним навсегда. Даже когда она говорила о муже и о прошлом, о пережитых невзгодах, она умудрялась делать это так, будто к ней это не имело никакого отношения. Она никогда не произносила слов «мой муж». Она никогда не заговаривала о прошлых годах. Всегда от нее слышали «твой отец», «твой тесть», «твой дедушка», ну а когда не было иного выхода, — «Луис». Она произносила «Рамиро» так, будто речь шла о каком-нибудь механике. О прошлом же — ничего, кроме неизменного «давным-давно», расплывчатый период, который равно мог захватывать ее детство, юность или замужество.

— Говорят, что твой тесть совершал ужасные вещи...

Асунсьон покачала головой, хотя было непонятно, что она хотела этим сказать: то ли возразить, то ли разволновалась из-за каких-то своих старческих тревог. Она заплакала, и Дора принялась ее утешать. Пако молчал и старался унять маленькую Виолетту, игравшую под боком. Эти внезапные слезы трудно было объяснить. Она плакала вовсе не из-за того, что запятнали или осквернили память ее усопшего мужа. Она сама же первая стала его забывать. Она была «женщиной другого времени». К этому выражению она прибегала не столько, чтобы объяснить необъяснимое, а чтобы обозначить то, чего она уже не понимала. Но для нее дон Луис не переставал быть отцом ее дочерей, как и она не переставала быть той женщиной, которая сорок лет делила с ним постель и жизнь.

На Пако новость о книге произвела необъяснимое впечатление. Он насторожился, словно ищейка, почуявшая дичь. В нем проснулись инстинкты детектива, и соблазн докопаться до истины был сильнее, чем боль, которую эта истина могла причинить его близким. Он подумал о Доре.

Когда донья Асунсьон ушла и они остались одни, ему ничего другого не оставалось, как рассказать ей все, что разузнали о ее отце он, Мегрэ, Мейсон, даже Марлоу.

Дора слушала молча. Смерть отца внесла настоящий беспорядок в чувства дочери. Словно удар волны сдвинул с места всю мебель и предметы в комнате. Потом пришло успокоение, и Дора, которая при жизни отца не упускала случая, чтобы уязвить или разозлить его, вообще перестала говорить о нем. Она как-то сказала, что потребовалось двадцать месяцев, чтобы он умер в ее душе и ушел из памяти.

— Мне очень неприятно все, что касается моего отца. У меня даже не осталось сил думать о нем.

Они сидели вдвоем. Дора машинально поглаживала свой большой живот.

— Думаешь, эта история с Альбасете может повредить маме?

— Нет. Даже в газетах пишут, что в Испании изменилось все, кроме полиции. Остались те же, кто был. Остальное — выдумки твоей мамы, ее все тревожит. Но я хотел у тебя кое-что спросить. Если бы ты знала, кто убил твоего отца, ты бы его выдала?

Дора испугалась этого вопроса. Она посмотрела Пако прямо в глаза, словно бы пытаясь прочитать в них какую-то ужасную правду. Пако понял, но не произносил ни слова, ожидая, что она скажет.

Дора ответила вопросом на вопрос:

— А ты знаешь, кто это?

— Нет. Но мог бы знать. Я хочу, чтобы ты мне ответила. Если бы ты знала убийцу, ты бы его выдала?

— Думаю, да... Ты бы разве так не поступил?

— Не знаю, — сказал Пако. — Многие преступления, хотя и кажутся таковыми, на самом деле никакие не преступления. А другие, наоборот, и не похожи на преступления, но считаются преступлениями. Твоя мать начала жить только после смерти твоего отца. Представь, во что бы превратилась ее жизнь, когда он вышел бы на пенсию. Если это был ад, пока он ходил на работу, то чем бы это стало потом, когда он оставался бы дома весь день... Он бы ее убил, или они бы расстались. Только представь, что твой отец по сей день жив...

Дора содрогнулась при одной мысли об этом.

— Мы никогда не видели маму такой счастливой, как сейчас. Если бы мой отец воскрес, она бы тут же умерла. Но нельзя так просто было убрать его с дороги на глазах у всех, Пако. Одно дело романы, а другое — реальная жизнь. Ты это отлично понимаешь. В настоящей жизни мы должны разрываться пополам. Вот это и есть жизнь. Взамен у нас есть наши маленькие радости, рождаются наши дети, мы видим, как они растут, смеемся вместе с ними. Это счастье, и оно реально. В детективах обязательно присутствует темная сторона жизни, но то, что ей противопоставляется, уводит от реальности. Черные романы потому и называются черными, что в них показаны отбросы человечества, и тот, кто их читает, думает: моя жизнь лучше, меня никто не будет убивать, я никогда не умру... Мы же, наоборот, пытаемся видеть только лучшую сторону жизни, да. У нас есть наши маленькие радости. Но мы не смогли бы жить, если бы на нашей совести оказалась чья-нибудь смерть. И не столько смерть, сколько подлость и злоба. А подлость и злоба — лишь личины лжи, которая только усугубляет вину. Я сто раз читала это в романах, которые ты пишешь. Мы хотим сделать мир лучше, а не хуже. Это, с литературной точки зрения, конечно, неуместно и бесполезно. Но мы должны жить в реальности, а не в романе. Для того чтобы существовать, нам нужно не вымышленное, а настоящее. И это ты мне говорил все время, когда пытался объяснить, почему ты больше не будешь писать такие романы.

— Люди преспокойно живут с ложью в сердце и тоже хотят сделать мир лучше, — возразил ее муж. — Люди, совершившие преступление, предавшие кого-нибудь, не идут в полицию с повинной. Они думают: «Меня арестуют, потому что я убийца». Но никто не приходит к другу и не говорит ему: «Хуан, я вел себя как свинья. Я только что был там-то и совершил нечто ужасное». Только Дон Кихот жил одними фантазиями. Неизбежность реальности привела его к сумасшествию, и жизнь его подошла к концу.

— Не путай меня, Пако. Ты не Дон Кихот. Да, я уже поняла, что никто не приходит и не говорит своей жене: «Я сплю с проституткой». Я против смерти, и мне все равно, происхо-

241

дит ли смертная казнь по приговору государства или по чьей-то частной инициативе.

— Но ведь есть раскаяние...

Дора снова вздрогнула. Ей вспомнился тот разговор с Пако о Милагрос, который привел их к разрыву.

— Прошу, не пугай меня, — и она прижала руки к животу, словно собираясь защитить еще не родившегося ребенка от какой-то угрозы извне.

Она не любила в разговорах ходить вокруг да около, поэтому задала прямой вопрос.

— Это ты убил моего отца?

У Пако округлились глаза. Дора его всегда удивляла. Он не мог понять женскую логику. Как писатель он потерпел неудачу отчасти потому, что плохо знал женщин. В своих романах он описывал женщин из других романов, а не из жизни. А в романах, которые ему самому нравились, женщины были достаточно предсказуемы. Плохие были очень плохими, а хорошие — очень хорошими. И ни одна не задавала таких неожиданных вопросов, как Дора.

— Это сделал ты, Пако?

Пако пришло в голову, что можно было бы ответить, как подобает настоящему писателю, например: «Дора, это уже допрос». Но он этого не сказал. Когда любишь кого-то, становишься слабым.

Дора была серьезна. В углу комнаты что-то бормотал включенный телевизор, тот самый свидетель последней их встречи с отцом. Происходившее в этот момент было очень важно, и любая мелочь могла помешать ответу. Поэтому Дора взяла пульт и приглушила звук.

— Скажи мне, Пако. Я имею право знать.

И Пако, разумеется, собирался сказать ей правду. Он всегда говорил правду, следя за тем, чтобы правда не причинила вреда им обоим. Но сейчас он на мгновение замолчал. Она явно ждала от него ответа «да». Он понимал, что испугал ее. Она выглядела так же, как и в тот раз, когда спросила его о женщинах. Беременность делала ее еще более красивой. Он не хотел поступать с ней жестоко и поэтому улыбнулся. Решив узнать получше, что у жены на уме, Пако снова спросил:

— Ты полагаешь, я способен кого-нибудь убить?

— Я считала, что ты не способен изменить мне с той шлюхой.

Пако Кортес не на шутку испугался. Похоже, игра зашла слишком далеко. Он не ожидал такого ответа, и это ему не понравилось. Что она теперь еще вспомнит? Он разозлился на самого себя за то, что играл с ней в кошки-мышки, как обычно делали персонажи его романов, но он не мог не ответить на ее слова. И вообще, какое отношение это имело к его тестю?

— Почему ты это сказала, Дора?

— Потому что мне не нравится, Пако, когда ты мне лжешь или когда ты со мной играешь. Для меня это отец, а не повод для развлечения. Каждый раз, как ты говоришь о нем, мне больно, словно в меня вонзают нож, так больно, как ты даже представить не можешь.

Пако, который не хотел накалять ситуацию, с нежностью произнес:

— Могу.

— Нет, Пако, не можешь. Я его дочь и лучше тебя знаю, как должен себя чувствовать человек, у которого такой отец, как у меня, потому что сразу же вспоминаются вещи, которые я ненавижу всей душой, вещи, которые, кажется, вошли в мою плоть и кровь.

Дора не плакала. Беременность сделала ее более чувствительной, чем обычно, но она не плакала. Словно защищаясь от боли, которую ей это все причиняло, она задала вопрос — словно приказала:

— Скажи мне сейчас же, ты его убил?

Теперь Пако ответил сразу.

— Нет, Дора. Это был не я. Но я, возможно, знаю, кто это сделал.

— И что же ты будешь делать?

— Вот об этом я тебя и спрашивал.

Дора помедлила с ответом. Ей вспомнился отец. Они с сестрой, одетые в белые платьица, в белых сандалиях и носочках, на празднике Святого Исидро, на корриде, отец и они прямо за барьером, как настоящие принцессы, в центре внимания и комплиментов окружающих. И другое воспоминание: отец курит и смеется на свадьбе своего кузена Хуана Луиса, он в необычайно хорошем настроении. И еще — накануне Рождества они все четверо сидят вместе и смеются. Но вот призрак другой ночи, когда он вошел к ней в комнату, выбрался из самого потаенного уголка ее памяти. Именно это воспоминание никогда полностью не проявлялось. Это было даже больше чем просто воспоминание — словно расплывчатое пятно, поднимавшееся из глубин сознания, чтобы потом испариться, оставив после себя едкую горечь. Она не могла более двух-трех секунд вспоминать то, что оставалось самым грязным и постыдным моментом в ее жизни. Ее словно укололо, и она вспомнила наконец все полностью — «когда-нибудь я тебя убью, я убью тебя за то, что ты мне сделал». Поначалу она говорила себе, что ничего не было. Это был способ сохранить себя — считать, что того случая никогда не было. А к тому моменту, когда ей пришлось смириться с правдой, прошло уже столько времени, что это стало частью прошлого, а годы спустя уже не могло причинить ей боль. Но разве можно было рассказать об этом матери? Чтобы сделать ее страдания еще более жестокими? А сестре? Та обожала отца, между ними была безумная любовь, это все знали, они просто обожали друг друга. Разве кому-нибудь нужно, чтобы все стало известным? Может быть, отец и с сестрой сделал то же самое, а ей было все равно? При одной мысли об этом ей сделалось дурно. Хотя, возможно, что это от беременности. Иногда она думала, что следует снять с души камень и рассказать все Пако. Но потом всегда радовалась, что не доверила свою тайну никому. Разве отношения ее мужа с отцом улучшились бы? Наоборот. Дора интуитивно понимала, что есть вещи, которые могут произойти только с женщиной, и ни один мужчина не поймет по-настоящему того, что порой мучает ее, и ни одно человеческое существо не сможет разделить с ней ее боль.

— Это кто-то, кого я знаю? — спросила Дора.

— Да.

Она снова замолчала.

— Скажи мне, кто это.

— Нет, — возразил Пако. — Прежде ответь мне на тот вопрос. Что бы ты сделала, если бы знала, кто это? Ты бы его выдала?

Дора задумалась. Одно дело — предполагать что-то, а другое — если это происходит по-настоящему.

— Я не знаю.

— На самом деле я точно не знаю, кто убил твоего отца, но у меня есть некоторые подозрения. Они еще не подтвердились и пока остаются только подозрениями.

Услышав имя По, Дора чуть не вскрикнула от изумления и прикрыла рукой рот. Она познакомилась с По некоторое время спустя после их с Пако примирения, и парень заходил к ним очень часто. Они оба, Пако и она, частенько бывали на чердаке на Пласа Ориенте, когда По еще жил с Ханной. По был хорошим другом. Очень воспитанный парень, он не походил на остальных членов Клуба Идеальных Убийств. Те были немного чокнутые. А он — нет. Робкий, молчаливый, за исключением тех минут, когда он играл с маленькой Виолеттой. Они хорошо друг друга понимали. Играли в кенгуру. Ему нравились дети. Девочка его обожала. Он потакал всем ее капризам. По не способен был причинить вред кому-нибудь. Он как-то звонил из Кастельона, совсем недавно, чтобы извиниться, что уехал, не попрощавшись. Потом еще два или три раза звонил. Он спрашивал, как у них дела, как Виолетта. Он парень замкнутый, но добродушный. На все вопросы он неизменно отвечал «у меня все хорошо», но больше о себе не рассказывал.

Пако сообщил Доре все, что знал.

— Ну с чего бы По захотел сотворить что-то подобное? Какое ему было дело до моего отца?

Пако был убежден, что судьбы дона Луиса и отца По в какой-то момент пересекались.

— Но ты только что сказал, что отец По умер много лет спустя?

— Да, но я тебе не рассказывал, что По, когда ходил с Лоренсо смотреть на старика-самоубийцу, заметил, что в случаях с убийствами мотивы чаще всего кроются в прошлом, и с самоубийствами то же самое. В то время он, должно быть, уже планировал свое преступление. Все сходится. Твой отец вышел из комиссариата, чтобы поесть. Он встретил По. Это вполне могло случиться. Мы говорили с Марлоу. Он вспомнил, что в тот день По взял больничный, сказав, что у него грипп, и не вышел на работу. Твой отец все прекрасно понял, увидев, что он поджидает Мегрэ. Я говорил с Лоренсо, и он сказал, что дон Луис 23 февраля позвал По к себе в кабинет и некоторое время они говорили наедине. По часто бывал у Мегрэ. Он только ждал случая, чтобы убить комиссара. Твой отец думал, что Лоренсо и По — кузены. По, должно быть, увиделся с твоим отцом и рассказал ему что-то, не знаю что именно, но убедил его пойти с ним. А потом убил.

— Но зачем? Ему-то что с этого?

— Идеальное Убийство! Тебе этого кажется мало?

— О, пожалуйста, это же не один из твоих романов. Мы говорим серьезно.

— А я и говорю серьезно. Теперь у нас есть зацепка — эта книга, и мы будем следовать этому пути. Это нечто иное, как месть, отложенная на сорок лет. Это политическое убийство. Знал бы твой отец, что пуля найдет его спустя сорок лет после войны!

Все это звучало не слишком убедительно, но сам Пако в это верил.

Они договорились, что ни слова из их разговора не станет известно матери Доры.

Пако позвонил своим друзьям и рассказал о своих подозрениях. Священной обязанностью детектива является видеть тогда, когда другие просто смотрят. Доказательства, в соответствии с «Украденным письмом» сэра Конан Дойля, должны находиться на виду у всех, поэтому никто их не замечает, ведь недостаточно просто смотреть на них. Люди смотрят и не видят, тогда как детектив иногда видит, даже не взглянув.

Пако несложно было достать книгу «Гражданская война и послевоенные годы в Альбасете» Альберто Лодареса и Хуана Карлоса Родригеса, так же легко оказалось через издательство «Альпуэрто» связаться с авторами.

Инспектор Луис Альварес был известен среди тех, кого он допрашивал в те годы, под кличкой Старый Веник, потому что кому-то пришло в голову, будто бы он похож на стертый веник. Прозвище было метким, многие помнили, как инспектор прошерстил весь город. Тогда он, один из его начальников, некий дон Герман Гвинеа Лопес, и другой полицейский его возраста, тоже бывший военный прапорщик, Кармело Фанхуль, организовали и привели в исполнение одну из самых жестоких репрессий после гражданской войны. Через их комиссариат за два года работы прошло более девятисот политических заключенных.

Мегрэ не понравился такой поворот дела.

— Всегда эта гражданская война. Как дерьмо на сапоге. В этой стране нельзя, что ли, шагу сделать, не наткнувшись на гражданскую войну?

В среду Пако Кортес встретился с авторами книги. Он сел на первый утренний поезд и к часу дня прибыл в Альбасете. Но если ему было легко разыскать их, то дальше всем вместе трудно оказалось разобраться с историей отца По, оборвавшейся двадцать лет назад. Пако спрашивал разных людей, которые могли знать или общаться с ним, но от всех получал одно и то же — недоуменное пожатие плечами и окончательный ответ: этот человек не казался им политически скомпрометированным в пятидесятые. А уж о войне и говорить не приходилось — это для них было очень далеко.

Как последнее средство публицисты устроили Пако встречу с человеком, который хорошо знал убитого. Он был живой памятью города и помнил все о том времени. Это была последняя надежда узнать хоть что-то. Пако привели в квартиру в новом рабочем предместье; дом находился на месте прекрасных полей Ла Манчи и благоухал свежей побелкой. Их встретил хозяин, огромный, крепкий старик семидесяти с лишним лет, веселый и очень разговорчивый, все еще подтянутый, широкоплечий. Рука Кортеса утонула в его огромной ладони.

Великан провел их в комнатку, где с трудом умещался он сам, диван, два кресла, низенький столик и телевизор, все новехонькое, точно недавно из мебельного магазина. Хозяин рассказал, что в тюрьме сидел в одной камере с Домисиано Эрвасом, отцом По.

— Мы вместе воевали...

И рассказал все, что знал. Они были родом из соседних селений. Он сам из Мельгарес, Домисиано — из Хестосо. Оба были зачислены в моторизованные части; он сам в танковую бригаду, а Домисиано, который к тому времени был женат на Анхелите, — в медчасть. Сразу после войны их отправили в тот самый лагерь под Валенсией, потом привезли в Альбасете и посадили в тюрьму. Там они пробыли вместе почти целый год. Домисиано выпустили, а ему дали двадцать лет. Отсидел он семь. После тюрьмы устроился работать на грузоперевозки, как и Домисиано. По словам старика, Домисиано больше ни во что не ввязывался, погрузился в работу, занимался своим грузовиком и перевозками. Иногда они встречались. Отношения между ними были дружеские, «очень хорошие». До тех пор, пока Домисиано не принял злосчастное решение поехать в Мадрид на ярмарку. Старик сам сказал Домисиано, что покупать подержанные грузовики лучше в Мадриде, чем в Альбасете. Они и отправились на ярмарку вместе, и когда купили грузовик, то расстались, договорившись встретиться вечером и погулять по городу.

Великан говорил неторопливо, с расстановкой, не стремясь произвести впечатление. Журналисты и Пако не прерывали его.

— На ярмарке мы встретились с одним человеком, который тоже сидел с нами в тюрьме. Чистая случайность. Его фамилия Примитиво. Мы разговорились, и он пригласил нас пообедать вместе. Я не мог, у меня были дела, которые надо было сделать до отъезда домой. Домисиано сказал мне: «Пока ты разбираешься со своими делами, я пойду пообедаю с ним». И мы договорились встретиться вечером и вместе поужинать. Я удивился, когда он не вернулся. Подумал, что-то случилось. Потом мы узнали, что Примитиво пригласил его поужинать к себе, потому что хотел познакомить со своей женой. Домисиано было отказался, сказал, что будет ужинать со мной, а тот — «да чего ты, мы же двадцать лет не виделись». В общем, когда они ужинали, в дверь позвонили. Открыла жена Примитиво. Это была полиция. Пришли с обыском, а там дети спали, ну и арестовали этих обоих. То есть если бы я пошёл, меня бы тоже забрали. Домисиано сказал, я, мол, ничего не знаю, я здесь вообще случайно, что и правда было так. Но этим ведь полицию не убедишь, они себе на уме. Их отвезли в то самое управление, а там тогда сидел Старый Веник. Домисиано его узнал. Веник, которому Домисиано запал в душу, тоже узнал его. Всплыли прошлые дела, и то, что он сидел, и так далее.

Их обвинили в принадлежности к оргкомитету провинции, а Домисиано ещё и в том, что он приехал в Мадрид на какое-то тайное собрание, о котором полиция была уведомлена. Домисиано им тысячу раз говорил, что это ошибка. В комиссариате его продержали три или четыре недели. Жена Домисиано позвонила мне. Я рассказал ей, что произошло, и что Домисиано собирался позвонить ей и сказать, что остаётся на ночь и пригонит грузовик на следующий день. Она закатила скандал. Анхелита поехала в Мадрид. Там ей сказали: «Сеньора, ваш муж болен, покажите его врачу». По-видимому, в камере он подхватил пневмонию. Они вернулись в Альбасете, он неделю еще пролежал в больнице. Домисиано не хотел говорить обо всем этом и ничего жене не рассказывал. Он только говорил, что это неудачное стечение обстоятельств и что виноват во всем Старый Веник. Через месяц Домисиано умер. Анхелита хотела подать жалобу в полицию, но мы с друзьями отсоветовали это делать. Ее старшие сыновья, которые учились, пошли работать. Она была беременна Рафаэлито и боялась выкидыша. Он рос худеньким, болезненным и замкнутым ребенком, и она думала, что по причине произошедшего. Мы все помогали им как могли. Я продал грузовик, который Домисиано только что купил и в который он так ни разу и не сел.

Пако Кортес вернулся в Мадрид в уверенности, что По знал в лицо убийцу своего отца, что дон Луис — это и есть Старый Веник, ставший причиной смерти Домисиано Эрваса, потому что в конце концов против бедняги не было выдвинуто никакого обвинения.

Они снова собрались вместе. Мегрэ был не согласен с этой версией.

— Допустим, что дон Луис был убийцей отца По, но это не значит, что По стал убийцей убийцы. Нам надо было поговорить с ним. Я думаю теперь, два года спустя, он готов признаться тебе по всем правилам и освободиться от этой тяжести на душе. Я уверен, он тебе скажет, как в «Преступлении и наказании»: «Ты не знаешь, Пако, какую тяжесть снимаешь с меня: я убил твоего тестя потому, что он убил моего отца, арестовал, пытал и убил». Это смешно. Забудь об этом, Пако. Полиция не может раскрыть это дело, и ты его не раскроешь. Оставь это. К тому же ни к чему его раскрывать. По прошествии стольких лет невозможно восстановить события. Поди попробуй сказать невиновному, что докажешь его невиновность, если он вспомнит, что делал в такой-то день, в такой-то час год назад.

Мейсон согласился с полицейским.

— Нет, если ты виновен, ты вспомнишь. Ты все вспомнишь, — сказал Пако. — Нет лучшего средства освежить память, чем забытая вина.

— Кроме того, Пако, зачем тебе раскрывать убийство такого человека, как твой тесть? Он этого не заслуживает, — добавил адвокат. — За те вещи, которые ты рассказал о нем, он заслужил, чтоб убийца не был найден, как некоторые заслужили остаться непохороненными, чтобы их собаки сожрали.

— Сразу видно, что ты адвокат, Модесто. Тебе что правда, что неправда, все равно. Но если правда очевидна, то лжи не должно быть.

— Ты ошибаешься, — ответил ему Мейсон. — В таких делах чем меньше известно, тем лучше для всех. Лучше для твоей тещи, для Доры и для тебя.

— Ты забываешь, что я автор детективов. Ну по крайней мере был им. Я не могу перестать стремиться узнать, что произошло на самом деле.

— Пако, такова жизнь; оставь свои романы, — продолжал Мейсон. — Чего ты добьешься, предъявив По обвинения в убийстве? Ты полагаешь, что По представляет угрозу обществу, что он будет продолжать искать поводы и убивать всех, кто ему не понравится? Что он исправится и изменится в тюрьме? Ты в это веришь? Что он может стать серийным убийцей, вознамерясь перебить всех победителей той войны, которые помогли его отцу умереть? Твой тесть вполне заслужил умереть так, как он умер. И больше тут не о чем говорить.

— Ну вы, полегче. Забыли, кто я? — вмешался Мегрэ. — Я полицейский. Я ведь должен учитывать любые гипотезы и обязан настоять, чтобы По допросили. Или нет?

— Ты это сделаешь? — спросил Пако.

— Нет. Зачем? Я согласен с Мейсоном. Каждый день из тюрем выходят люди, так или иначе более виновные, чем он. А есть и другие, которые виновны даже больше, но они и близко не видели никогда тюремных ворот. И ничего из-за этого не происходит. Вот чего я не могу понять, так это твоего, Пако, стремления знать правду. Если твоя теща узнает имя убийцы дона Луиса, говоря по совести, хотя она и ненавидела своего мужа, она — католичка, порядочная женщина, старомодная, и так далее и тому подобное — станет также ненавидеть убийцу и первая обратится к правосудию. Судя по тому, что ты рассказываешь, Дора тоже тебе этого не простит.

— Вот кто действительно мне не простит, так это моя золовка, если узнает, что мне известен убийца, но я его не выдам, — согласился Пако.

— С каких пор тебе стала важна твоя золовка?

Пако молчал.

— Давайте оставим это, — сказал Мейсон примиряюще. — Кроме того, что я абсолютно уверен в непричастности По к этой истории, опыт подсказывает мне: если мы продолжим копаться в этом, выяснится еще что-нибудь.

Пако Кортес пообещал забыть обо всем, но как только расстался с Мегрэ и Мейсоном, пошел искать Марлоу.

Единственный, кто продолжал поддерживать связь с По, был Марлоу. Пако и Дора тоже разговаривали с По два или три раза, но у них не было его адреса. Пако встретился с молодым часовщиком.

Марлоу улыбалась удача. Его отец, пенсионер, уехал в Аликанте в поисках более умеренного климата для своих старых костей и назначил своим преемником молодого человека. Его желание обрести независимость наконец исполнилось, и на следующий год он планировал сыграть свадьбу. Как поживает По, он не знал. Они давно не созванивались.

— Он иногда приезжает в Мадрид. Я оставляю его ночевать у себя.

Это была первая новость. По бывает в Мадриде. Почему же в таком случае он ни разу не навестил их? Ведь он очень любил маленькую Виолетту. Пако очень хотелось разузнать другие подробности, но Марлоу он ничего не сказал. Тогда Пако перешел прямо к делу, спросив, сохранил ли отец Марлоу свою коллекцию пистолетов.

— Да.

— Он никогда не выбрасывал ни один из них? Из коллекции или те, которые вы использовали на тренировках?

— Никогда.

Пако спросил, хорошо ли Марлоу знает По.

Марлоу, который поначалу ничего не подозревал, как истинный друг даже не спрашивал, к чему все эти вопросы. Может быть, именно эта хорошо сыгранная естественность насторожила Пако. Они сидели в недавно открытом кафетерии на Пласа Пуэрта дель Соль. Несмотря на то, что они укрылись от любопытных взглядов на террасе, подобной голубятне, куда надо было взбираться по лестнице, грохот автобусов, наводнявших улицу Алькала, проникал внутрь и мешал разговору.

Возможно, и сам Марлоу, прилежный читатель детективов, понял, что нельзя оставаться таким безразличным, и задал вопрос.

— Почему ты хочешь знать все это про По, Сэм?

Но было уже поздно.

— Зови меня Пако, Исидро, — ответил Кортес. — Это уже не игра. Скажи мне, говорил ли он тебе когда-нибудь о своем отце?

Больше, чем ответы или вопросы, важны выражение лица собеседника и его жесты, какими бы незначительными они ни были. Моргание, доля секунды, когда глаза смотрят в сторону, а затем снова на тебя, пальцы, нащупывающие сигарету. А иногда для того, чтобы выиграть время и обдумать подходящий ответ, делают даже более очевидные вещи: можно позвать официанта, оглядеться по сторонам, чтобы перейти улицу, встать с дивана и уйти в ванную.

— Я не хотел бы нехорошо поступать по отношению к По, Сэм, то есть Пако. Пойми это. Скажи, зачем тебе все это знать?

— По когда-нибудь просил тебя никому не говорить то, что он тебе рассказал о своем отце?

— Нет, никогда, но думаю, это вещи очень личного характера. Я полагаю, что не имею права об этом рассказать.

253

И тогда это сделал сам Пако Кортес. Он рассказал Марлоу историю Домисиано Эрваса, о его членстве во Всеобщем союзе трудящихся перед войной, его сложной военной карьере на разных фронтах и в разных должностях, о его аресте и о лагере Альбатера, его последующем освобождении и полной реабилитации, о той несчастной поездке в Мадрид и о повторном аресте.

— По говорил тебе о моем тесте? — настойчиво спрашивал Пако.

Марлоу мог не отвечать. Достаточно было этого разговора, чтобы заподозрить, что его друг знает все. Оба знали, что поняли друг друга. Для Пако это был лишь вопрос времени, которого у Марлоу, возможно, уже не было. Поэтому он отвернулся и поискал глазами официанта. Если бы он мог, он бы попросил у него ясности мыслей. Пако молча наблюдал за ним. Выиграет терпеливый.

— Да, он знал, что его отца задержал полицейский, — наконец признался Марлоу. — Или по крайней мере имя того, кто его допросил при аресте, кто допрашивал в тюрьме и кто отпустил домой.

— В первый раз или во второй?

На лице Марлоу отразилось бесконечное удивление. Он помнил только об одной встрече дона Луиса и Домисиано незадолго до смерти. Пако рассказал ему о первом аресте и о той славе, которой пользовался дон Луис в Альбасете в 1939 году.

— Он рассказывал тебе, что тот человек пытал его отца? — спросил Пако.

— Об этом он ничего не говорил. Неизвестно, знал ли он или просто не хотел об этом говорить. Думаю, он вполне мог догадываться. Ты что, думаешь, По его убил? Я не верю в это.

Марлоу пошел в наступление.

— Он не способен убить кого-либо, — продолжал он. — Я был с ним, когда он первый раз взял в руки пистолет. Это было именно 23 февраля, в тире. Когда человек берет пистолет, можно сразу сказать, способен он убить или нет, так же как, например, видя, как кто-то берет в руку мастерок, ты можешь сказать, каменщик он или нет. Это за километр видно. А По, как говорится, и мухи не обидел бы.

— Ты говорил, По — левша. Помнишь?

— Да. Это шутка. Как можно подумать, что он один смог убить такого опытного человека, как твой тесть?

— А откуда ты знаешь, что когда он убивал моего тестя, то был один? Оставим это. Так у тебя все пистолеты на месте?

— Все. Согласись, По не мог быть убийцей. Большая часть Идеальных Убийств не может быть раскрыта, если следовать этой непрерывной цепочке совпадений. В одних случаях совпадения портят то, что было идеально, а иногда случайность может превратить в Идеальное Убийство то, что было не более чем мошенничеством. Потом, как он смог его туда заманить? Что он мог ему сказать, чтобы тот проглотил наживку? Три выстрела... Бедняга По. Он бы первым умер со страху. Это направление тебя никуда не приведет.

Пако Кортес, расставшись с Марлоу, тем же утром отправился в комиссариат к Мегрэ.

Он хотел видеть полицейский рапорт. Всегда речь шла о двух выстрелах, одном в ногу, другом в голову. Марлоу упомянул о трех. Это была очень важная деталь. И точно, как подтвердил сам Мегрэ, третий выстрел был, его след обнаружили день спустя, в криминалистической лаборатории, после более тщательного осмотра машины. Отверстие от третьей пули было на полу справа, под сидением пассажира, а растрепанный коврик скрыл его. Так как на тот момент официальные документы говорили о двух выстрелах, этот третий не получил огласки, несмотря на то, что мог бы стать новым обстоятельством, проясняющим для Пако смерть его тестя. Писатель убедился в существовании третьего отверстия, осмотрев машину дома в гараже. Машиной пользовались они с Дорой, вернее, один Пако, потому что Дора, зная, что в ней убили ее отца, никогда не садилась туда.

Мегрэ согласился с Пако.

— Марлоу знает правду, — сказал ему писатель. — По рассказал ему, и Марлоу теперь старается его выгородить, что неудивительно. Они ведь друзья.

Пако не мог появиться в Кастельоне с парой догадок и полагать, что По признается в убийстве комиссара дона Луиса Альвареса только потому, что бывший писатель детективов разработал хорошую психологическую версию, словно новый Достоевский. Было нужно что-то еще. Единственной зацепкой была именно третья пуля. Если бы он продолжал писать романы и решил бы использовать эту историю, он назвал бы книгу «Третья пуля». Без малейших колебаний.

Он зашел в мастерскую на улице Постас и вытащил Марлоу в ближайший бар. Он захотел возобновить разговор за чашкой кофе.

— Как ты узнал о третьем выстреле? Газеты и телевидение трезвонили только о двух. Даже я не знал, что был третий. Это Лоренсо мне вчера рассказал.

— А что, я разве сказал, что было три выстрела? Что-то не припомню.

Марлоу, похоже, не хотел ему помогать, как при первом разговоре, это было очевидно даже по его сдержанной интонации.

— Два или три, Пако, — когда это было? И потом, кому какое дело?

— Ты мне сказал, что По не мог выстрелить три раза, потому что после первого выстрела помер бы со страху.

— А что, это так важно?

Марлоу прекрасно знал, что в подобного рода разговорах-допросах надо поменяться ролями и попытаться подтвердить то, что другой уже знал. Но происходило то же, что и вчера: Марлоу понимал, что Пако все известно.

— Исидро, прошу тебя, мы же с тобой тертые калачи.

— Как в твоих романах.

— Точно.

— Пако, тебе известно, что я в любом случае защитил бы друга, если понадобилось бы. Я не скажу больше ничего. Ты не полицейский, и даже если ты расскажешь Мегрэ, маловероятно, что он тебе поверит. Никто не примет всерьез дело, подробности которого забыли даже сами участники. Ты также не в первый раз слышишь, что твой тесть не стоил даже тех двух часов, которые потратили на его вскрытие, и тех трех пуль, которые в него всадили.

— По сказал тебе, что он это сделал? — спросил Кортес немного погодя.

Марлоу посмотрел на него исподлобья. Они говорили вполголоса, и долгие паузы свидетельствовали о том напряжении, что возникло между ними. Марлоу сейчас казался гораздо старше своих лет.

— Я больше тебе ничего не скажу, Пако. И полиции не скажу, если она придет меня допрашивать. Они знают даже меньше, чем ты, который знает все.

— Что ты хочешь этим сказать? — спросил Пако.

— Ничего.

13

Он сказал Доре, что едет в Барселону по работе, встретиться с одним автором, с которым издательство «Дульсинея» пыталось подписать контракт, и Дора ничего не заподозрила.

Благодаря Мегрэ с помощью кастельонской полиции он без лишнего шума узнал, где работает По и где он снимает квартиру. Без пяти три Пако уже был перед входом в офис, где работал молодой человек, и ждал, когда тот выйдет. Хотя вполне возможно, что Марлоу сообщил своему другу о состоявшихся разговорах, но Пако все же рассчитывал, что фактор неожиданности сыграет ему на руку.

Он увидел, как По выходит вместе с другими служащими. Он попрощался с ними и пошел дальше один. Уже больше года Пако его не видел. Ему показалось, что парень еще больше похудел. Несколько минут он шел за ним, и уже на бульваре де Морелла как бы невзначай окликнул его.

По одновременно удивился и обрадовался. Хотя его не покидала свойственная ему робость, заставлявшая его в первые минуты разговора заикаться и повторять каждую фразу по два раза.

— Я так рад тебя видеть, Пако. Я очень рад тебя видеть. Что ты здесь делаешь? Как ты тут очутился? А Дора? Как она?

С ней все хорошо? С Дорой все хорошо? А девочка? Как Виолетта?

Они перекусили в таверне, куда, по словам По, он часто захаживал.

— Я приехал встретиться с одним автором детективов, который живет в Кастельоне, его зовут Эд Донован, — начал Пако-Спэйд.

— Он родом из Кастельона?

— На самом деле он англичанин, но свои романы подписывает испанским псевдонимом, Хосе Кальварио. Все наоборот.

У Пако Кортеса эти импровизации иногда получались так натурально и естественно, что не хотелось называть их ложью. По принял за чистую монету все его объяснения, но не переставал укорять его за неожиданный визит.

— Я не знал, — оправдывался Кортес, — что все так быстро уладится. Мы поладили во всем. Я оставил ему контракты, и он перешлет мне их по почте на следующей неделе. Я приехал утром и возвращаюсь последним поездом. Надо же, как я тебя удачно встретил.

— Где он живет?

— Эд Донован? Да тут неподалеку, на улице Маргариты Готье.

За десертом они продолжали говорить о старых добрых временах и о КИУ. Всегда непросто обвинить человека в убийстве, так что Пако воспользовался сладким десертом, чтобы подлить в разговор каплю дегтя.

— Я здесь из-за смерти моего тестя.

По облокотился на стол, сложил ладони, скрестил пальцы и уперся в них носом. Он ограничился тем, что лишь посмотрел на Пако. Не сказав ни слова.

Воцарилась тишина. Жизнь бурлила вокруг них, брякали тарелки, слышались разговоры, люди звенели деньгами, выходили, но за их столиком решалась человеческая судьба. Пако понял, что Марлоу был прав. По не мог быть убийцей, он не мог убить. Пако вдруг стало стыдно, что он приехал обвинить в убийстве того, кто не только не убивал, но и не способен был совершить это.

— Ты знаешь, что Марлоу убил моего тестя?

— Ты меня спрашиваешь потому, что знаешь, или потому, что хочешь узнать?

— Честно говоря, я не знаю. Десять минут назад я полагал, что это сделал ты. У тебя единственного был мотив. Я поговорил с Марлоу неделю назад и решил, что вы действовали вместе. Теперь я понимаю, что только он мог это сделать. Ради совершения идеального преступления, из чистого альтруизма.

— Ты можешь ошибаться.

— Да, но я совсем близко от правды. Я найду доказательство.

— Или нет. А может быть, да, но хотя речь идет о доказательстве, зачем оно, если не послужит поимке преступника? Идеальные Убийцы умеют замирать, когда полицейские и детективы проходят мимо. Они идеальные, потому что не выскакивают с криком: «Это я сделал!». Конечно, лучше бы его убил по ошибке какой-нибудь карманник или наркоман, одним ударом ножа, на выходе из кино, ночью, кто-нибудь, кто вообще не знал бы, что он был полицейским и вонючим козлом, кто-нибудь, кто оставил бы его истекать кровью на пороге собственного дома, ночью, в темноте. Кто не знал бы, что он умирает за все те преступления, которые совершил. Это даже не Идеальное Убийство, это не более чем справедливое убийство, так сказать, поэтическое правосудие. Он рассчитался за всех тех, кто уже никогда не заплатит за содеянное.

— Кто же это сделал? — спросил Пако.

— Кто они? — переспросил По, и показалось, что эта грустная улыбка стоила ему усилия.

Пако Кортес понял, что его друг По не ответит ему.

— Но ты не можешь брать правосудие в свои руки, Рафаэль.

Перестав называть его По, Пако перевел игру в реальность.

— Правосудие живет своей собственной жизнью, Пако. Мы говорим «поэтическое правосудие» потому, что оно рождается из самой жизни, и только на него можно рассчитывать, когда не в силах помочь обычное правосудие, на которое каждый человек имеет право. То, которого лишили моего отца. Жажда справедливости пробуждает жажду мести, многие, кто думает, что хочет отомстить, на самом деле ждут хоть чуточку справедливости. Этого было бы достаточно. Нам кажется справедливым, что евреи преследуют нацистов по всему миру, охотятся на них, привозят в Израиль, там судят и приговаривают к наказанию. И мы считаем справедливым, что они не забывают о совершенных преступлениях. Но преступления таких, как твой тесть, остались безнаказанными, потому что они — та плата, которую мы платим за то, что имеем сегодня в Испании. Однажды одного из охотников за нацистами спросили, может ли он простить их. Он ответил: «Да, я могу, но во имя тех, кто умер, — нет». Здесь наоборот. Те, кто умер сорок лет назад, продолжают платить, мертвые, за то, чтобы мы жили. Тот, кто отнял у них жизнь, запятнал этим память о себе. Некоторым это покажется правильным. А некоторым — чрезмерным, не потому, что слишком, а потому, что они слишком много вынесли за это время. Демократия в каждой стране побеждала по-разному. Есть те, кто приплыл в нее радостно и чисто на чудесных спасительных кораблях. И есть другие — разбитые, истощенные, как потерпевшие кораблекрушение. А некоторых принесло море, и им уже ничего не надо. И вот чего нельзя говорить теперь тем, кто потерпел крушение, — это что они своими деньгами и своей болью заплатили за те прекрасные корабли, на которых столь многие плыли все эти годы.

— Но ты не можешь жить всю жизнь, разрываясь между состраданием и жаждой мести. Это хорошо лишь для детективных романов, но ведь жизнь строится на чем-то более прочном. Все должно иметь конец, точку.

— Я согласен с тобой. Для меня точка уже поставлена. Твой тесть мертв. Оставь его в покое. Какое тебе дело, кто его убил? Он умер за Испанию, как мой отец. Если арестуют его убийцу, разве общество станет лучше? Нет, и даже хуже, потому что когда убийцу твоего тестя задержали бы и наказали, то жертва его показалась бы всем намного лучше, хотя дон Луис был много хуже, чем всем кажется. Думаю, тебе уже говорили об этом в моем поселке, когда ты ходил и расспрашивал то одних, то других, вынюхивая, вмешиваясь в нашу жизнь.

Пако сделал вид, что не понял, о чем говорит По, и сказал:

— Я знаю, что очень близок к разгадке. Еще доктор Бойн[1] говорил, что нет убийцы, который не был бы философом.

— Но я не преступник и не философ. Мой поселок маленький, все всё знают. Когда мне рассказали, что ты был в Альбасете, я подумал: бедняга Пако, это пристрастие его погубит; он думает, что в жизни, как в романах. Той ночью моя мать уже знала, что из Мадрида приехал кто-то и расспрашивает о моем отце. Тебе надо было пойти прямо к ней, она бы рассказала тебе, как все произошло на самом деле. Ты все еще хочешь знать?

Сэм Спэйд неуверенно кивнул.

— После войны моего отца забрали в лагерь, а потом в тюрьму. Почти год мы не знали, в чем его обвиняют, расстреляют ли, каждый день видели, как забирают таких, как мой отец, не лучше и не хуже его. Их обвиняли в одном и том же — в борьбе за свои идеи. Провести один год в тех камерах — это невозможно рассказать. Но его освободили, и он вернулся к моей матери, которая только что потеряла своего второго ребенка. Она говорила, что это от нищеты и от того, что с ними произошло. Он стал работать. Купил себе на последние деньги старый грузовик. У него неплохо шли дела. Родились мои братья, и когда казалось, что все наладилось, когда уже никто не вспоминал о войне, когда простили фалангистов, по-

_____
[1] Герой рассказов Г. К. Честертона.

зволив им жить, произошла история в Мадриде. С момента его ареста до его смерти прошло два месяца. Мой отец не понимал, почему это произошло именно тогда, когда жизнь наладилась. У него было двое сыновей, которые выросли неплохими людьми, и еще один был на подходе. И он только и говорил о том полицейском, с которым его снова столкнула жизнь. Пока мой отец был болен, мать боролась. Но как только он умер, она сдалась. Она вынуждена была продать грузовик и выкручивалась как только можно, чтобы вырастить нас. Она встретилась со всеми адвокатами на свете, чтобы призвать к ответу полицию за то, что сделали с ее мужем. Но ни один адвокат не захотел заниматься этим делом, а врачи не захотели подписать заключение, в котором говорилось, что пневмония является следствием ужасного содержания в тюрьме. Даже то, что у него сломаны два ребра, они объяснили тем, что он мог их сломать, просто упав с лестницы. Вот такой была Испания в 1960 году. Теперь же двое из тех адвокатов, отказавшиеся защищать мою мать тогда, стали депутатами парламента, они собрали необходимое количество голосов, и теперь говорят, что были демократами всю жизнь, и требуют пенсий и признания для тех, с «другой стороны», потому что это была «нецивилизованная» война. Кто сделал ее «нецивилизованной»? Разве не забавно? Бывший главный врач в той больнице, где умер мой отец, не захотел подписать свидетельство о смерти, в котором были указаны ее причины. Теперь этот человек — директор центральной больницы области.

— Ну и что, вы убьете всех? Адвокатов, врача, всех, кто в 1960-м не хотел признать несправедливость, которая произошла с твоим отцом?

— Я никого не убивал и не собираюсь это делать. Твой тесть знал, что творит зло. Другие же действовали только из страха.

— Мой тесть тоже боялся. Ты же знаешь, если оседлал тигра — уже не слезешь. Именно это произошло с приверженцами старого режима. Они жили под постоянной угрозой. Я видел, как мой тесть волнуется, потому что он думал, что в любой момент к власти вновь придут коммунисты и сделают с ним то же самое, что они делали с коммунистами и со всеми остальными. Поэтому они так давили. Они тоже боялись.

— Да, Пако, это страх палачей. Ты сам сказал. А как же тогда страх жертв, — как его называть? Надо выбирать между палачами и жертвами, а не между страхами. Не все, бывшие в фаворе при Франко, были убийцами. Здесь я готов признать твою правоту. Но ты должен знать еще кое-что. Моего отца убили в 1960-м. Он стал еще одной жертвой войны. Но худшее еще было впереди. Жизнь моей матери была разбита. Она обожала отца, не могла без него жить. Люди говорили, они прожили двадцать два года в браке, а относились друг к другу, как жених и невеста. Я вырос, глядя, как она плачет каждый раз, как его упоминают в разговоре, и сейчас она еще не может удерживаться от слез, и по всему дому расставлены фотографии отца, я вырос не в доме, а в святилище! Моей матери тогда было тридцать пять. Тридцать пять лет. Она вышла замуж за отца юной девочкой и не знала другого мужчины. Но теперь жизнь ее покинула. Она не понимала, почему такое произошло с ней, но она, конечно же, знала, кто это сделал. И для нее он — виновен. Не говори ей об истории Испании или о войне. В 1940 году в Альбасете приехал человек, наводнивший город мертвыми, а двадцать лет спустя он встретил моего отца и подумал, что тот вознамерился его убить за все, что он совершил. Он сказал это моему отцу, как только узнал, откуда тот, и поднял все его прошлые судимости. Он сказал ему: «Я вас знаю, вы все думаете, что справедливость на вашей стороне. Вы лживые обманщики, все ваши уловки я знаю». А мой отец ответил, что он даже не помнит его. Это была правда. Я имею в виду, что он понял, кто перед ним, но все эти девятнадцать лет он не вспоминал о нем, он смог забыть его. Потому что, чтобы выжить, они должны были за-

264

быть все произошедшее и все, что они знали. А преступники не забыли. Преступник может жить только в день преступления и по сценарию преступления. Но мой отец все забыл. Забвение даровано невиновным. А твой тесть заставил его вспомнить, и еще как. Мне бы понравилось, если бы кто-нибудь осудил те преступления, потому что мы — жертвы. Но этого не произошло и не произойдет. Мы были бы счастливы, если бы кто-нибудь убил Франко, но мы были вынуждены смириться с его ужасной агонией. Это тоже называется поэтической справедливостью, можно назвать это и суррогатом справедливости. Смерть твоего тестя стала таким суррогатом.

Из кафе давно ушли последние клиенты. Только По и Сэм Спэйд сидели перед пустыми чашками. Официант ждал, когда можно будет убрать со стола, постелить чистую скатерть и уйти домой.

По предложил Пако проводить его на станцию. Они сели на одну из скамеек в зале ожидания.

— Мне здесь спокойно живется, — признался По. — И так будет дальше, если судьба будет на нашей стороне. Я не знаю, как мог умереть твой тесть, как это случилось. Но если бы я мог убить Франко, нажав на кнопку, сидя дома и втайне ото всех, я убил бы, — клянусь, я бы это сделал. Как в «Мандарине» Эсы де Кейроша. К счастью для нас, людей, некоторые вещи могут случаться только в романах. Таким образом мы решаем неразрешимые моральные проблемы. Для моей матери Франко был негодяем, канальей, но это был ее личный Франко, который ей причинил вред, она называла его убийцей, как твоего тестя, и если бы у нее была возможность покончить с ним втихаря, безнаказанно, не сомневайся ни минуты — она бы это сделала. Но потом жила бы, полная горечи и жажды отмщения. И я тоже, потому что ужаснее всех преступлений — стать в чем-то похожим на преступника. Лучше уж пострадать от несправедливости, чем совершить ее. Мне не в чем раскаиваться. Меня даже нельзя объявить виновным из-за жажды отомстить. Твой же тесть, напротив, за

265

многое мог бы ответить, оставшись живым. И поэтому последнее, что я хотел бы сделать, — покончить с ним.

Пако немного отвлекся, пока его друг говорил.

— Но это не значит, что ты бы не покончил с ним. Однако, если ты не сделал этого, тогда почему Марлоу?

— Я тебя уже спрашивал — ты уверен в этом или говоришь так, чтобы я подтвердил? Твоего тестя убили обстоятельства, так же, как и моего отца. Никто не заплатил за убийство моего отца, и никто не должен платить за смерть твоего тестя. Я тебе повторяю: это называется поэтическая справедливость.

— Меня это ничуть не убеждает, По. Всегда найдутся мотивы, чтобы убить, даже если они ничтожно малы.

— Оставь софистику. Многие годы я представлял, как я встречусь с убийцей моего отца, это меня захватывало. Между четырнадцатью и восемнадцатью я не думал ни о чем другом. Я просыпался каждую ночь от одного и того же кошмара. Для меня это было не просто имя, которое произносили все время дома, которое шептали по углам: дон Луис Альварес, Старый Веник. У него не было лица. Моя мать всегда боялась, что с кем-нибудь из нас произойдет то, что с отцом. Мы перестали о нем говорить. Но он не ушел из нашего дома. Во сне твой тесть был злобным духом, воплотившимся в имени. Я встречался с ним, у меня было оружие, и он стоял передо мной, я говорил ему: «Я — сын Домисиано Эрваса». А он отвечал: «Я не знаю, кто этот Домисиано, оставь меня в покое». Он ничего не помнил. Ты уже убедился, что сейчас никто не помнит даже событий десятилетней давности. Но вот моя мать и многие другие, наоборот, не могут забыть. Они бы всё отдали, чтобы забыть. У них украли их невиновность, и их заставляют чувствовать вину. Это чудовищно. Моя мать тысячу раз думала, что бы произошло, если бы отец не поехал в тот день в Мадрид. Он бы не встретился со своим другом, и ничего не случилось бы. Годами мне снилось, что я встречаю того человека, но я никогда не думал, что столкнусь с ним в реальности. Для меня это были лишь фантазии. Во сне я говорил ему, кто я такой, и рассказывал ему, что он сделал с моим отцом, и заставлял его валяться у меня в ногах, и вымаливать прощение у меня, у матери, у моих братьев, умолять нас о милосердии. А когда нужно было стрелять, я просыпался. Когда случилась эта история с 23 февраля и я увидел в газете его имя и узнал его, я бы обрадовался, если бы его арестовали и судили, и мне было бы все равно, если бы его осудили за дела настоящего, а не прошлого. Ведь всем было наплевать, что Аль Капоне посадили за неуплату налогов, а не за его преступления. Видел бы ты его той ночью. Но даже в этом ему повезло. Наверное, было бы просто убить его. У меня под рукой был пистолет, два, десять, сотня пистолетов, если бы я захотел. Но я не хотел. Никогда не хотел, а теперь, когда он мертв, меня это не радует. Но и не огорчает. Мне все равно, веришь ты мне или нет. Я тебе скажу одно: твой тесть не заслуживал даже знать, за что умирает.

Эти слова так напомнили Пако слова Марлоу, что его предположения о том, что они действовали сообща, только усилились.

— Разве ты уже не был студентом, когда рассказывал нам эту сказку про университет? Ты не планировал войти в КИУ, в «Комерсиале», чтобы подружиться с Мегрэ и иметь возможность проникнуть в комиссариат, а там увидеть моего тестя?

— Пако, ты делаешь мне большую честь, считая меня таким умным. Но я тебе повторяю то, что Дора говорила тебе тысячу раз. Поверь хотя бы ей, если мне ты не доверяешь: жизнь — это не детективный роман. Это всего лишь жизнь, а в жизни редко все прекрасно. Что до университета — было глупо говорить вам об этом. Сказал первое, что пришло мне в голову. Я приходил туда из-за Ханны. Однажды я ее увидел, пошел за ней и записался на ее занятия в академии. Но это-то я не мог рассказать. Даже ей не рассказывал. Мне все равно, веришь ты мне или нет. Я тебе повторяю: твой тесть даже не заслуживал знать, за что его убивают.

— Но он это узнал, правда? И ты знаешь, — утвердительно сказал Пако.

— Да, и ты тоже знаешь, Пако: за все его преступления. Некоторые из наших полицейских и военных зачастую поступали не лучше нацистов, но они живут себе спокойно, ходят на службу или получают пенсии, потому что подписаны какие-то пакты. А во имя чего? Во имя мира? Они спросили меня, мою мать, моего отца? Разумеется, нет. Никто не просит их убивать и даже судить. Жертвы согласны, чтобы преступников судили. Но никто не будет этим заниматься, и вот тогда вмешивается жизнь и компенсирует эту асимметрию такими загадочными смертями, которые никогда не будут разгаданы, но в которых кто-нибудь увидит нечто гармоничное.

— Но даже коммунисты уже сказали, что пора поставить точку.

— А спросили они мертвых коммунистов? Тех, кто отсидел тридцать лет в тюрьме или покончил с собой на пирсе порта Аликанте под прицелом итальянских пулеметов?[1] Никто не хочет, чтобы убивали убийц, мучителей и их пособников. Их нельзя посадить в тюрьму, как Гесса, хотя они это заслужили. Но единственный способ не забыть их преступления — судить объективно. Вспомни, твоему тестю посмертно присудили медаль за заслуги перед полицией. Какие заслуги? А моему отцу — что ему дали? Моя мать даже пенсию не получала. Но знаешь, что произошло, когда я сообщил матери, что убили этого козла? Она взглянула на меня и ничего не сказала. Я никогда не говорил ей, что видел его и даже позна-

---

[1] Речь идет о событиях 1939 г., когда 15 000 бойцов, оставшихся от разгромленной армии республиканцев, ожидали на пирсе Аликанте эвакуации на кораблях республиканского или французского флота. Обещанные корабли так и не появились, но пирс был окружен частями итальянского десанта, прибывшего на помощь Франко. Практически безоружным республиканцам оставалось только сдаться итальянским фашистам или покончить с собой.

комился с ним в комиссариате на улице Луна. Она этого не знает и не должна узнать, и что бы ни случилось, Пако, обещай, что не скажешь.

Пако только кивнул, чтобы не перебивать его.

— Она ничего не сказала, — продолжил По. — Она села — и ни слова. Я ничего не сказал моим братьям. Ты меня знаешь. Я не люблю много разговаривать. Но матери я должен был сказать. А она села, взяла одну из фотографий моего отца, которая всегда стоит на столике в столовой, и с фотографией в руках заплакала. Я не знаю, о чем она думала в тот момент. Я не знаю, отчего и почему, но я понял, что она плакала еще и по твоему тестю, и это было несправедливо. Я разозлился. Я крикнул ей, чтобы она прекратила плакать, потому что это хорошая новость. А она мне сказала, что единственной хорошей новостью было бы, что мой отец жив, и она сожалеет об этой смерти, потому что, возможно, у того человека осталась такая же женщина, как она сама, и дети. Моя мать преподала мне урок — и я понял, почему они проиграли войну. Они никогда не становились на позиции преступников. То есть твой тесть отошел в мир иной, прощенный своими жертвами, и это делает его еще более жалким. Оставь все как есть.

— Возможно, но у каждого преступления должен быть преступник, и этот случай — не исключение. Это единственное, чему я научился за все эти годы.

— Нет, Пако. Убийство убийцы может нас порадовать, но оно никому не приносит пользы; мир не меняется, если одной крысой стало меньше.

Они ждали поезда на Мадрид. Пако Кортес так и не разрешил единственный подлинный случай в своей жизни. В романах, он это знал, все происходит намного проще. В его собственном жизненном романе, который он даже не считал романом, все останавливалось на полпути. Он уезжал отсюда в уверенности, что По так или иначе убил его тестя, один или с помощью Марлоу. Но Пако знал, что никогда не сможет это доказать.

— Удивительно, что все это происходит со мной, Рафаэль.

Пако-Спэйд, великий Сэм Спэйд, снова называл По его настоящим именем.

— Что?

— Удивительно, — повторил бывший писатель, — потому что в детективах все приобретает видимость реальности, но то, что случается в них, имеет ту же моральную ценность, что и происходящее на шахматной доске. Пешки, в зависимости от позиции, могут стоить так же, как и королева, а короли могут вести себя, как настоящие пешки. Только кони на своих местах. Именно так ты поступал со мной весь день: брыкался, как норовистая лошадь, но сохранял позиции.

По улыбнулся другу. Громкоговоритель объявил, что поезд, которого они ждали, вот-вот должен подойти к станции.

— Убийства совершаются по трем причинам, По: любовь, деньги или власть. Редко кто убивает из-за чести и еще реже — из-за поэтической справедливости, как ты это называешь. Когда такое случается, перед нами — романтик, а не убийца. Не знаю. Что я ясно понял за этот день — что я никогда не сделаю что-нибудь против тебя.

— Спасибо тебе, Пако, — сказал По с непонятной грустью. — Но я не романтик и не убийца, и мы никогда, наверное, не узнаем, что произошло. Если бы это было убийство и его совершил бы я, я делал бы это из любви. Из любви к жизни. Как врач, вырезающий опухоль. Но я этого не делал. Жизнь к нам очень щедра, и словно в кошмарах, она будит нас именно в тот момент, когда кажется, что ужасное неизбежно.

Им больше не о чем было говорить. Поезд, скрежеща и пыхтя, медленно подходил к платформе.

— А мне понравилась история про твоего друга Эда Донована, то есть Хосе Кальварио, — произнес По. — Почему бы тебе снова не начать писать романы, Пако? Очень трудно обмануть того, кто хлебнул этой жизни сполна.

— По, я всегда говорил, что из всех членов Клуба Идеальных Убийств ты самый сообразительный и умный. Почему ты не поверил в Эда Донована?

— Потому что во всем Кастельоне нет улицы Маргариты Готье.

Пако улыбнулся, словно ребенок, которого застали, когда он совал палец в банку с вареньем.

Они пожали друг другу руки. По остался стоять на опустевшем перроне. Поезд тронулся, и Пако Кортес поднял руку в жесте прощания и дружбы. По ответил ему другим жестом, в котором прощание читалось еще более смутно.

Пако опустил окно; он не слышал, что говорил его друг.

— Что ты сказал, По? — крикнул он из набиравшего скорость поезда.

— Каким бы умным ты ни был, самые логичные рассуждения иногда могут быть ошибочны.

— Что?

Пако не расслышал последние слова и подался вперед, даже приложил ладонь к уху.

— Ничего, — прокричал По в ответ, улыбнувшись уголком губ, и добавил, словно для себя самого: — Потому что это не роман.

На следующий день Пако снова встретился с Марлоу в кафе на площади Пуэрта дель Соль. Дел было много, а свободного времени мало.

— Знаешь, я вчера встречался с По.

— Я не знал, — соврал Марлоу.

— Он тебе разве не звонил?

— Нет.

— Что-то мне не верится. Вы сделали так, чтобы мой тесть поехал с вами до Фуэнклары, а там один из вас его убрал.

— Ты это утверждаешь или спрашиваешь?

— Ты говорил с По.

— Это же не преступление. И потом, как бы ты поступил, если бы кто-нибудь обвинил в убийстве твоего друга? Именно так. Это мог быть По. Я тебе уже говорил, это сомнительно, потому что он не умел обращаться с оружием. Теперь ты говоришь, что это мог быть я. Да, это мог быть я, хотя у меня нет машины. Это могли быть мы вместе: он взял машину, а я пистолет. Это мог быть кто угодно. Именно поэтому случай превращается в Идеальное Убийство: у нас есть труп, машина, подозреваемый или подозреваемые, но у нас нет убийцы. Как бы то ни было, эта смерть принесла пользу всем: его семье в первую очередь, его коллегам, тем, кто был его жертвами, и обществу, в котором стало на одну тварь меньше. Что еще нужно? А если ты ожидаешь, что кто-то из нас двоих скажет: это был я, или это был он, или это были мы оба, то это похвально! Откуда ты сейчас возьмешь свидетелей, которые опровергнут алиби? Не мое или По, а чье угодно. Найдите мне подозреваемого, который скажет: в такое-то время я наслаждался завтраком в таком-то месте. Прошло восемнадцать месяцев. Полиция не нашла оружия, и нет надежды найти в каком-нибудь шкафу в углу одежду с пятнами крови твоего тестя или пару ботинок в грязи из Фуэнклары. Это тебе говорил По, и я повторяю то же самое. К счастью для Идеальных Убийств, это не роман. Я не имею ничего против твоего желания знать правду. Это был твой тесть. Если б это был мой тесть, я бы поступил точно так же. Но забудь о том, чтобы найти убийцу, потому что его нет.

— Но ведь убийство чуть не свалили на меня! Несколько дней все считали, что это сделал я, и даже что это был заговор членов Клуба Идеальных Убийств против моего тестя. И вы позволили, чтобы подозрения пали на меня.

— Не задирай нос, Пако, — сказал часовщик.

Пако Кортес и Марлоу расстались добрыми друзьями. Пако никогда не думал, что Марлоу способен не то что убить кого-то, но и так разумно и логически рассуждать, он, который всегда казался вздорным и странным типом.

— Они оба умны, — сказал Пако два дня спустя Мегрэ и Мейсону, когда они сидели за стаканом виски в баре «Трафальгар паб» на улице Фуэнкарраль. — Кто бы мог подумать! Мальки дают уроки нам, акулам. Единственный промах Марлоу допустил с третьей пулей, но он достаточно умело выкру-

272

тился, и у него хватило хладнокровия отрицать собственные слова. По рассказал ему о своем отце и о том, что с ним сделал мой тесть, возможно, даже убедил его совершить Идеальное Убийство, и Марлоу с присущим ему авантюризмом согласился. Только что-то все-таки не сходится. Они не могли справиться одни. Обнаружили труп в чистом поле. До ближайшей станции метро — час пешком, а ближайшая автобусная остановка — в получасе ходьбы. Они должны были нести оружие с собой. Я не думаю, что они могли пойти пешком и допустить, чтобы кто-нибудь их увидел и узнал. Ни у По, ни у Марлоу тогда не было машины, и они не умели водить. Поэтому надо думать, их кто-то ждал. А где еще искать, как не среди членов КИУ?

Мегрэ и Мейсон удивленно посмотрели на него. Это был прежний Сэм Спэйд, непреклонный, логичный, не сомневающийся, его темные и холодные глаза видели детали с безошибочностью рыси, преследующей добычу.

— Если хотите, мы можем предположить, кто мог им помочь, — осторожно намекнул Пако.

— Ты забываешь, что его девушка, датчанка, все еще была жива и у нее-то как раз была машина.

— Верно, — кивнул бывший писатель. — И она могла участвовать в деле по двум причинам: из-за денег или из-за любви. По сказал мне, что если бы он это совершил, то из-за любви. Или, поскольку она тогда снова стала употреблять наркотики, ей нужны были деньги. Но любой, кто понимает в Идеальных Убийствах, должен знать, что не стоит доверять кому-то совершать преступление за деньги. Это звено, на котором рвется вся цепочка. Из-за любви он мог это сделать, но это маловероятно. К тому времени она уже постоянно жила со своим мужем, да и потом, у нее не было ни малейшего опыта в совершении преступлений. Преступниками не становятся случайно. Дальше. Отбросим Отца Брауна...

— Это нелогично, — разочарованно сказал Мейсон.

— Священник может выслушать исповедь и покрыть преступника, но не думаю, что он сам способен совершить преступление.

— Бедная Мисс Марпл... Кстати, она звонила мне месяц назад. Спрашивала, намерены ли мы продолжать заседания КИУ. Я сказал ей, что дам знать, если мы решим возобновить собрания. Знала бы она, что мы упоминаем ее имя как имя возможного пособника настоящего убийства! Она бы убежала в ужасе и не вернулась бы никогда. Бедняжка Марпл... Шерлок был способен на это, да и на многое другое. Это расчетливый человек, но представляющий интерес лишь в силу того, что у него есть автомобиль, правда, ему нет причины убивать того, кого он не знал. Мы должны также исключить тех из членов КИУ, кого ни По, ни Марлоу не знали или плохо знали...

— У Милагрос тоже есть машина, — напомнил Мегрэ.

— Да, Милагрос могла бы не только помочь им совершить это преступление, но и убить сама. Из-за любви к романам. Но ни По, ни Марлоу не связаны с ней, они встречали ее только здесь, а это не считается, потому что вы прекрасно знаете, что Милагрос — сфинкс. Оставим в стороне Ниро и других. Остаемся только мы трое. Ты, Мейсон, не обижайся, но ты совершенно бесполезен в таком деле, как убийство.

— Неправда! — запротестовал его друг.

Пако пожал плечами и повернулся к Мегрэ, давая понять, что это вопрос, который решится только между ними.

— Я тебя внимательно слушаю, — серьезно сказал полицейский. — Я умираю от любопытства.

— Это мог быть я, — начал Пако. — так сперва и посчитали в полиции. Но было бы абсурдно думать, что я захотел бы совершить преступление вместе с сообщниками, не представляя, зачем им это нужно, если у меня были все возможности совершить дело в одиночку. Я тогда не знал, как связаны По и мой тесть, поэтому вряд ли мог предложить ему войти в дело. А Марлоу — последний человек, кому бы я до-

274

верил тайну такого рода. Я действительно вожу машину, но по стечению обстоятельств на единственной машине, которой я мог тогда располагать, ездил мой тесть, а его трудно было убедить поехать побездельничать тем вечером. Так что остаешься только ты, Лоренсо. И у тебя-то как раз есть машина.

— В Мадриде миллион машин, Пако, — весело сказал ему Мегрэ, — но ты ведь не станешь подозревать миллион в убийстве твоего тестя?

— Но у тебя могла быть достаточная причина сделать это. Он был твоим шефом и собирался переводить тебя на другое место.

— А ты откуда знаешь?

Веселье Мегрэ угасло, уступив место удивлению. Мейсон многозначительно посмотрел на Пако. Он не был уверен, что это шутка, но не осмелился их прерывать.

— Последнее время мы пытаемся привести в порядок бумаги моей тещи. Она продает дом и переезжает в пансион. В одной папке я нашел черновик рапорта, в котором фигурировало твое имя. Судя по дате, он был написан за месяц до смерти комиссара. Я не знаю, какие у вас с ним были разногласия. Но я хочу, чтобы ты знал: даже если ты и помогал По и Марлоу, это ничего не изменит. Мне это не очень важно. Хотя твоя причина не так благородна, как у По или даже как у Марлоу, я ничего не сделаю, не приложу и малейших усилий, чтобы дать делу ход. В принципе разумно, когда кто-то хочет восстановить справедливость. Я понимаю, что человек вроде Марлоу может предложить свою помощь по дружбе. Но если кто-то хочет свести счеты с шефом, потому что тот плохо с ним поступил, — это мне кажется возмутительным, даже хуже — подлым. Кажется, в вечер убийства на Фуэнкларе видели белый «пежо», а у тебя тогда был «пежо» белого цвета.

Мегрэ не прерывал его. В руке у него был стакан виски, но, слушая Пако, он забыл про выпивку, и губы у него пересохли. От Пако это не укрылось, потому что именно из деталей рождаются разумные выводы.

— Пей, Лоренсо, а то твой виски нагреется.

В этот момент Пако Кортес думал: если Лоренсо не станет пить и поставит стакан, то мне ничего не удастся из него вытянуть. Если он выпьет, дело закончится тем, что он сам расскажет, что произошло.

Мегрэ одним долгим глотком осушил стакан, даже вытряхнул на язык кусочек льда, и поставил стакан на стол. Как любому подозреваемому, ему требовалось время, чтобы обдумать ответ. Говоря полицейскими терминами, этот кусочек льда был передышкой перед серьезным разговором.

— Таких белых «пежо», как у меня, в Мадриде, должно быть, не меньше тысячи...

— Ну вот, от миллиона подозреваемых мы добрались до тысячи... — саркастически заметил Кортес.

— Но ты ошибаешься насчет того рапорта. Я впервые о нем слышу, веришь ты мне или нет. За несколько недель до происшествия у меня был очень серьезный разговор с доном Луисом. Такой разговор был у всех, кто работал с ним, — один раз или несколько. Расследование шло и по этому пути. Нас тоже допрашивали. Твой тесть был убежден, что именно я дал показания против него по тому внутреннему расследованию, которое проводилось по поводу ночи 23 февраля. Он недолюбливал меня, да и мне никогда не был симпатичен. Я не знал, что он готовит рапорт на меня. Это никак не связано с тем, что произошло.

Мегрэ поднял руку, вызывая официанта. Пако еще раз убедился, насколько совпадают жесты всех подозреваемых.

— Ну, расскажи нам, Лоренсо. Как это произошло?

Мегрэ немного помолчал, прежде чем ответить. У него вспотели ладони. Внутренне он боролся с тем, что его так мучило. Он взглянул на Пако и на Модесто, сознавая, как тяжел этот момент.

— Однажды, — наконец сказал он, — после одного из заседаний КИУ По и я остались одни. Мы пошли ужинать. Мы иногда ужинали вместе. Он говорит мне: слушай, Лоренсо, у тебя есть машина, и я хочу попросить тебя об одном одолжении. Можешь, говорит он мне, подождать меня в таком-то месте в такое-то время? Там, где Ханна покупала наркоту, говорит. Ханна мне сказала, говорит По, что там живет тип, который украл у нее деньги, и если я поговорю с ним, то, может быть, чего-нибудь добьюсь. Но я не верю даже Ханне, потому что она такая мошенница, только и делает, что врет. А денег куча. Двести тысяч песет. Я поверил По. С чего бы ему меня обманывать? Он никогда не врал, не бахвалился попусту, не преувеличивал, он — не Марлоу. И я сказал, что лучше будет, если с Ханной туда пойду я. А он — нет, говорит, Ханна тебя знает, лучше будь где-нибудь поблизости. Я поверил всему, что он мне говорил. И вот на следующий день он пришел сам, и я ждал в условленном месте. Через полчаса, как мы и договаривались, появился По. С ним был Марлоу. В разговоре он не упоминал Марлоу. Они сели в машину, и По сказал мне: «Лоренсо, я только что убил Луиса Альвареса». Я взглянул на Марлоу. Если бы такое сказал он, я посчитал бы это шуткой, потому что у него всегда шуточки сами знаете какие. Но По всегда такой серьезный и никогда ни над чем не смеется! Я, конечно, хотел узнать, в чем дело. По извинился передо мной, он был очень спокоен. Марлоу, наоборот, выглядел растерянным и молчал. По сказал, что дон Луис Альварес убил его отца. Я никогда даже не слышал о его отце и ничего не знал о его семье, кроме того, что он рассказывал, когда мы познакомились. А он тогда сказал очень мало. Я спрашиваю: «Вы привезли его сюда, чтобы убить?» «Нет», — отвечает По. «Я должен буду сообщить», — говорю я. «Ладно, — говорит По, — это естественно». Он совсем не нервничал. «Я хочу, чтобы ты знал, — говорит он затем, — что я лишь хотел поговорить с ним». А я возразил, что для разговора не нужно было привозить его в Вальекас. Возле комиссариата есть сотня кафе, где можно это сделать. А По мне говорит, что ему необходимо было сделать именно так, чтобы сказать то, что он собирался сказать; он хотел быть уверенным, что Альварес не уйдет, он должен услышать это, и еще По хотел заставить его хоть на миг пережить тот страх, который чувствовало столько его жертв и отец По. И поэтому он был вооружен. Он хотел вершить суд, суд, которого не было у его отца. Он рассказал мне что-то там про сон, который ему постоянно снится и в котором он смотрит в глаза убийце отца. Я завел машину, и мы уехали оттуда. Слава богу, никто нас не видел... Мы пошли ко мне домой. Но я все еще плохо понимал, что он мне рассказывает. По попросил Марлоу поехать с ним, потому что боялся, что твой тесть может убить его. Он встретился с доном Луисом и сказал ему: «Помните меня? Я кузен Лоренсо». И рассказал ему басню про тебя, Пако. Дон Луис тогда был одержим тобой, помнишь, когда он пришел в академию и закатил тебе скандал. По сказал дону Луису: «Ваш зять замешан в делах с наркотиками». И чтобы подлить масла в огонь, добавил: «Похоже, ваша дочь тоже ввязалась в это, дон Луис, ее втянул ваш зять». У него все было просчитано, в этом я уверен. Твой тесть проглотил наживку просто потому, что хотел, чтобы это оказалось правдой, а не оттого, что это было так хорошо сфабриковано. И тогда По сказал ему: «Я знаю, где он сейчас, можете поймать его с поличным». Как и мне, он рассказал ему такую же сказку: что ты, Пако, должен ему большую сумму, он тебе одолжил, когда ты разошелся с Дорой, что ты ему не вернул деньги, что они у какого-то болвана из Вальекаса и что этот болван готов будет отдать деньги на следующий день. По сказал ему: «Я всего лишь хочу вернуть мои деньги; на остальное мне наплевать». Первой мыслью твоего тестя было послать весь комиссариат на квартиру, где, по словам По, жил тот болван и где предполагалось застать тебя. Таким образом взяли бы вас двоих. Но По сказал ему: «Нет, не делайте этого, потому что там может быть Дора, она приходит туда колоться, не захотите же вы арестовывать собственную дочь». Вот что у меня в голове не укладывается, так это то, что он поверил в такую историю, будучи полицейским. Может быть, он попался именно потому, что был им; мы такого повидали в жизни, что нас уже ничем не удивишь. Дон Луис пришел в такую ярость, просто обезумел. Он мог бы позвонить дочери и поговорить с ней. Но нет, он предпочел поверить незнакомцу, потому что это означало подтвердить то, что он всегда говорил о своем зяте. Возможно, если бы твой тесть позвонил Доре, он остался бы в живых. Но судьба распорядилась иначе, и он встретился со своей смертью. Как ты говоришь, Пако, когда судьба берется за дело, нам уже делать нечего. Твой тесть позвонил жене и сказал, что приедет домой только к ужину. Было запланировано привезти его в это пустынное место. Они приехали в Фуэнклару, а там их ждал Марлоу, который подсел в машину. По хотел поговорить с Альваресом, допросить его при свидетеле, напугать его, сказать: «Ты убил моего отца, ты его мучил, ты пытал половину провинции Альбасете». Сказать ему все это — и оставить его там. Для этого он позвал меня.

Мегрэ снова поднял руку, призывая официанта, и заказал еще одну порцию виски.

— Ну и что произошло? Что сказал мой тесть, когда в машину сел еще один незнакомый человек?

— Ничего. Так как По с ним поздоровался, он, должно быть, подумал, что это тот самый болван или какой-нибудь прохвост. И тут, когда Марлоу уже сидит в машине, По спрашивает Альвареса: «Вам ничего не напоминает имя Домисиано Эрвас?» Поначалу твой тесть ничего не помнил. По ему говорит: «Я сын Домисиано Эрваса, а вы его убили». Кажется, услышав это, твой тесть очень занервничал. Он не мог вспомнить этого Домисиано, но поверил. По хотел, чтобы твой тесть сказал: «Да, я помню твоего отца и я сожалею о том, что произошло». Но Альварес ничего не помнил. Они долго там сидели. Разговаривали.

— А Марлоу что делал в это время?

— Ничего. Сидел сзади, слушал.

— Он был вооружен? — спросил Мейсон.

— Я не знаю, они мне не сказали. Полагаю, — добавил Мегрэ, — что да. Сначала твой тесть все отрицал. Как они мне рассказали, он очень испугался. Настолько, что у него коленки тряслись от страха и голос не слушался. Поначалу он просто говорил, что ничего не помнит, потом — что он всего лишь исполнял приказы и делал, что ему говорили, но он клялся и божился, что не помнит отца По, — он ведь все это время думал о 1940-х годах. Пока По не сказал ему, что это было не тогда, а в 1960 году, и в Мадриде, а не в Альбасете, и не рассказал ему, как все было. И тогда он вроде бы вспомнил. Вспомнил так ясно, что захотел достать пистолет, но По вынул пистолет, который оставил ему Марлоу. Альварес попытался отнять его. По говорил мне, что в тот момент он точно знал, что убьет его, как тот убил его отца. Они боролись. Один выстрел пришелся в пол, второй в ногу, и третий — в голову. Все произошло очень быстро.

— И ты, полицейский, ты поверил всей этой сказке? — недоуменно спросил Пако Кортес.

— Да.

— И никто не слышал выстрелов, и никто не видел машину?

— Нет.

— А почему же ты не составил рапорт об этом? Ты сильно рисковал, если бы тебя раскрыли.

— Я договорился с По. Если бы заподозрили меня, он пришел бы в полицию и рассказал бы нашу версию, не упоминая ни меня, ни Марлоу. По опыту знаю, что десять процентов убийств остаются нераскрытыми или же виновного не могут задержать. Мы ничего не теряли, выждав несколько дней. И потом, всегда можно все отрицать. Потом подозрения пали на тебя, и мы успокоились.

— И ты поверил, что По пойдет в полицию добровольно? Где это видано, чтобы человек сам сдавался и признавал свою вину?

— Да такое происходит каждый день. И По поступил бы так, в этом я уверен.

— Вы меня подставили, — сказал Пако не очень уверенно и не слишком печально.

— Твою вину было невозможно доказать. Было ясно, что с тобой ничего не случится.

— Нет, дело могло осложниться. В жизни полно несправедливо осужденных и мнимых невиновных. А я всегда говорил, что Идеальное Убийство тянет за собой несправедливое обвинение и приговор, вынесенный невиновному.

— Не драматизируй. Дело в том, что когда прошло три месяца, — продолжал Мегрэ, — события поутихли, и в полиции снова начали склоняться к версии покушения людей из «ГРАПО». Счастье еще, что в Испании есть такая группировка. Когда что-то случается, можно обвинить в этом их.

— Но ты, полагаю, имеешь свою версию на тот случай, если придется отвечать?

— Нет. Иногда я думаю, что это случайность. По не подходит под определение убийцы. Тем не менее он смог организовать все так, чтобы встретиться с доном Луисом. Я все время ему говорил: «Ты мог бы поговорить с ним и в другом месте». А он мне все: нет да нет. «Я, — говорит, — хотел сделать это там, откуда он не мог бы уйти. Он должен услышать от меня все то, что не захотел услышать от моего отца. Он должен мне поверить». А еще По сказал мне, что если бы твой тесть попросил прощения, ничего бы не случилось. Но ему пришло в голову достать оружие и попытаться вырвать у По его пистолет. Но чего я никогда не узнал — зачем он позвал с собой Марлоу и зачем позвонил мне. По достаточно интеллигентный человек, чтобы попытаться найти другие способы покончить с твоим тестем, если это было конечной целью, или заставить его выслушать себя. Ему не нужен был ни Марлоу, ни я.

— Не думаю, — задумчиво сказал Пако. — Я говорил с ними обоими, с Марлоу и По, а теперь и с тобой. Они добрые друзья, и прежде всего они очень молоды; они не верят в правосудие, но верят в поэтическую справедливость. То, что они сделали, они сделали вместе, из-за той самой поэтической справедливости. Если они действительно... сделали. Я хочу сказать, если бы можно было доказать, что они причастны к этому. Ведь пока не доказана их вина, они невиновны. Достаточно и того, что ты отрицаешь, что поехал забирать их. По сказал мне буквально следующее: твой тесть погиб из-за своей собственной глупости; я не чувствую себя ответственным за его смерть, но и горевать я не буду.

— Мне он сказал больше, — произнес Мегрэ. — Он сказал мне: «В глубине души я предпочел бы, чтобы пистолет не выстрелил; я бы предпочел, чтобы он жил дальше с тем же страхом в душе, с которым жили мы все, и чтобы он прошел через этот ад».

Мейсон, молчавший все это время, наконец-то раскрыл рот.

— Но если они виновны, самым лучшим было бы сказать правду. Я теперь тоже причастен, а правда сделает нас более свободными. По крайней мере так нам говорили на занятиях по праву.

— Нет, Мейсон, — возразил Мегрэ. — Если бы я знал правду, это сделало бы меня менее свободным, а По — менее справедливым. Вспомни, что говорил Шерлок Холмс: во многих случаях поимка преступника причиняет еще больший ущерб, чем тот, который он причинил, совершив преступление. А в этом случае это очевидно.

— Пусть все останется так, как есть. Разве ты не говорил мне, Модесто, что можешь скрыть преступление, если так сложатся обстоятельства, поэтому ты и стал адвокатом? У тебя не будет другого подходящего случая поступить так.

Мейсон подумал и кивнул.

— Смотри на это как на символический и романтический конец войны, — добавил Пако Кортес. — По тоже говорил об этом. Все осталось в прошлом. Если бы осудили По и Марлоу, если бы доказали, что они убили моего тестя, ничего бы не изменилось. Теперь По, или По и Марлоу, принесли, сами того не желая, больше справедливости и спокойствия в этот мир. Сама жизнь взяла свое. По и Марлоу были не более чем исполнителями.

— Но это же история про белого бычка. В подобном положении в Испании пребывают двести тысяч человек, — рассерженно сказал Мейсон, никогда до этого не терявший самообладания. — И если каждый пожелает избавиться от своего личного палача, за пятнадцать дней в Испании прибавится еще двести тысяч мертвецов. И еще двести тысяч несправедливостей.

— Не преувеличивай, Мейсон, — сказал Пако. — Если бы можно было совершить такое правосудие так же тихо, как в этот раз, это было бы чудо. Если бы все злодеи скромно исчезли за несколько часов, миру стало бы только лучше.

— Боже мой, Пако! Ты несешь чушь. Мы не убийцы! — воскликнул Мейсон.

— Мне всего лишь захотелось развить эту тему, Модесто. Как в романе.

Друзья погрузились в молчание. Через некоторое время Мегрэ сказал:

— По и Марлоу действовали тайно. И честно говоря, если никто в полиции не хочет возобновлять расследование, то потому, что все думают, что эта смерть была уготована твоему тестю самой судьбой.

— Точно, Лоренсо, — кивнул Пако и обратился к Мейсону: — Представим все наоборот. Вообрази, что на кончике пальца у моей тещи есть кнопочка. Она может нажать ее — и тем самым воскресить своего мужа. Она прекрасный человек, очень религиозная, и я нисколько не сомневаюсь, что она также была примерной супругой, насколько это возможно, и превосходной матерью. Как думаешь, нажмет она кнопку?

Мейсон, опустив голову, пытался найти ответ, но не находил.

— Этого никогда не случится. А что не может случиться — о том глупо думать, так что с твоей стороны даже и говорить об этом нехорошо. Это детективная демагогия, а не вопрос морали. Ты расскажешь обо всем Доре? — спросил он Кортеса.

— Да, немного позже. Когда правда сможет принести ей не только отчаяние.

Вечерело. Сегодняшнее собрание продлилось намного дольше, чем обычно.

— Любопытно, — произнес Пако Кортес. — В романах Идеальное Убийство невозможно. Оно противоречит самой сути детективов, потому что верх всегда одерживают полицейские и сыщики. Идеальные Убийства происходят только в жизни, и здесь они выполняют свое предназначение. В романах об Идеальном Убийстве все начинается с трупа, появляющегося словно ниоткуда, и нужно выяснять, кого убили и кто убийца. С нами произошло наоборот: мы столкнулись с убийством на исходе существования КИУ, и к тому же все мы знали жертву. Мы провели годы, как алхимики, в поисках по-настоящему Идеального Убийства. Но мы не находили его. А теперь, когда у нас оно есть, нам оно стало не нужно, потому что мы не можем поделиться нашим открытием с другими. И я скажу как алхимик: мы нашли философский камень, но никому не можем доверить наш секрет.

— Ты хочешь сказать, что ничего не произойдет и что ничего не было? — спросил Мейсон.

— Ничего ведь не случилось и в то же время случилось многое, — ответил ему Пако. — Жизнь бесконечна, а когда кончается для одного, для других она только начинается. Механизмами управляет механика. Организмами — жизнь, а жизнь — штука непостоянная. Она только кажется механикой.

— Выходит, — добавил адвокат Модесто-Мейсон, — мы провели все эти годы впустую.

— Если ты так считаешь, может быть, — согласился бывший Сэм Спэйд. — Но взгляни на это с другой стороны: что жизнь отнимает у тебя, то она так или иначе возвращает, что осталось нерешенным в одном месте, она разрешает в другом; преступление, которое не было задумано идеальным, жизнь делает идеальным, а идеальное перестает быть таковым по какой-то случайности. Я перестал писать романы, и вот тут-то ко мне пришло Идеальное Убийство. Я раскрыл его, и оно исчезло, как исчезает кулак, если разжать руку. Но всегда останется рука.

— И всегда у нас останется Париж, — шутливо сказал Мегрэ.

И жизнь снова потекла в прежнем русле, под веселое поскрипывание карусели.

Мадрид,
весна 2002 года.

РЕГИОНЫ:

- Архангельск, 103-й квартал, ул. Садовая, 18, т. (8182) 65-44-26
- Белгород, пр. Хмельницкого, 132а, т. (0722) 31-48-39
- Волгоград, ул. Мира, 11, т. (8442) 33-13-19
- Екатеринбург, ул. Малышева, 42, т. (3433) 76-68-39
- Калининград, пл. Калинина, 17/21, т. (0112) 65-60-95
- Киев, ул. Льва Толстого, 11/61, т. (8-10-38-044) 230-25-74
- Красноярск, «ТК», ул. Телевизорная, 1, стр. 4, т. (3912) 45-87-22
- Курган, ул. Гоголя, 55, т. (3522) 43-39-29
- Курск, ул. Ленина, 11, т. (07122) 2-42-34
- Курск, ул. Радищева, 86, т. (07122) 56-70-74
- Липецк, ул. Первомайская, 57, т. (0742) 22-27-16
- Н. Новгород, ТЦ «Шоколад», ул. Белинского, 124, т. (8312) 78-77-93
- Ростов-на-Дону, пр. Космонавтов, 15, т. (8632) 35-95-99
- Рязань, ул. Почтовая, 62, т. (0912) 20-55-81
- Самара, пр. Ленина, 2, т. (8462) 37-06-79
- Санкт-Петербург, Невский пр., 140
- Санкт-Петербург, ул. Савушкина, 141, ТЦ «Меркурий»,
  т. (812) 333-32-64
- Тверь, ул. Советская, 7, т. (0822) 34-53-11
- Тула, пр. Ленина, 18, т. (0872) 36-29-22
- Тула, ул. Первомайская, 12, т. (0872) 31-09-55
- Челябинск, пр. Ленина, 52, т. (3512) 63-46-43, 63-00-82
- Челябинск, ул. Кирова, 7, т. (3512) 91-84-86
- Череповец, Советский пр., 88а, т. (8202) 53-61-22
- Новороссийск, сквер им. Чайковского, т. (8617) 67-61-52
- Краснодар, ул. Красная, 29, т. (8612) 62-75-38
- Пенза, ул. Б. Московская, 64
- Ярославль, ул. Свободы, 12, т. (0862) 72-86-61

Заказывайте книги почтой в любом уголке России
107140, Москва, а/я 140, тел. (095) 744-29-17

ВЫСЫЛАЕТСЯ БЕСПЛАТНЫЙ КАТАЛОГ

Приобретайте в Интернете на сайте www.ozon.ru
Издательская группа АСТ
129085, Москва, Звездный бульвар, д. 21, 7-й этаж

Справки по телефону:
(095) 615-01-01, факс 615-51-10
E-mail: astpub@aha.ru http://www.ast.ru

МЫ ИЗДАЕМ НАСТОЯЩИЕ КНИГИ

Литературно-художественное издание

Трапиэльо Андрес
Клуб Идеальных Убийств
Роман

Ответственный редактор Е.Г. Кривцова
Выпускающий редактор О.К. Юрьева
Художественный редактор О.Н. Адаскина
Технический редактор Л.Л. Подъячева
Корректоры О.В. Гриднева, В.С. Кизило

Общероссийский классификатор продукции
ОК-005-93, том 2; 953000 — книги, брошюры

Санитарно-эпидемиологическое заключение
№ 77.99.02.953.Д.001056.03.05 от 10.03.05 г.

ООО «Издательство АСТ»
170000, Россия, г. Тверь, пр. Чайковского, д. 19А, оф. 214
Наши электронные адреса:
WWW.AST.RU E-mail: astpub@aha.ru

ООО Издательство «АСТ МОСКВА»
129085, г. Москва, Звездный б-р, д. 21, стр. 1

ОО «Транзиткнига»
143900, Московская область,
г. Балашиха, шоссе Энтузиастов, д. 7/1

Отпечатано с готовых диапозитивов
на ФГУПП ордена Трудового Красного Знамени
«Детская книга» МПТР РФ.
127018, Москва, Сущевский вал, 49.